人猿泰山全译精编插画系列（全25种）

人猿泰山
之
挚友金狮

［美国］埃德加·赖斯·巴勒斯/著

张济明/译

Tarzan and the Golden Lion
by Edgar Rice Burroughs

上海文艺出版社
上海故事会文化传媒有限公司

图书在版编目（CIP）数据

人猿泰山之挚友金狮 /（美）埃德加·赖斯·巴勒斯
著；张济明译. —— 上海：上海文艺出版社，2019
（人猿泰山全译精编插画系列）
ISBN 978-7-5321-7037-1

Ⅰ.①人… Ⅱ.①埃… ②张… Ⅲ.①长篇小说－美国－现代 Ⅳ.① I712.45

中国版本图书馆 CIP 数据核字 (2019) 第 028793 号

书　　名：人猿泰山之挚友金狮
著　　者：[美国] 埃德加·赖斯·巴勒斯
译　　者：张婷　时婷婷
责任编辑：詹明瑜
装帧设计：周　睿
责任督印：张　凯

出　　版：上海文艺出版社
出　　品：上海故事会文化传媒有限公司
　　　　　(200020　上海市绍兴路74号　www.storychina.cn)
发　　行：上海文艺出版社发行中心
　　　　　(上海市绍兴路50号)
印　　刷：上海中华印刷有限公司
开　　本：889毫米x1194毫米　1/32　印张7.5
版　　次：2019年5月第1版　2019年5月第1次印刷
ＩＳＢＮ：978-7-5321-7037-1/I·5629
定　　价：25.00元

版权所有·不准翻印

故事会 大众文化出版基地 www.storychina.cn　上海故事会文化传媒有限公司 出品 (00844) www.storychina.cn

上海故事会文化传媒有限公司所有图书可办理邮购，免收邮费(挂号除外)
汇款地址：上海市绍兴路74号(200020)　 收款人：上海故事会文化传媒有限公司出版发行部
联系电话：021-64338113
如发现本书有质量问题，请与印刷厂质量科联系 T：021-60829062

人猿泰山全译精编插画系列（全25种）
编 委 会

总 策 划：夏一鸣

主　　编：黄禄善

副 主 编：高　健

编辑成员

（按姓氏笔画为序排列）

田　芳　朱鉴滢　李震宇　张雅君

胡　捷　夏一鸣　高　健　黄禄善　詹明瑜　蔡美凤

百年文学经典 文化传播之最
人猿泰山驰骋的奇幻世界

黄禄善

美国文学史上不乏这样的作家：他们生前得不到学术界承认，死后多年也不为批评家看好，然而他们却写出了最受欢迎的作品，享有最大范围的读者。本书作者埃德加·赖斯·巴勒斯即是这样一位作家。自1912年至1950年，他一共出版了一百多本书，这些书涉及多个通俗小说门类，而且十分畅销，其中不少被译成多种文字，在世界各地广为流传。当代科幻小说大师亚瑟·克拉克曾如此表达对他的敬仰："埃德加·赖斯·巴勒斯具有重要地位。是巴勒斯，激起了我的创作兴趣。"另一位著名通俗小说家雷·布莱德伯利也说："埃德加·赖斯·巴勒斯也许可以称为世界历史上最有影响力的作家。"然而，正是这个被众人交口称誉的作家，对前来采访的记者说："我不认为我的作品是'文学'。"而且，面对众多书迷的"如何走上文学道路"的提问，他也只是轻描淡写地回答："那是因为我需要钱。我35岁时，生活中的一切尝试都宣告失败，只好开始搞创作。"

确实，埃德加·赖斯·巴勒斯在从事文学创作前，有过一段十分坎坷的生活经历。他于1875年9月1日出生在美国芝加哥，父亲是南北战争期间入伍的老兵，后退役经商。儿时的巴勒斯对未来充满了幻想，曾对人夸口说父亲是中国皇帝的军事顾问，自己住在北京紫禁城，并在那里一直待到10岁才回国。但是，后来的事实表明，这一良好愿望只不过是一团泡影。从密歇根军事学院毕业后，他在美国骑兵部队服役，不久即为谋生四处奔波。他先后尝试了许多工作，包括警察和推销商，但均不成功。1900年，他和青梅竹马的女友结婚，之后两人育有两儿一女。接下来的日子，埃德加·赖斯·巴勒斯是在贫困中度过的。为了养家糊口，他开始替通俗小说杂志撰稿。他的第一部小说《在火星的卫星下》于1912年分六集在《故事大观》连载。这部小说即刻获得了成功，为他赢得了初步的声誉。同年，他又在《故事大观》推出了第二部小说，亦即首部"泰山"小说。这部小说获得了更大成功。从此，他名声大振，稿约不断，平均每年出版数部书。第二次世界大战期间，他以66岁的高龄奔赴南太平洋，当了战地记者。1950年3月19日，埃德加·赖斯·巴勒斯因心力衰竭在美国逝世。

埃德加·赖斯·巴勒斯是美国文学史上第一个重要的通俗小说家。他一生所创作的通俗小说主要有四大系列。第一个是"火星系列"，包括《火星公主》《火星众神》和《火星军魁》。该"三部曲"主要讲述一位能超越死亡界限、神秘莫测的地球人约翰·卡特在火星上的种种冒险经历。第二个系列为"佩鲁塞塔历险记"，共有七部。开首是《在地心里》，以后各部依次是《佩鲁塞塔》《佩鲁塞塔的塔纳》《泰山在地心里》《返回石器时代》《恐惧之地》《野蛮的佩鲁塞塔》，主要讲述主人公佩鲁塞塔在钻探地下矿藏时，不小心将地壳钻穿，并惊讶地发现地球核心像一个空心葫芦，那里住着许多原始人，还有许多古生动物和植物。1932年，《宝库》杂志开始连载埃德加·赖斯·巴勒斯的第三个系列，也即"金星系列"的首部小说《金星上的海盗》。该小说由"火星系列"衍生而出，但情节编排完全不同。主人公卡森·内皮尔生在印度，由一位年迈的神秘主义者抚养成人，并被教给各种魔法，由此开始了金星上的冒险经历。该系列的其余三部小说是《金星上的迷失》《金星上的卡森》和《金星上的逃脱》。第五部已经动笔，但因"二战"爆发而搁浅。

尽管埃德加·赖斯·巴勒斯的"火星系列""佩鲁塞塔历险记"和"金星系列"奠定了他的美国早期重要通俗小说作家的地位，但他成就最大、影响也最大的是第四个系列，也即"人猿泰山系列"。该系列始于1912年的《传奇诞生》，终于1947年的《落难军团》，外加去世后出版的《不速之客》，以及根据遗稿整理的《黄金迷城》，总共有25种之多。中心人物泰山是一个英国贵族后裔，幼年失去双亲，由母猿卡拉抚养长大。少年泰山不仅学会了在西非原始森林的生存本领，还具有人类特有的聪慧。凭着这一人类特性，他懂得利用工具猎取食物，并从生父遗留下来的看图识字课本上认识了不少英文词汇。随着时光流逝，他邂逅美国探险家的女儿简·波特，于是生活发生急剧变化，平添了无数波折。接下来的《英雄归来》《孤岛求生》等续集中，泰山已与简·波特结合，生了一个儿子，并依靠巨猿和大象的帮助，成了林中之王，又通过一个非洲巫师的秘方，获取了长生不老之术。再后来，在《绝地反击》《智斗恐龙》《真假狮人》《神秘豹人》等续集中，这位英雄开始了种种令人惊叹的冒险，足迹遍及整个西非原始森林、湮没的大陆。

　　从小说类型看，"人猿泰山系列"当属奇幻小说。西方最早的奇幻小说为英雄奇幻小说，这类小说发端于古希腊荷马史诗《伊利亚特》和《奥德赛》，成形于19世纪末英国小说家威廉·莫里斯的《世界那边的森林》，其主要模式是表现单个或群体男性主人公在奇幻世界的冒险经历。他们多为传奇式人物，有的出身卑微，必须经过一番奋斗才能赢得下属的尊敬；有的是落难王子，必须经过一番曲折才能恢复原有的地位。在冒险中，他们往往会遭遇各种超自然邪恶势力，但经过激烈较量，正义战胜邪恶，一切以美好告终。人猿泰山显然属于"落难王子"型主人公。他本属英国贵族后裔，却无端降生在无名孤岛，并险些丧命。在人迹罕至的西非原始森林，他与野兽为伍，经历了难以想象的生存危机。终于，他一天天长大，先后战胜大猩猩和狮子，又打死猿王克查科，并最终成为身强力壮、智慧超群的丛林之王。值得注意的是，埃德加·赖斯·巴勒斯在描写人猿泰山的这些经历时，并没有简单地套用英雄奇幻小说的模式，而是融入了自己的创造。一方面，他删去了"魔法""仙女""精灵"等超自然因素；另一方面，又增加了较多的现实主义成分。人们在阅读故事时，并不觉得是在虚无缥缈的奇幻天地漫步，而是仿佛置身栩栩如生的现实主义世界。正因为如此，"人猿泰山系列"比一般的纯英雄奇幻小说显得更生动、更令人震撼。

毋庸置疑，人猿泰山驰骋的奇幻世界是"人猿泰山系列"的又一大亮点。在构筑这一虚拟背景时，埃德加·赖斯·巴勒斯显然借鉴了亨利·哈格德的创作手法。亨利·哈格德是19世纪英国著名小说家，自80年代中期起，他根据自己在非洲的探险经历，创作了一系列以"遗忘的年代，湮没的城市"为特征的奇幻作品。譬如《所罗门王的宝藏》，述说一个名叫阿兰的猎手在两千多年前的奇幻王国觅宝，几经曲折，终遂心愿。又如《她》，主人公是非洲一个奇幻原始部落的女统治者，她精通巫术，具有铁的统治手腕，但对爱情的执着酿成了她一生最大的悲剧。"人猿泰山系列"的故事场景设置在人迹罕至的原始森林，在那里，虎啸猿鸣，弱肉强食，险象环生。正是在这一极端恶劣的环境中，泰山进行了种种惊心动魄的冒险。在后来的续篇中，埃德加·赖斯·巴勒斯还让泰山的足迹走出西非原始森林，到了传说中的亚特兰蒂斯、废弃的亚马孙古城，甚至神秘的太平洋玛雅群岛。所有这些埃德加·赖斯·巴勒斯笔下的荒岛僻壤，与《所罗门王的宝藏》《她》中"遗忘的年代，湮没的城市"如出一辙。

如果说，亨利·哈格德的"遗忘的年代，湮没的城市"给"人猿泰山系列"提供了诡奇的故事场景，那么给这个场景输血补液的则是西方脍炙人口的动物小说。据埃德加·赖斯·巴勒斯的传记，儿时的他曾因体弱多病辍学，并由此阅读了大量西方文学著作，尤其是鲁德亚德·吉卜林的《丛林故事》、欧内斯特·西顿的《野生动物集》、杰克·伦敦的《野性的呼唤》。这些小说集动物故事、探险故事、寓言故事、爱情故事、神秘故事于一体，给埃德加·赖斯·巴勒斯以深刻印象。事实上，他在出道之前，为了给自己的侄儿、侄女逗乐，还写了一些类似的童话故事，其中一篇还在《黑马连环漫画》上刊登。西方动物小说所表现的是达尔文和斯宾塞的"物竞天择""适者生存"，体现了自然主义创作观。以杰克·伦敦的《野性的呼唤》为例，主要角色布克原是法官的看家狗，过着养尊处优的生活。但有一天，它被盗卖，并辗转来到冰天雪地的阿拉斯加，当起了运输工具。在那里，布克感到自然法则无处不在：狗像狼一般争斗，死亡者立刻被同类吃掉。但它很快学会了生存，原始的野性和狡诈开始显现，并咬死了凶残的领头狗，最终为主人复仇，加入了荒野的狼群。"人猿泰山系列"尽管将"弱肉强食"的雪橇狗变换成了虎、狮、猿以及由猿抚养长大的泰山，但这些人猿、半人半兽之间的殊死争斗同样表现出"生存斗争"的残忍。特别是泰山攀山越岭、腾掠树梢，战胜对手后仰天发出的一声长啸，同杰克·伦敦笔下布克回到河边纪念它的恩主被射杀时的长嚎简直有异曲同工之妙。

鉴于"人猿泰山系列"成书之前曾在《故事大观》《宝库》等杂志连载，不可避免地带有杂志文学的某些缺陷，如情节雷同、形象单调，等等。历来的文论家正是根据这些否定"人猿泰山"的文学价值，否定埃德加·赖斯·巴勒斯的文学地位。但"二战"以后，尤其是20世纪70年代之后，随着西方通俗文化热的兴起，学术界对于"泰山"小说的看法有了转变，许多研究者都给予积极评价，肯定埃德加·赖斯·巴勒斯的美国奇幻小说鼻祖地位。而且，"读者接受"是评价一部作品的最佳试金石。"人猿泰山系列"刚一问世，即征服了美国无数读者，不久又迅速跨出国界，流向英国、加拿大和整个西方。尤其在芬兰，读者简直到了如痴如醉的地步。一本本英文原著被译成芬兰语，一版再版，很快取代其他本土小说，成为最佳畅销书。更有甚者，许多西方作家，包括芬兰、阿根廷、以色列以及部分阿拉伯国家的作家，在埃德加·赖斯·巴勒斯去世后，模拟他的套路，创作起了这样那样的"后泰山小说"。世纪之交，埃德加·赖斯·巴勒斯的"人猿泰山系列"再度在西方发酵，以劳雷尔·汉密尔顿、尼尔·盖曼、乔·凯·罗琳为代表的一大批作家，基于他的"泰山"小说模式，并结合其他通俗小说要素，推出了许多新时代的奇幻小说——城市奇幻小说，并创造了这类小说连续数年高踞《纽约时报》畅销书排行榜的奇观。而且，自1918年起，"泰山"小说即被搬上银幕。以后随着续集的不断问世，每年都有新的"泰山"影片上映和电视剧播放，所改编的影视版本之多，持续时间之长，观众场面之火爆，创西方影视传播界之"最"。2016年，华纳兄弟影业又推出了由大卫·叶茨导演、亚历山大·斯卡斯加德等众多知名演员加盟的真人3D版好莱坞大片《泰山归来：险战丛林》。21世纪头十年，伴随迪士尼同名舞台剧和故事软件的开发，"泰山"游戏又迅速占领电脑虚拟世界，成为风靡全球的少年儿童宠爱对象。此外，西方各国还有形形色色的"泰山"广播剧、"泰山"动漫、"泰山"玩偶，等等。总之，今天的"泰山"早已超出了一个普通小说人物概念，成了西方社会的一种文化符号、一种文化象征。

优秀的文化遗产是不分国界的。为了帮助中国广大读者欣赏埃德加·赖斯·巴勒斯、读懂埃德加·赖斯·巴勒斯，了解当今风靡整个西方的奇幻小说的先驱，上海故事会文化传媒有限公司组织翻译了这套"人猿泰山系列"，这也将是国内第一套完整的"人猿泰山系列"。译者多为沪上高校翻译专业教师，翻译时力求原汁原味、文字流畅，与此同时，予以精编、插画。相信他们的努力会得到认可。

目 录

前言	人猿泰山驰骋的奇幻世界	1
1	金毛狮子	001
2	栽培杰达·保·贾	012
3	神秘会面	018
4	脚印的秘密	029
5	致命打击	039
6	死神在偷窃	049
7	"你必须牺牲他"	059
8	神秘的过往	068
9	死亡之箭	080
10	疯狂的财富	089
11	奇怪的熏香味儿	102
12	金锭	115
13	怪异的平顶塔	124
14	恐怖密室	136
15	血染的地图	148

16	钻石宝库	159
17	火灾之苦	172
18	复仇之路	182
19	刺枪下的死亡	194
20	死神归来	206
21	逃亡与俘获	218

人物介绍

弗洛拉·霍克斯：英国姑娘，泰山家女仆，个性中有贪婪的成分，也有善良正直的一面。

埃斯特班·米兰达：西班牙人，外貌酷似泰山，但内心贪婪、冷酷、无情、狡猾。

阿道夫·布卢布：德国人，身体矮胖，非常吝啬的犹太人，但不特别恶毒。

卡尔·克拉斯基：俄罗斯人，五官端正，聪明、英俊，但非常贪婪、冷酷无情。

约翰·皮伯斯：英国人，身材高大，有些贪财，但基本能顾全大局。

迪克·思罗克：粗脖子红脸的低层英国人，有些贪财，但也不缺乏正直。

简·克莱顿：泰山夫人，聪明、勇敢，而又有智慧。

拉：欧帕女王，聪明、美丽、善良正直。

卡迪：欧帕的男祭祀，拉名义上的丈夫，阴险、残暴。

Chapter 1

金毛狮子

母狮子在给它的孩子喂奶，一个毛绒绒的小球，像美洲豹一样长满斑点。它躺在自家的岩洞口，晒着暖洋洋的太阳，侧身舒展着四肢，虽然半闭着眼但内心依然警觉。母狮原来有三个这样毛绒绒的小球：两个女儿和一个儿子，它与它们的父亲曾以拥有三个孩子而自豪，心中充满幸福。但是由于可获取的食物不多，母狮因营养不足而无法分泌足够的奶水喂养三个饥饿的幼崽。不久便到了冰冷的雨季，幼崽相继生病。两个女儿不幸夭折，只有最强壮的儿子活了下来。母狮当时非常伤心，不停地在它们湿漉漉的小尸体边走来走去，不断用鼻子闻着它们，发出"呜呜"的悲啼，仿佛要把它们从长眠中叫醒。

但是，它最后还是只能面对现实。虽然悲痛难忍，它还是全身心扑在唯一的小雄崽上，无微不至地关心着它。这也正是它比平常更加警觉的缘故。

公狮子两天前杀死猎物并拖回它们的岩洞，它昨天晚上再次出去觅食，但现在还没有回来。半睡半醒的母狮子想到了那只肥硕的羚羊，或许它雄壮的配偶此刻正拖着它穿过杂乱的丛林朝自己走来。被拖着的猎物也有可能是一只斑马，这种多汁水的肉类正是狮子的最爱。想到鲜美的斑马，母狮不觉流出了口水。

咦？这是什么声音？一阵隐隐约约的声音传到了母狮敏锐的耳朵中。它抬起脑袋，竖起耳朵先听一个方向，接着又换另一个方向。尽管耳朵有些刺痛，但它还是听到了某种不断重复的细微的声音，它变得不安起来。

它用鼻子闻闻空气，只有一丝微风。但发出声音的方向的确有什么东西在移动，而且声音越来越大，说明发出声音的东西正在逼近。声音越来越近，母狮开始警觉起来，它翻了个身，停止喂奶。幼狮不满地小声叫唤，表示抗议，母狮子用低声怒吼制止了它。小狮子安静地站在母狮的旁边，它先看看母亲，然后又望着母亲注视的方向，把自己小小的脑袋竖起来，先翘起一边，接着又翘起另一边。

尽管母狮不能确定听到的声音是否为凶兆，可那显然包含某种骚动的成分，即使算不上真正的恐惧的感觉，它还是有些坐卧不安。也许是它的丈夫回来了，但听起来不像狮子走路发出的声音，也不像有狮子拖着沉重的猎物回来的感觉。母狮看了一眼自己的幼崽，像它一样哀伤地"呜呜"叫着。这是它小家庭中的最后一个孩子，总有恐怖威胁着它。但是，只要母狮子在，就会捍卫它的安全。

此刻，它的鼻子在微风中感受到了一种气息，正有某种东西穿过丛林向它挪近。原来是可恶的人类的气息正在向它靠近，这位母亲遇到了麻烦。母狮子目露凶光，一脸狰狞。它站直身体，高高地昂起脑袋，弯曲的尾巴紧张地颤抖着。通过动物交流的特殊媒介，它告诉幼崽躺下别动，一直等到自己回来，然后就迅速而敏捷地前去会见侵略者了。

幼崽现在也听到了母亲听到的声音，捕捉到了陌生的人类气味。这种气味以前从来也没有光顾过它的鼻子，让母狮的反应如此强烈，应该是一种敌人的气味，它立刻明白了这一点。小幼崽脊背上的鬃毛立即倒竖起来，露出尖尖的兽牙。当它的妈妈迅速而隐蔽地藏到灌木下面时，小幼崽忘记了母亲的警告，摇摇晃晃地跟在了母亲的身后。正如所有刚刚学会走路的小狮子一样，它的后半个身子左摇右晃，滑稽可笑的步态与前半身高贵的样子极不协调。但是母狮子的注意力完全集中在前方，并不知道幼崽跟了上来。

它俩面前一百码左右是片茂密的丛林，其间有一条狮子们平日踩出的小路，像隧道一样通向它们的洞穴；接着是一小片空地，一条清晰的丛林小路穿过空地，小路始于丛林外面与空地的连接处，另一头连着对面的树林。母狮到达空地时便看见了让它恐惧的人类，不愿进入其中。如果不是来捕杀它和它的孩子，这个所谓的人类会来干什么？如果他从不曾想到过它们的存在，怎么会来到这里？母狮今天对这些一无所知。照理来说，如果不是距离太近威胁到幼崽的安全，母狮应该会让他平安通过；或者说，如果没有幼崽的话，一旦察觉他接近，它就会立马逃离。它把本应给予三个孩子的爱现在全都给予了身边唯一活下来的孩子，由于格外担心它的安全，母狮今天既紧张又害怕，认为绝不能等着让人类威胁自己的孩子。因此，它没有逃离，而是选择主动会见人类并阻止他靠近自己的独苗。因为温软的母爱，它变成了一个具有毁灭性的动物，此刻它的脑中只有一个念头：杀死他！

它在空地的边缘没有丝毫的犹豫，也没有给出任何一点警告。黑人勇士的第一直觉是距离他二十英里内有一头狮子，长着恶魔脸孔的大猫，这头令人惊骇的幽灵正像离弦的箭一样穿过空地向他袭来。其实黑人并不是来猎取狮子的，如果知道附近有狮子，他一定会给它一个更广阔的活动空间。或者说如果有地方可躲的话，他早就逃之夭夭了。他距离最近的一棵树比距离狮子远多了，估计在他还来不及穿过空地四分之一时，狮子就可以将他生吞活剥。他感觉自己没有任何希望，只能坐以待毙。可是就在几乎被扑倒的一瞬间，黑人看到了母狮身后小小的幼崽。他用右手顺势将随身携带的刺枪引向身后，就在母狮跳起来向他扑去的同时，猛地投掷出去。刺枪穿过野兽的心脏，几乎同一时刻，狮子巨大的嘴巴咬断了黑人的脖子和头盖骨。母狮子身负两样沉重的东西瞬间倒在地上，除了部分肌肉抽搐了几下，很快便死去。

变成孤儿的小狮子在二十英尺外停了下来，用一双充满疑惑的眼睛审视着它生命中的第一次大灾难。它想要跨过障碍，但对人类气味的恐惧使它不敢靠近。它开始哀鸣，这种声音通常会让妈妈匆匆赶到自己的身边。但是妈妈今天却没有过来，甚至没有抬起身子看它一眼。它弄不明白这是为什么，感到困惑不解。它只好继续哀鸣，仿佛更加伤心更加孤独。它慢慢地爬向母亲的身边，看到母亲杀死的奇怪动物一动不动。过了一会儿，便少了些害怕，最后终于鼓起勇气走向母亲，闻闻它的身体。它依旧向母亲哀鸣，但母亲依旧没有反应。最后它突然明白，原来什么东西出了错，它强大而美丽的母亲发生了某种变化。它依然紧紧粘着它，不停地哀叫，直到最后依偎着母亲的尸体睡着了。

泰山就是这时发现了小狮子，他和妻子简以及他们的儿子杰克刚从神秘的帕乌尔顿回来，两个男人正是在那里救出了简·克莱顿。听到他们走近的声音,幼狮睁开眼睛站起来,竖起耳朵朝他们咆哮,倒退着靠近死去的母亲。泰山看见它的样子时不由得笑了。

第一眼看到这幕悲剧时,泰山称赞道:"勇敢的魔兽。"他走向咆哮的幼狮,原以为它会转身逃跑,但它却一点逃跑的迹象都没有。相反,当泰山靠近时,它咆哮得更加猛烈,还扑打泰山伸出的手。

简大声说:"多么勇敢的小家伙!可怜的孤儿!"

杰克说:"它将会成为一头了不起的狮子!准确地说如果它能活下去的话,一定会。它那笔直的背,简直就像一支刺枪,可惜的是这只魔兽就要死了。"

"它不会死的。"泰山回答。

"它能存活的概率极小,它还需要再吃几个月的奶,谁能给它呢?"

"我会的!"泰山回答。

"你准备要收养它?"

泰山点点头。

简和杰克笑笑,简说:"那太好了!"

"格雷斯托克勋爵,要做幼狮的养母了。"简笑着说。

泰山对他们笑笑,但注意力依然在小狮子身上。他突然伸出手抓起小狮子的后脖子,轻轻抚摸着,同时用一种非常温柔的语调与它说话。虽然我们不明白他说的是什么,但是小狮子应该明白了,竟然停止抗争,不再挠抓和撕咬那只抚摸它的手。再后来泰山便抱起小狮子,搂在怀里。小狮子不再害怕,不再把尖尖的牙齿伸向靠近它的人,在以往,人类身上的气味是它最憎恶的一种气味。

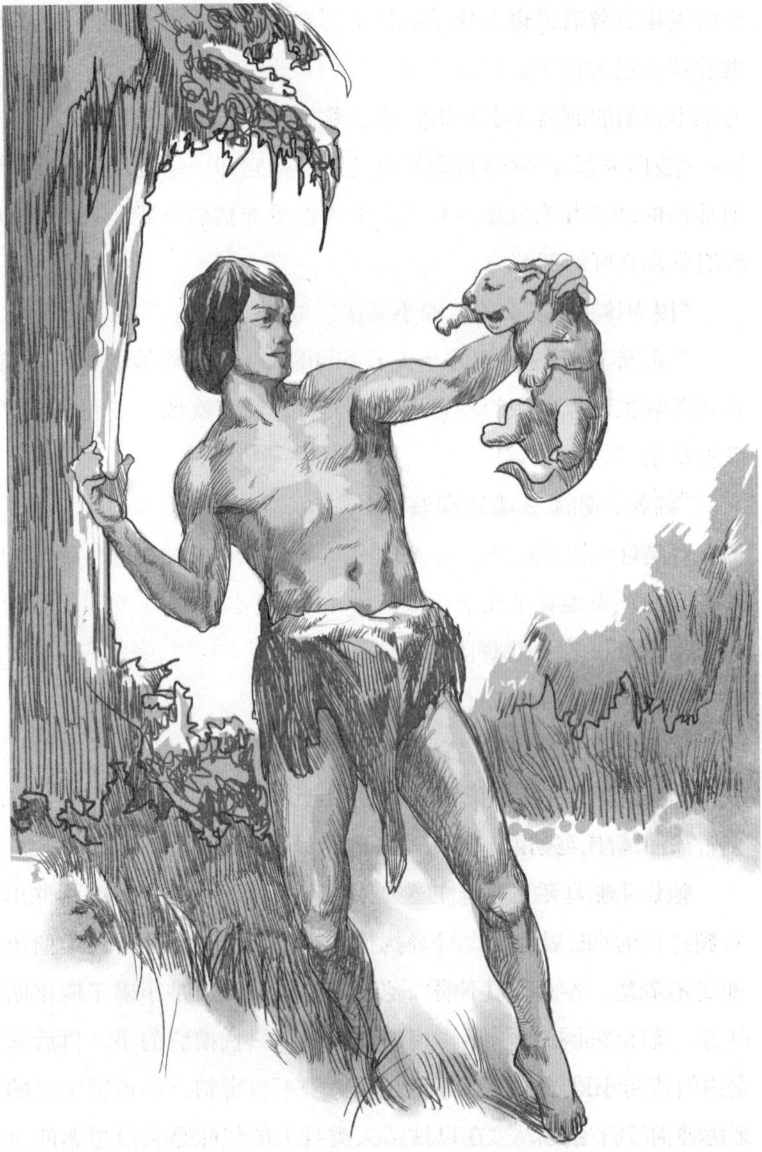

"你要把它怎么样？"简问道。

泰山耸耸肩说道："你的同类不会害怕你，所以你当年想把我教化成自己的同类。但这些才是我的同类，这正是我表示友爱时它们不害怕的原因，小家伙似乎是明白的，是不是？"

"我向来都弄不明白它们的意思，"杰克说，"虽然我认为自己对非洲的动物相当熟悉，但我还是不具备与它们沟通的能力，也没有你那么好的理解力。为什么会是这样呢？"

"因为这世界上只有一个泰山！"简说。

"别忘记我是生在野兽中、长在野兽中，"泰山提醒儿子，"也许因为我的父亲是只巨猿吧。你知道的，卡拉一直坚持认为它是我的母亲。"

"约翰，你怎么能这样说？"简大声说道，"你明明知道自己的父母是谁！"

泰山严肃地看了儿子一眼，闭上一只眼睛，说道："你母亲从来也不愿意试着去理解巨猿的优秀品质，不知道的人或许还以为她不愿意承认自己嫁给了巨猿。"

"约翰·克莱顿，如果你还说这样可恶的话，我就再也不理你了。我为你感到惭愧。你是一个未开化的野人，这本来就已经够糟糕，别再添油加醋，还说自己是个猴子。"

他们从帕乌尔顿回来的旅程就要结束，一个星期内应该可以看到过去的家。德国人留下的废墟中究竟有什么东西保存下来目前尚不清楚，谷仓和其他附属建筑都已付之一炬，正屋内应该留下了一部分东西。格雷斯托克的忠实家仆，那些当年没有被施奈德的士兵杀死的瓦兹瑞人，由于战争的原因团结到一起，由于他们身上所具有的对人类伟大的战争事业的能力，英国人便指挥他们去了别的地方。泰山在动身去寻找简以前就知道这些情况，但

金毛狮子 | 007

是究竟有多少热爱战争的瓦兹瑞人在战争中幸存,泰山并不知道。自己庞大的庄园中后来究竟发生了什么,泰山也不知道。有些游荡的当地部族,也就是阿拉伯人俘虏的奴隶,或许已经彻底摧毁了德国人建造的房屋。这一切,就像被洗劫过的丛林又重新安静下来一样,一望无际的葱绿森林埋葬了人类侵略旧世界的所有痕迹。

决定收养小狮子后,泰山在安排赶路或休息时,必须开始考虑小狮子,因为它需要食物,而且吃的东西只能是奶。

狮子奶是不可能了,所幸村庄并不罕见,他们已经到了有人类居住的区域。这里的人们都知道丛林之王,害怕他、敬畏他。泰山发现小狮子的当天下午,为了找到奶,便来到了一个小村庄。

刚开始时,当地人看他没有带领巨大的旅行队,便对这个白人不冷不热,用轻蔑的眼光看着他,没有恐惧只有轻蔑。没有旅行队,这个白人便不会给他们带来礼物,吃了他们的食物也无以回报。没有当地士兵帮助,泰山他们就不能得到食物,也不能强行购买。虽然当地人沉闷而冷漠,但并不是完全不关注他们,他们对这些白人不同寻常的外表和装饰还是感到很好奇。他们看见白人几乎像自己一样全裸,除了其中的那个年轻人拿了一支步枪,其他装备都差不多,三人都戴着从帕乌尔顿带回的饰物,原始而野蛮。在这些思想简单的黑人看来,实在有些奇怪。

泰山大步跨入村庄时只看见了妇女、孩子和汪汪叫的狗,于是便问道:"你们的首领在哪里?"

几个在屋子下面的阴影中躺着打瞌睡的士兵站起走过来。

"首领在睡觉呢,"其中一个说,"你们是什么人?叫醒他有什么事?"

"我要和你们的首领说话,把他给我叫来。"

士兵睁大眼睛好奇地打量着他，随后便哈哈大笑。"把首领请过来。"他大声告诉同伴，然后就大笑着用力拍拍自己的大腿，并用胳膊肘推推周围的其他士兵。

"告诉他，"人猿继续道，"泰山要和他说话。"

他们的态度突然间来了个一百八十度的大转弯，马上从泰山身边退下，眼睛睁得像铜铃一样，刚才那个笑得最大声的人突然间变得严肃起来。"拿垫子去，"他大声叫道，"让泰山和其他人坐下来，我去叫乌曼格首领。"然后就飞快地跑了。他好像很喜欢这个借口，可以逃离自己敬畏却又冒犯了的大人物。

此刻，尽管他们没有旅行队，没有土著兵，也没有礼物，但一切都没有关系，村民们争相表现自己的敬意。在首领到来之前，很多人已拿来食物和装饰品。现在，乌曼格首领终于到了。他是一位老人，早在人猿泰山出生前就开始担任首领。他行事庄重，颇具领导风度，像一位大人物一样问候了客人。不可否认，丛林之王的到访让他非常高兴，给他的村庄带来了无上荣耀。

泰山说明了自己的来意并把小狮子给他们看，乌曼格首领表示，只要泰山与他们待在一起就是他们的光荣，将会有足够的羊奶供给泰山。他还表示要从自己家的山羊身上挤来温热而新鲜的羊奶喂养小狮子。

在他们谈话的当中，人猿敏锐的眼睛扫视了整个村庄和村民的每一个细节。这里的街道和房前屋后到处都是狗，村民正在一条母狗的旁边点亮了一大堆火。母狗的身子下面是膨胀的乳房，泰山有了一个想法。他伸出手指着母狗对乌曼格说："我想买下它。"

"它已经是您的了，先生！不用付钱。"首领回答道，"它在两天前产下一窝小狗，可是昨天晚上小狗全被偷走了，应该是一条巨蛇干的。如果您愿意，我另外给您找更多又胖又嫩的狗来代替它，这一只吃起来味道一定不怎么样。"

"我没有打算要吃这条狗,"泰山回答,"我是想带着它给小狮子喂奶,把它捉来给我。"

于是一些孩子便抓住母狗,在它脖子上拴了一条皮带拉到人猿面前。母狗也像狮子一样,开始有些害怕,因为这个白人的气味与其他黑人不一样,它朝着新主人又叫又咬。但泰山最终赢得了母狗的信任,轻轻地摸着它的脖子,它便静静地卧在旁边。不过让小狮子接近母狗又是另一桩麻烦事,因为两个动物都害怕对方身上的敌人气味,小狮子一边叫着一边吐着口水,母狗也露出犬牙汪汪叫。这件事需要耐心,而且是无限的耐心,不过最后终于圆满解决,杂毛母狗终于给狮子的儿子喂奶了。小狮子本能的怀疑终究敌不过饥饿,泰山坚定友好的态度也赢得了母狗的信任。生活往往如此,磕磕碰碰之后总会友好相处。

泰山那天晚上把母狗拴在自己住的屋子时,夜晚两次起床让它躺下给小狮子喂奶。第二天一早泰山就和他的家人离开了乌曼格,而那条脖子上拴着皮带的母狗则跟在他们身边跑。他们再次向家园出发,泰山有时把小狮子抱在怀中,有时把它装在一只挂在肩膀上的袋子里。

他们给小狮子取名为杰达·保·贾,在帕乌尔顿人的语言中,就是金毛狮子的意思。它越来越习惯于跟他们生活在一起,同时也习惯了它的养母,养母对它亦视如己出。他们叫那母狗赞,意思是姑娘,第二天他们就解下了它的皮带。它乖乖地跟随他们穿过丛林,从来没有想要逃跑的意思,高高兴兴地紧挨着他们三人一起前进。

丛林中的小路已到尽头,伸向连绵起伏的平原,这里曾经是他们的家。每个人的心中都变得兴奋起来,有希望也有担忧,但三个人谁也没说一个字。等待他们的将是什么？人猿第一次领着新娘来到那里时，清除了大片错综纠缠的杂草，建起了自己的家园。这一次，除了杂草，还能有什么？

最后他们终于走出碧绿的森林，极目眺望平原远处，依偎在树林和灌木丛中的房屋清晰可见，为平原增添了一抹亮丽的风景。

"快看！"简大声叫道，"在呢，房屋依然在那里呢！"

"但是房子左边的是什么？稍远处的。"杰克问道。

"那是给当地人住的小屋子。"泰山回答道。

"田里有人在耕作。"简兴奋地大叫。

"有些周边的小屋被重建过，"泰山说，"至少可以说明一件事情，瓦兹瑞人已经从战争中回去，我忠实的瓦兹瑞人。他们重建了被毁的屋子，正在守护着家园，等待着我们回去。"

Chapter 2

栽培杰达·保·贾

人猿泰山、简和杰克很快便回到阔别已久的家中。与他们一起回来的还有金毛狮子杰达·保·贾和母狗赞,在第一批见面并欢迎他们的人中,有瓦什布的父亲慕维洛老人。他的儿子在保卫这个家和人猿的妻子中献出了自己的生命。

"哦,尊敬的主人,"这位忠实的黑人大声喊道,"我昏花的老眼看到您又变得清亮了。您离开家太久了,许多人怀疑您是否能够回来,但是慕维洛老人相信世界上没什么能够战胜他的主人。他也相信他的主人一定会回到挚爱的家园,忠实的瓦兹瑞人在等着他。但是女主人,我们都曾为她的逝去而伤心,真想不到竟然也能回来。瓦兹瑞人的小屋里今晚必要疯狂庆祝,因为这世上他们最爱的三个人又回来与他们在一起,男人们的舞步会使大地颤抖,女人们的尖叫会在天空中回荡。"

的确如此,瓦兹瑞人的小屋充满巨大的喜悦,舞会和庆祝持续了好几天,直到泰山强迫他们停下来,他和家人需要好好睡上几个小时。人猿发现他的英国管家杰维斯也同瓦兹瑞人一样忠实,在他的领导下,家里的马厩牲畜栏也像瓦兹瑞人的小屋一样全部恢复原样。泰山住的房子内部也重新装修过,因此,从整个外观上来看,他们的家已完全恢复到当年德国人入侵前的模样。

杰维斯由于房产的一些问题去了内罗毕,泰山他们回去后几天杰维斯才到家。他的惊讶与欢喜也实在不比瓦兹瑞人少,他与勇士及他们的队长一起坐在伟大的主人的脚边,连续几小时地倾听关于那片神秘的土地——帕乌尔顿的传奇,倾听格雷斯托克夫人被俘期间他们三人身上发生的故事。他也像瓦兹瑞人一样,对泰山带回来的宠物狮子非常好奇。泰山带回当地的混血母狗本来就已经够奇怪了,竟然还收养了天敌狮子的儿子,实在是超出他们的想象力。同样让他们感觉不可思议的是泰山教育小狮子的方法。

小狮子和它的养母占据了泰山卧室的一角,但人猿每天要花大量时间教育和训练这个带波点的金黄色小球。它现在又好玩又可爱,但总有一天会长成为会捕食的充满野性的庞然大物。

随着时间一天天过去,小狮子不断长大,泰山教给它许多技艺:如何取东西、送东西,如何在他几乎无声的命令中静卧隐藏自己,如何按照他的指示点对点移动,如何通过气味获取隐匿的猎物。为了训练如何给小狮子的饮食中添加肉类,泰山特意做了一个假人,假人的喉咙上总是挂着给小狮子吃的肉。人猿泰山一声令下,小狮子会先用肚子紧紧贴着地面蹲伏下来。泰山接着会指着假人喊一声"杀",小狮子便会一边发出野兽的吼叫一边冲上去,径直扑向那块肉。不管小狮子有多饿,它都学会了没有主人的命令绝不擅自行动。泰山每次给小狮子喂肉都采用这种方法,逗得瓦兹瑞勇士们笑逐颜开。当狮子还小的时候,要想爬上假人胸前够到挂在脖子上的肉实在有些难度。但随着年岁增长,小狮子获取目标变得简单起来。最后,它轻轻一跃就能扑倒猎物,将假人按在地上撕咬其喉咙。

在所有的功课中,只有一件最难学会。除了人猿泰山之外,所有被人养大、在成长中的食肉动物都很难克服嗜肉的天性,很难听从主人的意愿而放弃自己的本能。小狮子也是这样,在它学习"取东西"时,它必须找到指定的目标并且带回来送给主人。在练习取回假人脖子上的生肉时,它不能碰到那块生肉,不能伤害假人,而是要小心翼翼地取回放在主人的脚边。它必须要弄明白,确定自己这样做可以获得更好的报酬,可以获得两倍数量的最爱的生肉。单单为了让狮子学会这一条,泰山就花费了数周甚至数月的耐心和努力。

格雷斯托克夫人和杰克作为观众,对小狮子的教育也饶有兴趣。但夫人不太明白泰山如此煞费苦心地教育小狮子的目的,同时对人猿的方法也感到有些担忧。

"对于这种凶残的畜生,长大了能用来干什么?"她问道,"虽然它有希望成为强大的狮子,但它从小太熟悉人类,长大后恐怕也不会畏惧人类。而且你一直在假人的喉咙上给它喂食,它以后也会在真人的喉咙上寻找食物。"

"我叫它觅食时它才会觅食。"泰山回答道。

"但是你不允许它用人来填饱肚子?"她笑着反问道。

"它永远不会用人来填饱肚子。"泰山回答。

"但你如何阻止呢?在幼狮时期,你就教会了它在人身上觅食呀!"

"简,恐怕是你低估了狮子的智慧,否则就是我过高估计了。

如果是你正确,那么最艰难的工作依然摆在我的面前。如果是我正确,那么我的工作就已结束。所以我得再做点实验,看看咱俩谁对谁错。我们今天下午把杰达·保·贾带去平原上,通过丰富多彩的实验项目,看看我能控制它多少。"

"我押一百英镑的赌注,"杰克笑着说,"我相信它尝到血腥味后还能继续按照要求做事。"

"儿子,你说得没错,"人猿回答,"我今天下午就让你和你妈妈见识一下人们做梦也想不到的事情。"

"格雷斯托克勋爵,世界首席驯兽师!"格雷斯托克夫人笑着大声说,泰山也与他俩一起笑了。

"这不是简单地训练动物,"泰山说,"除了人猿泰山,没有任何人能够完成我正在执行的计划。我们先来做个假设证实我的说法。如果你面对的是一个不喜欢的物种,出于本能和遗传的因素,你认定这是一个需要死磕的敌人。你害怕他,听不懂他说的任何语言,他只能用某种野蛮的方式向你表达自己的意愿。或许你会遵从他的意愿做事,但你会付出一种完全无私的忠诚吗?不会,你只是被迫无奈,甚至憎恨其强加在你身上的意愿。不管任何时候,只要你感觉自己有足够的力量,你就不会听从他,或许会做得更加过激,反抗他甚至毁灭他。相反,如果你面对的是一个熟悉的朋友,保护你的人。他一直给你提供食物,理解和使用的语言也正是你熟悉的。如果他请你为他做件事情,你会拒绝吗?当然不会,你会心甘情愿地服从他,你对他的信任是由于他的友爱和对你的保护。这正是杰达·保·贾服从我的道理。"

"它这样做完全是出于自己的意愿。"杰克说。

"那么让我们再进一步想想,"人猿说道,"假设你喜欢和愿意服从的物种,为了执行自己的命令,完全有能力惩罚你甚至杀死你。

你对他的服从是不是会更进一步？"

"我们倒要看看，"杰克说，"杰达·保·贾如何轻松为我赢得一百英镑。"

那天下午，杰达·保·贾跟着泰山骑的马，与他们一起穿过平原。离家不远的地方有片小树木，他们在那里下了马，继续小心地向着一片羚羊出没的沼泽地前进。沼泽边上长着浓密的灌木丛，他们小心翼翼地向前靠近。其中有泰山、简和杰克，还有离泰山最近的金毛狮子，他们四位都是丛林猎手。狮子杰达·保·贾在四位中最后到达，他们偷偷地匍匐穿过丛林，偶尔有叶子发出"沙沙"的响声。远处有一群羚羊安静地在沼泽中吃草，近处有一只老雄鹿，泰山用一种神秘的方式指着前方让杰达·保·贾看。

"把它取回来。"泰山小声说道，金毛狮子的喉咙发出一种稀有的咕隆声，表示听懂了命令。

它悄悄地穿过丛林去执行任务，羚羊群正在无忧无虑地吃草。如果让杰达·保·贾直接冲上去，它与猎物之间的距离明显有点远，于是它躲在灌木丛中，要么等待着羚羊走到它的旁边吃草，要么等待着羚羊转过身背对着它。他们四个观察着这些在周围走动的食草动物，没有发出一点细微的声音，而羚羊却对这么近的危险毫无察觉，渐渐移动到杰达·保·贾的附近。狮子积蓄力量准备下手，除了它的尾巴稍微有些颤动，几乎没有任何其他迹象。犹如天空中的一道闪电，又像离弦的箭一般，它瞬间猛地跳起来扑了过去。羚羊还没有意识到逼近的危险时，它就跃过雄鹿扑了上去，一切为时已晚。羚羊刚要拔腿逃跑时，杰达·保·贾的后腿便一跃而起，紧紧抓住它。其他羊群立即四散逃开，刚才的悠闲自在马上无影无踪。

"现在，我们就等着看好戏吧。"杰克说道。

"它会把羚羊叼来给我。"泰山充满自信。

狮子犹豫了片刻,看着自己猎物的尸体,发出渴望的"咕咕"声。但一会儿它便咬住羚羊的后背,侧着头慢慢把羚羊拖去泰山的方向。它拉着羚羊的残骸穿过灌木丛,来到泰山脚边,然后便站立起来,抬头看着泰山的脸,虽然表情很难说得清楚,但是明显有一种自豪,等待奖励的意思。

泰山轻轻拍拍它的脑袋,低声对它说着什么,表示赞赏。然后便拿出猎刀,割断羚羊的颈动脉,让血流了出去。简和杰克站在近处,观察着杰达·保·贾。看到新鲜的美味,闻到热乎乎的血腥,狮子会怎么样呢?它闻闻羚羊,喉咙发出"咕咕"的响声,裸露着尖牙用贪婪的眼神盯着他们三个人。人猿伸出手掌把它推开,狮子生气地再次发出"咕咕"的喉鸣,猛地想要去咬泰山。

敏捷如雄狮,快速如雄鹿,但人猿泰山却更似一道闪电!他以迅雷之势击中狮子,出手如此之重,杰达·保·贾几乎在它想要攻击主人的同时倒在了地上。它迅速地打了个滚又站起来,与主人面对面峙立。

"下去!"人猿命令道,"躺下!杰达·保·贾!"他的声音低沉而有力。狮子犹豫了一下,但随后就按照人猿泰山的命令倒了下去。泰山转过身拎起羚羊尸体扛在肩上。

"过来!"他对杰达·保·贾说道,"跟上!"他连看也没看狮子一眼,径自骑上马去。

"或许我已经弄明白了,"杰克笑着说,"我已赢得了一百英镑。"

"你当然明白了!"他的妈妈说道。

Chapter 3

神秘会面

　　一个年轻的女人正在伦敦的一个二等小饭馆里吃饭，虽然打扮得过分妖艳，但并没影响她姣好的容貌。她有些引人注目，但不是因为完美的身材和精美的面容，而是因为身边相貌堂堂的伙伴，一个比例匀称的二十四五岁的大块头年轻人。他的身材和面容都无可挑剔，一副漂亮的胡子更让他在人群中脱颖而出，六英尺三英寸的身高，宽阔的肩膀，厚实的胸膛，还有窄窄的胯骨。他的体格、举止，他所有的一切都毫无疑问地说明他是一位训练有素的运动员。

　　他俩正在亲密地交谈，但偶尔会给人激烈争吵的感觉。

　　"我告诉你，"男人说，"我认为我们根本就不需要别人参加。我们俩本来可以独自拥有所有，现在却要被分成六份。为什么要把我们的东西分给他们？"

　　"实施这项计划需要钱，"女人回答，"但我们俩都没有。他们有钱并且愿意在我们身上下赌注,选择我是因为我有信息,选择你是因为你的外表和勇气。埃斯特班,他们花费了两年时间才找到你。如果背叛了他们,我站在你的立场上当然不会介意。但是,埃斯特班,如果他们认为不能再利用你,但你又知道了计划的全部细节,一定会马上割断你的喉咙。如果你现在试图把他们的利润全部拿走……"

她停下来耸耸肩膀,继续说:"不,亲爱的,我热爱生活,抱歉不能与你一起加入这样的阴谋。"

"但是,弗洛拉,我们应该从中获得更多,不能像他们给的那么少。你负责提供所有的信息,我负责冒险。凭什么我们不能获得比六分之一更多呢?"

"埃斯特班,那你自己跟他们谈吧,"姑娘耸耸肩说,"但是如果你愿意听从我的建议,就会对自己可能得到的财富感到满意。我不仅拥有对他们的成功至关重要的信息,我也知道你的患得患失。虽然不知道总数究竟有多少,但我对六分之一已经非常满意。我敢保证,如果你不胡思乱想,六分之一的财富在我们任何一个人的余生中花起来都会绰绰有余。"

男人似乎并没有被说服,年轻女人有种感觉:这人不简单。事实上,她对他几乎一无所知。两个月前,她才第一次在伦敦一家影院的屏幕上看到他扮演的罗马禁卫队的一名士兵,后来又见过一两次。

他扮演的是个不起眼的小角色,只是他雄壮的体格和英俊的外貌引人注目。毫无疑问,在千万个看到他银幕形象的人中,弗洛拉是唯一对他过目不忘的人。使弗洛拉产生兴趣的不是他的演技,而是因为过去两年来她和她的伙伴一直在寻找这样的一类人,而埃斯特班·米兰达就是最合适的人选。后来找到他本人又费了一番周折，经过一个月几乎毫无成果的人肉搜索后，终于在伦敦一家很小的电影公司的摄影棚里的一帮群众演员中找到了他。不需要其他任何条件，她姣好的容貌便让他一见如故，渐渐亲近起来，只是她并没有说明自己接近他的真实目的。

弗洛拉看得出，他是西班牙人并且出身于一个良好的家庭。同时，她很快发现他是一个毫无道德准则的家伙，因为他很快就同意参加这桩不太光彩的交易。这桩交易在弗洛拉·霍克斯的头脑中孕育了很久，她和她的四个同伴已计划好了所有的细节。知道了埃斯特班是个不择手段的家伙后，她意识到必须采取多种预防手段以免自己的信息有一天被他利用。因此，直到现在，计划的关键信息还是全部掌握在她自己手中，甚至连其他四个伙伴也不太清楚。

他们静静地坐了一会儿，把玩着拿来喝酒的空杯子。不久，她抬头时发现他的目光正盯着自己，即使不似弗洛拉般精明的女子也能读懂他目光中的内容。

"你可以让我做任何你希望的事情，弗洛拉，"他说，"与你在一起的时候，我便会忘记金子。我只会想到另一种你一直拒绝给予的回报，但是总有一天我一定要得到。"

"最好不要把爱与生意搅在一起，"姑娘回答，"埃斯特班，只有你出色地完成了这项工作，我们才有可能谈情说爱。"

"我知道你不爱我，"他低声说，声音中有些嘶哑，"而且我能看得出其他几个人都爱你，这就是我为什么恨他们的原因。如果能找出你爱的究竟是谁，我或许会把他的心挖出来。有时我会假设你先爱上他们中的一个，然后又爱上另一个，你与他们太熟悉了，弗洛拉。虽然他们自以为没人看到，我看见过约翰·皮伯斯抚摸你的手。你与迪克·思罗克跳舞时，他总把你搂得太近；你们脸对着脸跳舞。弗洛拉,我告诉你,我不喜欢这样。在这些日子里,我几乎完全忘记了金子,我每天只想着你。也许以后会出事,不可能有这么多人瓜分我从非洲带回来的金锭。布卢布和克拉斯基也不是好东西,也许克拉斯基是他们当中最坏的一个,他是个漂亮的魔鬼,我不喜欢你含情脉脉地盯着他。"

愤怒的火焰渐渐在姑娘眼中升起,她用手势打断了埃斯特班的话。"什么才是你的正经营生?埃斯特班先生?你是我找来为我的朋友服务的。我怎么对待他们,他们怎么对待我,关你什么事?我想让你弄明白,我认识那几个人已经好几年了,而认识你才不过几个星期。如果需要有个适当的人来约束我的行为,应该是他们中的一个,而不是你。感谢上帝,事实上我并没有什么不检点的行为。"

他的眼中燃烧起愤怒的光。"正如我所预料的一样,"他叫道,"你的确爱他们之中的一个人。"他半起身靠在桌子上恶狠狠地盯着她,"让我找到究竟是谁,我要把他撕成碎片。"

他用手指揪住自己的黑发,直到根根竖直起来,活像愤怒的狮子的鬃毛。他的双眼燃烧起来,姑娘的心中升起一股恐惧的寒意,他像一个完全失去理智的人。即使他不完全是个疯子,姑娘也觉得害怕,意识到该安慰他一下。

"别生气,别生气,埃斯特班,"她柔声低语,"实在没必要为子虚乌有的事情如此生气,我从没说过我爱他们中的任何一个人,也从没说过不爱你,只是我有些受不了你的求爱方式。也许你们西班牙女孩子喜欢这样,但我是英国姑娘。如果你爱我,请像英国爱人一样对待我。"

"你的确没有承认过你爱他们之中的某一个,但是另一方面,你也从没说过你不爱他们中的某一个人。告诉我,弗洛拉,你究竟爱的是哪一个?"

他的眼睛依然在燃烧,高大的身躯因压抑的激情而不停发抖。

"我不爱他们,埃斯特班,"她回答,"到目前为止,我也没有爱上你。但是我会爱上一个人的,埃斯特班,到时我会告诉你。也许我会爱上你,因为我从未爱过任何人。只有等到探宝回来,我们可以选择自己喜欢的生活方式和地点时,我才允许自己爱上你。即便如此,我还是不能发誓。"

"你最好能发誓,弗洛拉!"尽管已经平静下来,但他还是不高兴,"你最好能发誓,弗洛拉!如果不能拥有你,我对金子也不感兴趣。"

"安静,"她警告道,"他们很快就要到来,时间差不多了,他们已迟到了整整一个小时。"

他俩依然坐在那里,男人把头转向女人注视的方向,看见四个刚刚进入小饭馆的人向他们走来。其中的两个明显是英国人,高大壮实的中产阶级,他们的外表忠实地反应了自己的过去,他们以前是拳击手。第三个,阿道夫·布卢布是个身材矮小肥胖的德国人,长着一张圆脸,面色赤红,脖颈粗壮。另外一个在四人中最年轻,也是四人中长相最好的一个。他皮肤干净,脸庞光滑,黑色的大眼睛也许正是激起埃斯特班嫉妒的原因。此外,他还有一头蓬松的棕色卷发,希腊神明式的身材,俄罗斯舞者般的优雅。事实上,也正是因为这份优雅,才使得卡尔·克拉斯基看起来不像小流氓。

他们找到椅子坐下来,姑娘愉快地与四人打了招呼,但西班牙人只是勉强地点点头。

"黑尔啤酒!"皮伯斯大声喊道,一边敲着桌子引起侍者的注意,"我们喝杯黑尔吧!"

他的建议得到大家一致赞同，在等待啤酒的时候，他们随意地聊着一些无关紧要的事情，比如闷热的天气啦、耽误了行程的环境啦，以及上次见面以来发生的一些其他小事。埃斯特班一直闷闷不乐地坐着，一言不发。侍者送来酒后，他们便与弗洛拉干杯，这是他们很久以来的习惯，表示又聚在了一起，接着便开始讨论正事。

"现在，"皮伯斯一边用他多肉的手敲着桌子一边大声说，"我们又在一起了，一切都太好了。我们现在拥有一切：弗洛拉和她的计划、金钱、埃斯特班先生，万事俱备。欢迎你的加入，亲爱的老伙计。"

"你们总共有多少钱？"弗洛拉问道，"这个计划需要花费大量的金钱。如果钱不够，开始计划也没用。"

皮伯斯转向布卢布，"那儿，"他伸出粗短的手指，"他有源源不断的钱财，这个德国胖子可以告诉你，我们有多少钱。"

布卢布搓搓肥胖的手掌，不自然地笑着说："好吧，弗洛拉小姐，你觉得我们应该有多少钱才算够了？"

"为保险起见，应该不少于二千英镑。"她马上回答。

"哇！哇！"布卢布大声叫道，"真是好大的一笔钱呀，二千英镑！我的天哪！我的天哪！"

姑娘厌恶地摆摆手，说道："我在第一次见面时就说过，与一帮没钱的人在一起没法做事。如果你们没有支持完成所有计划的金钱，我是不会交出地图和相关说明的。没有这些东西，你们就不可能到达藏宝洞。如果我听到的有一半是真话，那里埋藏的宝贝就足以买下整个英格兰岛。当然，你也可以只管自己去花自己的钱。但是，如果想得到那个可以使你变成全世界最富有的人的信息，你就得让我知道你至少有二千英镑。"

"这个笨蛋手头有那么多钱,"思罗克大声说,"他总爱发牢骚。"

"他也管不住自己,"克拉斯基说,"这是种族特征,布卢布即使结婚时也一定会狠狠地与婚姻登记员杀价。"

"哦,好吧。"布卢布叹口气,"我们为什么要浪费这么多的冤枉钱?是不是本来可以花一千英镑就够了?"

"当然,"姑娘突然严肃地说,"如果一千英镑就够了的话,那你就只需花这点钱。但你还是要准备好二千英镑以防万一。根据我的经验,那个国家的紧急情况多于正常情况。"

"哎!哎!"布卢布叹息道。

"我们已备好了所有的钱,"皮伯斯说,"现在就可以开始行动。"

"或许他真有这么多钱,但我还是想要先看一看。"姑娘回答。

"你在想什么呢?难道我会把所有钱都装在口袋里?"布卢布回答。

"难道你就不能听进去我们的话吗?"思罗克抱怨道。

"你们真是一群骗子,"弗洛拉说着笑了起来,"不过,这件事上我还是相信克拉斯基的话。如果他告诉我你们有那么多钱,带钱的方式也没有问题,而且可以用于开支我们冒险路上的所有必要消费,那么我就相信。"

皮伯斯和思罗克生气地沉下了脸,埃斯特班将眼睛眯成两条窄窄的缝,盯着俄罗斯人。相反,布卢布则完全没有受到影响。对他这种人,越是冒犯,结果越好,他貌似喜欢这样。对于尊敬和关心他的人,他经常会骄傲自大。对于打击他的人,他却会阿谀奉承。克拉斯基在一边露出自得其乐的样子,埃斯特班却气得全身血直往头上涌。

"布卢布的确有那么多钱，"他说道，"我们每个人都凑了份额。我们选举布卢布当财务主管，是因为我们知道他会勒紧每个法新（1961年以前的英国铜币，等于四分之一便士），除非迫不得已，他不会同意任何一个法新离开自己。现在就开始讨论我们从伦敦结伴出发的计划。"

克拉斯基从口袋中抽出一张地图，打开来铺在面前的桌子上。他用手指着地图上标有X的点："我们在这里会合，并在此地装备好去探险。布卢布和埃斯特班最先出发，然后是皮伯斯和思罗克。你和我到达时，所有事情都准备得差不多了，我们很快就可以向内陆地区出发。我们将在那里长久扎营。既要远离别人踩出的路，又要离我们的目标尽量近一些。埃斯特班在准备最后的长途跋涉前没什么事，可以随便玩玩。我相信他对于自己将要扮演的角色受到过良好的训练，他一定会表演得非常完美。他所面对的只是无知的土著和野兽，因此对他过去的能力不要太苛刻。"克拉斯基柔和而缓慢的语调下隐藏着巨大的讽刺，西班牙人黑色的眼睛开始闪着恶毒的光芒。

"按照我的理解，"埃斯特班说，他尽量用缓和的语调掩饰着自己内心的愤怒，"你和弗洛拉小姐单独去X点？"

"没错。除非你的脑子有问题。"俄罗斯人回答。

西班牙人愤怒地从桌子边站起来，身体冲向克拉斯基，坐在旁边的弗洛拉拉住了他的外套。

"不许这样！"她说着将他拽回椅子，"你们之间问题太多！如果再有任何矛盾，我就把你们全部开了，重新为我的冒险之旅寻找意气相投的伙伴。"

"对，开了他们！有我们在呢，就这样干！"皮伯斯兴奋地大声叫道。

"皮伯斯说得没错！"思罗克用他低沉的嗓音说道，"我支持他！弗洛拉绝对正确，我坚决支持！如果再有什么，我就揍瘪你们两个。"他先看看埃斯特班，又看看克拉斯基。

"现在没事了，"布卢布打圆场说道，"大家握握手，都是好朋友。"

"没错，"皮伯斯大声说，"说得对极了，伸出你的手，埃斯特班。来吧，克拉斯基，忘掉所有的不快。我们不能带着仇恨开始做事，好了，没事了。"

俄国人克拉斯基感觉自己在弗洛拉心中地位稳固，因此用一种宽宏大量的方式，隔着桌子向西班牙人伸出手，埃斯特班犹豫了片刻。

"来吧，握手了！"思罗克说道，"否则你就会成为一个多余的人，回去干原来的工作。我们将寻找别人代替你的工作，重新分配所得。"

突然间，西班牙人黝黑的面庞绽放出愉快的笑容，他敏捷地伸出手紧紧握住克拉斯基的手。"原谅我吧，"他说道，"我是个急性子，但内心没什么意见。弗洛拉小姐说得不错，我们必须都是好朋友。克拉斯基，我用最真诚的心与你握手。"

"太好了，"克拉斯基说，"非常抱歉冒犯了你。"但他忘记了对方是个演员，如果他能看透他黑皮肤下的灵魂，一定会不寒而栗。

"那么现在，我们全都是好朋友了，"布卢布用他的德国腔英语说道，一边夸张地搓搓手，"为什么不安排好出发时间尽早开始？弗洛拉小姐给我地图和相关说明，我们马上就可以做计划。"

"克拉斯基，给我一支铅笔。"姑娘说道。克拉斯基递过铅笔后，她在地图中央距离 X 点不远的地方找出一个点，并在上面画了一个小圈。"这是 O 点，"她说道，"在我们所有人到达这里以后，你们就可以知道全部相关内容，但在这之前不可能。"

布卢布甩甩手："哦，弗洛拉，你在想些什么呀，我们花了二千英镑，就为买一个不能仔细查看的货品？不行，不行，你不能不让我们看，我们必须在花费每个法新前弄明白每件事情。"

"是啊，对于我们来说，的确如此。"皮伯斯用拳头敲着桌子大声吼叫。

姑娘从容地从座位上站起来。"那么，很好，"她说着耸耸肩，"如果你们真是这么认为，我们可以取消一切。"

"不，等等，等等，弗洛拉小姐，"布卢布急忙站起来大声说道，"不要立马说放弃。但是你也替我们想想呀，二千英镑是一大笔钱，我们都是规矩的生意人。我们不能什么也不知道就准备花掉这么多钱呀！"

"我不会让你们白白花费这么大一笔钱，"姑娘回答，"但是如果你想让我们这个团体互相信任，那么你就应该完全相信我。如果我把自己知道的所有信息都说出来，世界上就没什么东西可以阻止你们残酷地丢下我单独去探宝，我不希望诸如此类的事情发生。"

"但我们不会自己离开，弗洛拉小姐，"布卢布坚持说，"我们在任何时候都不会欺骗你。"

"但你也不是天使，布卢布。你们谁都不是天使，"姑娘反驳道，"如果你们真要做这件事，那就按照我的方法来。我会坚持到终点，最后得到我想要的东西。到目前为止，我该说的都说了。我有吸引你们的计划，你们或者前功尽弃，或者靠着我的计划前进。如果到达终点时不能得到想要的东西，那么把你们绑在我的身边，一起深入讨厌的丛林，一起经历苦难，对我来说又能有什么好处呢？其实，我不似看上去那么柔弱。与你们这帮恶棍在一起，如

神秘会面 | 027

果没有什么杀手锏，我如何能对付得了你们？只要自己光明磊落，我就觉得胸怀坦荡，平安无事。虽然不知其余的人会怎么做，但我相信埃斯特班和克拉斯基会照顾我。现在我们是出发还是不出发？"

"好吧，皮伯斯，你和思罗克是怎么想的？"布卢布问两个当过拳击手的人，"克拉斯基，我知道他的想法与弗洛拉一样，怎么样？"

"妈的，"思罗克骂道，"除了实在没有办法，我向来不会太过相信别人，但看来这次只得相信弗洛拉了。"

"我也一样，"皮伯斯说，"弗洛拉，如果你想尝试一些有趣的事情……"他庄重地用手指做了个割喉咙的动作。

"我明白了，皮伯斯，"姑娘笑着说，"即便为了两镑，你也会像为了二千镑一样，认真完成这次任务。那么，现在大家都同意了我的计划？你也一样？克拉斯基？"

俄罗斯人点点头，"不管剩余的路程对我来说意味着什么。"他强调道。

于是这个和气的小团体开始详细地讨论他们的计划，讨论到达姑娘在地图上画下的O点前可能经历的所有细节。

Chapter 4

脚印的秘密

金毛狮子杰达·保·贾两岁的时候已经长得高大健美,成为同类中的佼佼者,是格雷斯托克家见过的最好的狮子。它的块头已远远超过多数成年狮子,比例也和谐完美。高贵的头颅和长长的黑鬃毛无不显示成熟雄狮的风姿,智力上更是超过了它在森林中的野蛮兄弟们。

对于煞费苦心训练他的人猿来说,杰达·保·贾永远是他的骄傲和喜悦。为了充分激发杰达·保·贾潜在的力量,人猿设计了各种巧妙的训练。狮子已不再睡在主人的床头,泰山专门在房屋的后院给它建了个牢固的笼子。因为人猿知道,对于一头狮子来说,无论是在哪里养大也无论是怎么养大,它都依然是头狮子,一种野蛮的食肉动物。第一年时它可以在家里家外随意走动,后来只能在泰山的陪同下出去,比如一起在平原上或丛林中漫步打猎。狮子与简和杰克也一样熟悉,他俩既不害怕也没有不信任杰达·保·贾,但狮子唯有对人猿表示了特别的亲近。杰达·保·贾忍受了泰山家里最阴暗的笼子,从没侵犯过家里养的其他动物和禽类。在它还是个幼狮的时候,只要稍微接近畜栏或鸡舍就会立马受到惩罚。但主人从来不会让狮子挨饿,这对农场牲畜的安全至关重要。

人类和兽类之间互相理解得如此完美。毫无疑问,狮子理解泰山对它说的一切,但是要做到这一点,泰山首先得把自己的意志准确地传达给狮子。泰山的严厉与疼爱,使得杰达·保·贾幼狮时代养成的习惯变成了成年时的绝对服从。为了泰山的命令,它会去很远的地方猎取并带回羚羊或斑马,但从不会自己主动品尝猎物,而是把猎物完整地放在主人脚下,然后便退下。这就是与它神圣的主人一起在原始森林中游荡的金毛狮子。

就在这时,一些谣言开始流传,人猿听说他家的西边和南边有强盗在活动,还有象牙盗窃、奴隶逃跑和虐待奴隶等丑闻,但这些并没能打扰人猿平静的丛林生活。到了艾默·本·卡特尔首领时代后,又不断有新谣言传来,人猿泰山不禁皱起了眉头,开始思考相关问题。但接下来的一个月中,泰山并没有听到什么从西边传来的流言。

战争大大减少了格雷斯托克家的收入,他们几乎把全部收入都捐给了盟军,自己只留下少量的钱用于恢复泰山在非洲的庄园。

"看来似乎不可避免了,简,"泰山一天晚上对妻子说,"好像我得再去一次欧帕。"

"我想到这件事情就害怕极了,我不想让你去,"简说,"你前两次离开那里时只是侥幸逃脱,但这第三次也许就没那么幸运了。约翰,我们的财富已经足够,可以幸福而舒适地在这里生活,这比你再次去冒险获取财富重要得多。"

"不会有危险,"泰山向妻子保证,"上一次沃佩紧跟着我的脚步,地震夺去了他的生命,我却幸免于难。但是这次不会再有那么危险的环境影响我。"

"约翰,你不会一个人去吧?"她问道,"你带着杰克一起?"

"不,"他回答,"不能带,他得留在这里陪着你,因为我长期离家对你更危险。我会带五十个瓦兹瑞人当搬运工,这样我们就可以带回来很多金子,维持较长一段时间。"

"还有杰达·保·贾,"她问道,"你会带着吧?"

"不,它也最好留在家里。杰克可以照顾它,偶尔还可以一起去狩猎。我这次旅程要轻装快捷,这对它来说有困难,因为狮子不喜欢在太热的太阳下行动,而我们又会白天赶路,我恐怕杰达·保·贾受不了。"

人猿泰山就这样又一次出发了,重新踏上通往欧帕的漫长道路。在他身后跟着五十个瓦兹瑞人,他们全是从这个好战的种族中选出来的精英,他们已经把泰山当成了自己的首领。简和杰克站在家门口向他们挥手告别,金毛狮子杰达·保·贾从房子后面发出的低吼也传到了泰山的耳朵。尽管已走出很远,狮子的声音却依然伴随着他们在绵延的平原上前进,直到很远的地方才彻底消失。

泰山本来可以走得相当快,但他的速度最终还是由最慢的那个黑人决定。如果他们只是白天行走,那么从庄园到欧帕要步行二十五天。如果回程要背上取来的金锭,他们的行程估计会更慢。正因为如此,人猿为这趟冒险计划了两个月时间。他的旅队都是有经验的勇士和猎人,途中经过的又是猎物丰富的山村地区,不需要像白人出猎一样背负繁重的补给,所以可以快速行进。

一些荆条和树叶便可为他们搭建夜晚的睡棚,刺枪、弓箭和他们伟大的白人首领永远有魔力不会让他们饿肚子。泰山计划与这些精选出来的勇士花费二十一天时间到达欧帕。如果泰山一人行动的话，他的速度还可加快两三倍。泰山一人快速旅行时，他几乎可以飞着穿越丛林，而且无论是白天还是黑夜，他都像在家里一样，从不知疲倦。

第三周一天的中午，泰山远远走在黑人的前面去寻找猎物，他突然看见一只鹿的尸体，其侧腹上插着一支带羽毛的箭。它应该是在稍远的地方受的伤，中箭的位置说明它不可能是立即死去的。特别引起人猿注意的是这支箭的设计，从鹿身上拔出来时，他的心中充满了惊异。他知道这支箭的来头，就像你我在百老汇或者施特兰德看到斯威士土著人的包头巾一样清楚。这是在公园或郊区出售的用来比赛的箭，世界上任何大城市的体育用品商店都可以买到。这种玩具箭现在竟然插在非洲野兽身上，实在太不可思议。尽管人猿知道这支箭是未经训练的野蛮人射出的，但已发挥了作用，鹿的尸体就是证明。

泰山的好奇心促使他不禁想要弄个清楚，这也正是他与生俱来的丛林警惕性。要在丛林中长久生存，就要熟悉他的丛林，就要让任何非同寻常的事情或环境得到合理的解释。泰山沿着鹿过来的路追溯回去，他还要尽可能弄清杀死鹿的猎人的情况。有血的足迹很容易辨认，鹿明显前一天就已经死了，令泰山困惑的是，猎人为什么没有追上来取回猎物。他发现鹿跑了很远，在找到猎人的第一个标志物前，太阳已经开始西沉。这是一些人类脚印的痕迹，在泰山心中激起了与见到箭时同样的惊异。他弯下腰仔细地进行了观察，甚至用他敏锐的鼻子闻了闻。这不大可能，甚至是绝对不可能，那些光脚丫的脚印是一个白人的，而且可能是一个与泰山一样高大的白人。人猿站起来盯着神秘的陌生人的脚印看了很久,用手指梳理着自己浓密的黑发,这正是泰山遇到困难时的典型动作。

裸体的白人来泰山的丛林干什么?还用箭术俱乐部的漂亮的箭杀死泰山的猎物?泰山的脑中想起了一个几周前听到的模糊的传说,难道真有这样的一个人?太不可思议。他决定解开心中的谜团,于是便沿着陌生人脚印踩出的小路出发。飘忽不定的小路似乎要穿过丛林,但明显没有固定的目的地,只是试探着前进。泰山料想应该是某个没有经验的猎手迷路了。眼看夜幕就要降临,泰山还是没能解开心中的谜团,他只能转身回去自己的扎营地。

泰山知道他的瓦兹瑞勇士正在期待着自己打回去的猎物。但他也知道自己并不是那天晚上唯一在附近寻找猎物的食肉动物,不过他还是不想让他们失望。泰山首先听到附近有一头狮子咳嗽时发出的嘟噜声,接着又听到远处传来另一头狮子的低声咆哮。这绝不是泰山第一次用自己的智慧、力量和敏捷的身手与野蛮世界的猎手相较量。包括人类和动物都在内,别的猎手何时抢走过人猿的猎物?

泰山最后终于猎获了一只肥美的羚羊,而且是从一头既愤怒又失望的狮子鼻子低下抢到的美味。泰山与抢食的狮子走的几乎是同一条小路,他把羚羊扛在肩上,脸上带着对大猫的嘲弄,轻轻摇晃着身体走向低处的农田,静静消失在浓密的夜色中。

他毫不费力就找到了营地和饥饿的瓦兹瑞人,他们给予了他巨大的信任,一直坚信他一定会回来,一定会给他们带回来肉。

第二天早上,泰山又独自出发去欧帕,而让瓦兹瑞人沿着原来的方向前进。他之所以离开他们是想要去弄清前一天丛林中见到的神秘情景,探索那支箭和脚印在他心目中引起的疑问。

泰山再次来到前一天因天黑而放弃的地点,跟随着那个陌生人的足迹前行。还没走多远，泰山便发现了那个可恶的人类的进一步罪证：小路上躺着一只巨猿的尸体，那是养育泰山长大的巨猿部族中的一员。在这只巨猿肚子上突起的是另一支用人类文明制造的箭，泰山眯起眼睛，愁容爬上他的眉头。谁竟敢如此侵犯他的领地，无辜屠杀他的臣民？

人猿的喉咙发出不平的低声鸣叫。回到丛林的泰山脱掉了人类的外衣，他身上白人的虚伪文明也消失殆尽。没有哪个英国绅士会重视他满身是毛的兄弟，但是作为丛林人的泰山，胸中却对射死巨猿的人类充满了不可遏制的怒火，这是丛林养大的孩子与生俱来的脾性。泰山仔细查看了人类残暴的屠宰现场，并没有感觉自己与杀手之间具有任何一丝血缘关系。

泰山意识到小路上的痕迹到了第二天就可能被蹭掉，他决定加快追寻杀手的速度。泰山的脑海中明白，这是明显的蓄意谋杀。因为他对巨猿的性格了如指掌，除非被迫无奈，否则它们不会故意追杀别人。

泰山沿着小路蜿蜒前行，在发现巨猿尸体大约半小时后，他敏锐的鼻子嗅到了其他同类的气息。知道它们是些胆小但又天性凶狠的森林居民，泰山便轻手轻脚地前进，以防它们甚至还没认清他的身份，就吓得四散逃走。他并不经常见到它们，但知道它们中往往有一些巨猿能认识他，通过这些认识自己的巨猿可以与它们的部族建立起友好的关系。

由于地上的灌木太浓密，泰山决定从中间的梯田前进，他像荡秋千一般轻松而敏捷地抓住长满叶子的枝条，不一会儿便赶上了一群身材魁梧的巨猿，它们总共有二十只左右，正在一片空地上寻找毛毛虫和甲壳虫。对猿群来说，这是它们重要的日常食物。

在一个巨大的树枝上停下来后，人猿的脸上露出了淡淡的笑

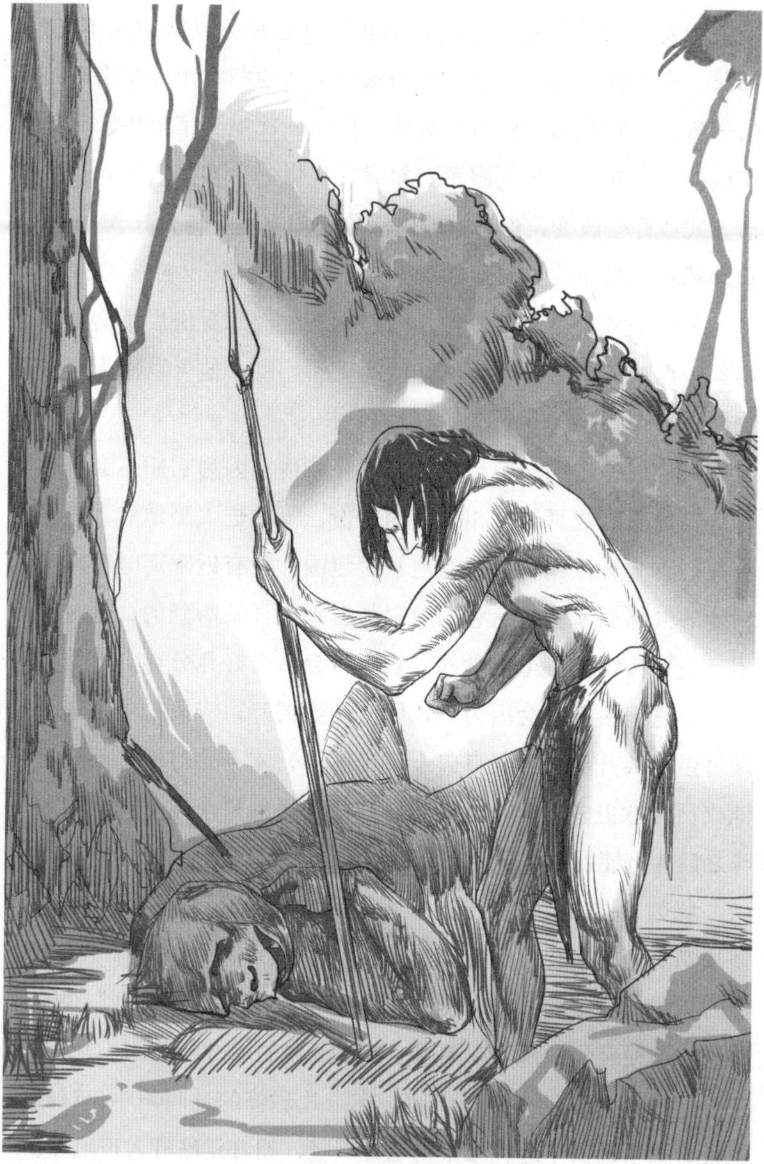

容,他把自己隐藏在一棵叶子茂盛的大树上,看着下面的猿群。巨猿的每一个动作都让泰山不由想起自己很久以前的童年时代。那时,在天性凶猛的母猿卡拉的保护下,他归类于养父塔布拉特的部族。在嬉戏喧闹的青年时代,他又一次见到了尼塔和其他童年伙伴。成年后,他征服了青年时代畏惧的许多野人。人类的生活方式或许会改变,但巨猿的生活方式却永远一样,昨天,今天,永远都不会改变。

他静静地观察了几分钟,等它们认出他的身份后该会是多么高兴!因为人猿泰山知道丛林的深度和广度,他可以作为朋友保护巨猿部族。

开始时,它们一定会对他咆哮吓唬他,因为它们不会单独凭着自己的眼睛或耳朵就相信他的身份。等他进入平地后,愤怒的雄猿们首先会裸露着尖牙将他紧紧包围,只有近距离时用鼻子闻到他的气味后才能确认它们用眼睛看到和耳朵听到的,这时它们才会最后接纳他。毫无疑问,它们将会兴奋好几分钟。人猿的想象中,它们接下来会因为一片风吹动的树叶,一只毛毛虫或者一颗鸟蛋而离开他,会各自去干自己的事,才不会对他比部族里其他成员注意更多。但是这一切得在部族里的每个成员闻到他的气味之后才可能发生,之前则有可能用无情的双手抓破他的皮肉。

此刻,泰山首先发出了友好的问候,巨猿们抬头仰望时,他便从隐身处出来让他们看见。"我是人猿泰山,"他说道,"无所不能的勇士,巨猿的朋友,泰山因为友谊而回到他的部族。"说完这些话,他便轻轻地跳落在平地上草木茂盛的地方。

一时间,草地上乱作一团。在一片恐怖的尖叫声中,母猿赶紧带着孩子逃离草地,雄猿则毛发直竖,朝着侵略者大声咆哮。

"嗨!"泰山大声叫道,"你们都不认识我了?我是人猿泰山,巨猿的朋友，卡拉的儿子，塔布拉特部族的首领。"

"我们认识你，"其中一个年老的雄猿咆哮道，"我们看见你昨天杀死了戈布。滚远点，否则我们就杀了你。"

"戈布不是我杀的，"人猿回答，"我昨天发现了戈布的尸体，所以就去追赶凶手，这才在路上遇到了你们。"

"我们看见过你，"那个老雄猿重复，"走远点，否则我们就杀了你，你已不再是巨猿的朋友。"

人猿站在那里双眉紧蹙想着对策，这些巨猿坚信自己看见泰山杀死了它们的部族成员，该怎么解释呢？如何才能说明事情真相？难道他追踪的白人大脚印意味着什么秘密？远远多于他的猜想？泰山有些迷惑，他抬起头，再次向雄猿发话。

"戈布真的不是我杀死的。"泰山坚持道，"大家从小就认识我。你们知道，只有在公平争斗中，一个雄猿才会袭击另一个，我曾经因此才杀过一个巨猿。但你们知道，在所有丛林人中，巨猿是人猿泰山最好的朋友，泰山也是巨猿最好的朋友。那么，我怎么会杀死自己人呢？"

"我们只知道，"老雄猿继续说，"我们看见你杀了戈布，而且是亲眼看见你杀了戈布。所以还是快点滚远吧，否则我们就杀了你。人猿泰山是无所不能的勇士，但比他更强大的是所有帕加斯雄猿。我是帕加斯，帕加斯部族的首领。在我们杀死你前赶快滚开！"

泰山试图继续讲理，但它们根本不听。它们确信一定是泰山杀死自己的伙伴雄猿戈布。最后，为了避免冲突，泰山只好伤心地离开，他担心会有巨猿在冲突中被打死。但是泰山现在比以前任何时候都要坚定，他一定要找出杀死戈布的凶手，他要让那个侵犯自己领地的人做出解释。

泰山一直跟随那个脚印，直至最后融入许多脚印之中——其中有光脚的黑人的脚印，但大多数是穿着靴子的白人的脚印，还混杂着不知是妇女还是孩子的脚印，这个他说不清。脚印的痕迹最后进入了环绕并保护着欧帕的贫瘠的石头山。

泰山几乎忘记了他刚开始的任务，他脑中只有一个疯狂的念头，那就是弄清这些丛林闯入者的真实身份，给予杀死戈布的人应有的惩罚。此刻，道路变得宽广而清晰，离开他与瓦兹瑞人原定集合的地方不会超过半天。泰山继续沿着道路前行，也就是说那些人现在应该已经到达欧帕谷的边缘。他们究竟来此地做什么，泰山无法想象。

他过去一直密切关注着欧帕的情况。据他所知，除了简和他们的儿子杰克，没有其他白人知道这座被遗弃了的古代亚特兰蒂斯的城池。究竟是什么东西吸引着这么一大帮白人，来到欧帕周围的荒蛮之地？

泰山沿着通往欧帕的小路行走时，脑中一直被这些念头占据着。天黑后，他们的痕迹依然清晰。人猿虽然不能看清他们的脚印，但依然可以凭着气味跟踪。远处，他清晰地看见了他们营地的灯光。

Chapter 5
致命打击

无论在屋里还是在农场，家里的生活依然如旧，与泰山出发前没什么区别。杰克有时步行，有时骑马跟着农场帮工或牧人去干活，有时是独自一人去干活，更多的时间是与他们的白人管家杰维斯一起去。当他们骑马前往时，简也经常会一同去。

杰克给金毛狮子套上一条皮带，因为他不完全相信自己有能力控制这头野兽，担心主人不在家时，杰达·保·贾会逃入森林，恢复自然的兽性本能。如果在丛林里，这样的一头狮子对人类生命将会是巨大的威胁。对于杰达·保·贾来说，虽然它是被人类养大，但依然缺乏人类的温和，而这正是所有野兽的明显特征。它曾被训练咬断假人的喉咙，所以杰克不难想象，如果对金狮完全失去限制，回归到它自己的丛林中，将会发生什么事情。

在泰山离开后的第一个星期，从内罗毕来的邮差给格雷斯托克夫人送来一封电报，说她在伦敦的父亲接二连三得了很多病。

她和儿子就此事讨论了一番,泰山要再过五六周才能回来,就算现在差个人给他送信,如果等着他回来简再出发,她将很难赶上见到父亲最后一面。即使现在立马动身,她能见到父亲最后一面的希望也非常渺茫。因此,他俩决定让简立刻出发,杰克把她送到内罗毕,然后回来管理农场并处理其他日常事务直到泰山回家。

从格雷斯托克家到内罗毕的路程漫长而艰苦,在杰克没有回来,也就是泰山离家的三个月后,照顾和喂养杰达·保·贾变成了一个黑人的工作。每次打扫卫生时,他总是小心翼翼地打开笼门。他在笼子里挥舞扫帚的时候,狮子就在他的附近走来走去。他们是老朋友了,瓦兹瑞人并不害怕这头巨狮,所以他有时背靠着狮子也浑然不知。这天黑人在笼子最里面的一个角落工作,狮子待在笼子口。狮子看见笼门开着一条缝儿,便把厚实的爪子伸入缝中轻轻一推,笼门便打开了。

金毛狮子突然间把它的鼻子伸向了笼门外面,惊恐的黑人发现时狮子已经一跃跳出了笼子。

"别跑!杰达·保·贾!别跑!"这可吓坏了黑人,他一边尖叫一边紧紧追着狮子。但是金毛狮子却反而加快了脚步,跃过篱笆后,朝森林方向大步跑去。

黑人挥舞着扫帚追赶狮子,他的大声呼叫惊动了侧屋内的瓦兹瑞人,他们一起加入追赶的行列。但是出逃的狮子行踪不定,动作敏捷。无论对他们的甜言蜜语还是恐吓威胁,它都概不理睬。他们就这样眼睁睁地看着金毛狮子消失在原始森林中,虽然他们一直辛苦地找到天黑,但最终只能放弃,垂头丧气地回到农场。

"哎!"那个伤心的黑人叹息道,他得为杰达·保·贾的逃跑负责,"主人回来后会怎么说呢?他发现是我让金毛狮子逃跑后会怎么处理我?"

"应该驱逐你离开家,基瓦兹,"老人慕维洛肯定地告诉他,"毫无疑问,一定会送你去东边很远的牧场看管牲口,那里将有很多狮子与你做伴,只不过它们不会像杰达·保·贾一样友好。但是这也不足抵消你一半的罪责,如果不是我们的主人对他的黑人孩子充满爱,如果他像慕维洛老人见过的其他主人一样,你就一定会受到鞭笞,打得你皮开肉绽,站也站不起来,甚至送命。"

"我是一个男人,"基瓦兹回答,"一个勇士,一个瓦兹瑞人,不管主人给我什么样的惩罚,我都会像一个真正的男人一样去承受。"

就在同一天晚上,泰山到达了他所追踪的陌生人的篝火边。为了不让他们发现,泰山把自己隐藏在他们营地中心正对面的一棵茂盛的大树中,周围是浓密的荆棘丛。星星点点的篝火照亮营地,中央有几顶帐篷,一顶前有四个白人,其中两个人身材高大,粗脖子红脸,显然属于英国的低层阶级。第三位看起来是个矮胖的德国犹太人,第四位是个高大英俊的青年,长着一头棕黑色的卷发。年轻人显然不是英国后裔,泰山感觉他应该是一个斯拉夫人。泰山到达后不久,这个人站起来走入附近的一顶帐篷,里面不久便传来低低的交谈声。他听不清谈话的内容,但从语调可以听出,其中有一位女性。围着火堆的三个人断断续续地交谈着,离他们最近的荆棘丛突然传来狮子的吼叫声,划破了丛林中的寂静。

受到惊吓的那个犹太人一声尖叫,一跳离开地面一英尺多,然后又倒退几步,失去平衡,掀翻了自己坐着的折椅,仰面摔倒在地上。

"我的上帝呀,布卢布!"他的一个伙伴叫道,"你要再这样大惊小怪,我就扭断你的脖子。我们都在这里,有什么大不了的。"

"见鬼,难道我们连头狮子也不如?"另一人吼道。

犹太人慢慢爬起来,"我的上帝呀!"他用浓重的德国口音叫道,"我以为它会从篱笆爬过来!救救我,太可怕了!如果不是为了非洲的金子,我永远不要再过最近这三个月以来的生活。哎,哎,让我想想都难受,狮子、豹子,还有犀牛和河马,我的天哪,我的天哪!"

他的同伴笑了起来:"我和思罗克一开始就说过,你不应该进入这种是非之地。"

"但我为什么要买下这些东西?"德国人嚎啕大哭,"我的上帝呀,这套衣服,花了我二十基尼(英国旧货币名,一基尼约等于一镑)!这正是我跳起来的原因。哎,如果知道这样,我花一基尼买行头就足够了,但我却花了二十基尼,除了狮子和黑人,还有谁来看我的衣服!"

"而且,你的身家看起来全部都在这里了。"他的另一个同伴说。

"再看看这个,已经又脏又破,我怎么能知道衣服会弄成这样?在电影《蒂尔特公主》中,我亲眼目睹主人公花了三个月时间在非洲猎取狮子杀灭食人族,但等他出来时,裤子上甚至连一个小污点都没有,我怎么能知道非洲不仅肮脏还有荆棘?"

人猿泰山正是选择在这个时候跳到他们面前的篝火旁,两个英国人立马站了起来,显然是大吃一惊。犹太人的第一反应是转过身想要逃跑,目光呆呆地固定在人猿身上。泰山仿佛从天而降,令他满眼恐惧,最后才渐渐缓和下来。

"我的上帝呀,埃斯特班,"德国人大声叫道,"你为什么这么快就回来了,你又为什么突然从天而降,难道你没想着会吓着我们吗?"

泰山的世界本来充满和平与秩序,这帮人没有他的允许就冒昧闯入。对这些野蛮的侵略者,他非常生气,额头上的伤疤这时变得腥红。那是巨猿在很久以前留下的，当时还是小男孩的泰山在一场决斗中碰上了那个大家伙。泰山这个相对弱小的白人，面对的几乎是需要匍匐在其脚下的庞然大物。他那天刚好带着父亲的猎刀，第一次认识到了刀的价值。

泰山眯着灰色的眼睛，用平静而冷漠的声音问他们："你们是什么人？没有森林之王的允许，你们怎么敢侵略瓦兹瑞人的国家、泰山的土地？"

"你在说些什么？埃斯特班？"一个英国人问道，"你为什么这么快就一个人回来了？你的搬运工呢？闪闪发光的金子呢？"

人猿静静地盯着说话的人看了一小会儿，"我是人猿泰山，"他说，"我不知道你们在说些什么，我只知道我是来寻找杀死巨猿戈布的凶手，同时也是未经我允许就杀死了鹿的凶手。"

"哦，那好，"另一个英国人大声说道，"收起你的废话，埃斯特班，如果你只是为了搞笑，我们大家不想欣赏你的笑话。我们是干正经事的，没什么别的兴趣。"

泰山刚才在树上看到的第四个人进入的帐篷内有个女人，当泰山在篝火中突然现身时，她明显是被吓着了，紧紧抓住同伴的胳膊，用手指着几乎全裸的高大的人猿。"上帝呀，克拉斯基，"她用颤抖的声音自语，"你快看啊！"

"怎么回事？弗洛拉？"她的同伴问道，"我只看到埃斯特班啊！"

"不是埃斯特班，"姑娘倒抽一口凉气，"是格雷斯托克勋爵！人猿泰山大人！"

"你疯了，弗洛拉，"她的同伴回复，"不可能是他。"

"不会错，的确是他，"姑娘坚持，"你以为我不认识他？我曾经在他家工作过好几年，我过去几乎每天都见到他。你以为我不认识人猿泰山？看看他额头上的红色疤痕，我以前就听说过其中的故事。泰山生气时，这道疤痕就会变成猩红。疤痕现在那么红，人猿泰山生气了。"

"好吧，就算他是人猿泰山，他来做什么？"

"你不了解他，"姑娘回答，"你不明白他在这块土地上拥有多么强大的力量，那是一种可以生杀予夺的力量。如果让他知道了我们的目标，谁也别想活着回到海岸。他或许是已经知道了我们的目标才来到这里的，我觉得很有可能是这样。如果真是这样的话，只能靠上帝保佑我们了——除非——"

"除非什么？"同伴问道。

姑娘静静地想了一小会儿，"只有一种办法，"她最后说道，"我们不能贸然杀死他，否则他那些野蛮的黑人朋友一定会知道，到时就没人能救得了我们。不过，如果马上行动，还是有办法对付他的。"她低头在自己的口袋里找到一个装有液体的小瓶子，然后递给那人，"出去与他聊天，"她说道，"与他交朋友，向他撒谎，对他说什么都可以，什么事都可以答应他。无论如何都要与他非常友好，这样你就可以请他喝杯咖啡。他不喝葡萄酒也不喝任何含酒精的饮料，但我知道他喜欢咖啡。他深夜从剧院或者舞会回来后，我以前经常去他的房间送咖啡。如果能让他喝咖啡，那么你就知道这个可以做什么了。"她指的是那人依然拿在手中的瓶子，克拉斯基点点头。

"我明白了。"他说完转身离开帐篷。

他才刚走一步，姑娘又叫住他："不要让他看见我，也不能让他猜到我在这里，不能让他知道你认识我。"

他点头答应后便离开姑娘来到火堆边，那里的几个人都显得有些紧张，他则用愉快的微笑和欢乐的语调向泰山问候。

"欢迎！"他说道，"欢迎陌生的客人来到我们的营地！请坐吧，给这位先生拿个凳子来，皮伯斯。"他向皮伯斯说道。

人猿看看克拉斯基，又看看其他人，他并没有用友好的眼神回答俄罗斯人的问候。

"我一直想弄明白你们这帮人来此地的真实目的，"他直截了当地对俄罗斯人说，"但他们一直不知道我究竟是什么人，他们不是傻子就是无赖。因此我会弄明白你们的目的并想办法对付。"

"来吧，来吧，"克拉斯基说道，"我想一定是有什么误会。请你告诉我，你究竟是什么人？"

"我是人猿泰山！"人猿回答道，"未经我的允许，任何猎人都不许进入这片非洲丛林。众所周知，如果没有我的允许，你们不可能到达海岸。我需要一个解释，干脆些！"

"噢，原来您就是人猿泰山！"克拉斯基大声说，"事实上我们还是很幸运的，从现在开始就可以顺利前进，逃离进退两难的尴尬。先生，我们迷路了。由于向导的无能或故意欺骗，我们完全迷路了，他在几天前丢下我们逃之夭夭。我们当然知道您，谁人不识人猿泰山？但我们不是故意闯入您的领地。我们本来是想继续向南，寻找当地的动物标本。我们的好朋友和雇主阿道夫·布卢布花费大价钱收集这些东西是要捐献给他家乡的美国博物馆。现在我相信您一定可以告诉我们身在何地，并给我们指明正确的方向。"

皮伯斯、思罗克和布卢布都被克拉斯基的伶牙俐齿弄得不知所措，还是德国犹太人首先明白怎么回事，两个英国拳击手的脑子太糊涂，一下子不能理解俄罗斯人的机智策略。

"正是如此，"满脸冒油的布卢布说，一边搓搓他肥厚的手掌，"是这么回事，让我慢慢告诉您。"

致命打击 | 045

泰山立马把脸转向他。"那么关于埃斯特班又是怎么回事？"他问道，"他们为什么要用这个名字称呼我？"

"哦，"布卢布大声说，"这是皮伯斯的小玩笑，他不太了解非洲，以前从没来过。他以为你是个当地人，皮伯斯把所有的当地人都叫作埃斯特班。他自己只是觉得与当地人开了个玩笑，以为他们都不明白自己说的是什么。嗨，皮伯斯，事实是不是这样？"但是精明的布卢布不等皮伯斯回答继续说，"你知道，我们迷路了，您带我们走出丛林吧，我们愿意付出任何代价，请您自己开个价吧。"

人猿虽然半信半疑，但由于他们友好的话语平静了下来。也许他们只是讲出了一半的真相，也许真是不自觉闯进了他的领地。但是，他会从当地脚夫那里弄明真相，他还会从瓦兹瑞人身上了解实情。对埃斯特班的误解依然让他的好奇心受到伤害，他依然要弄清楚谁是杀死大猩猩戈布的凶手。

"请您坐下吧！"克拉斯基热情地说，"我们正要喝咖啡，请您一起来吧！我们误打误撞来到了这里，我向您保证我们非常高兴非常愿意向您弥补我们的过失,向所有我们无意伤害的人道歉。"

与这些人一起喝杯咖啡不会有什么大不了。也许是错怪了他们，无论如何一杯咖啡不需要承担什么义务。弗洛拉的猜想没错，如果说人猿泰山有什么弱点，那就是偶尔在深夜喝杯咖啡。他没有接受请他坐的凳子，而是用猿的方式蹲了下来，野外篝火照得他皮肤呈古铜色，神一样起伏的肌肉松弛下来。人猿泰山的肌肉不像铁匠或其他职业身体强壮的人，而是像墨丘利神（罗马神话中众神的信使、商业神）或阿波罗神一样匀称美观，暗示了他肌肉中蕴藏了巨大的力量。这身肌肉不仅力大无比，而且被训练得非常敏捷，恰似他高大身躯的外套，泰山因此而赢得了半人半神的美誉。

思罗克、皮伯斯和布卢布原地坐着,对他看得出神。克拉斯基走到用来做饭的篝火边准备咖啡。两个英国人这时才似乎明白他们把这个新来的人当作另一个人。皮伯斯依然抓着自己的头发,含糊不清地抱怨着克拉斯基,还不能完全承认泰山的新身份。布卢布心里受到了惊吓,但他强大的智慧还是马上明白了克拉斯基认出这个人真实身份的事实,而皮伯斯和思罗克却依然糊涂。由于布卢布不知道弗洛拉的计划,心中害怕极了,想象着泰山在他们还没迈入欧帕的门槛时就认出他们的后果。他没有像弗洛拉一样认识到他们的生命危机,他们要对付的是人猿泰山——丛林中的野兽,而不是英国贵族约翰·克莱顿——格雷斯托克勋爵。布卢布更为他在这次即将结束的探险之旅中花掉的二千英镑而遗憾,因为他熟知人猿的名声,知道他永远不会答应他们带走或许埃斯特班此刻正在欧帕宝库窃取的金子。事实上,当克拉斯基端着自己的咖啡返回的时候,布卢布几乎就要哭出来了。

弗洛拉正从帐篷的暗影中窥视着眼前发生的一切,她非常害怕前主人发现自己,因为她在格雷斯托克伦敦市的家里和南非的庄园里都当过女佣。她相信只要有机会看见一眼,泰山勋爵就会立马认出她。现在,她在他的森林小屋中招待他,心中的恐惧要比泰山真正可能给予的惩罚大得多。由于背叛了一向对她仁爱友好的主人,姑娘的心中有种强烈的犯罪感,同时也因想象中遭遇的惩罚而恐惧。

弗洛拉一直梦想着传说中的欧帕财富,她从格雷斯托克家的谈话中听说了许多重要的细节后,慢慢开始酝酿一个计划,希望从藏宝洞中盗窃许多金子,从此过上富裕而独立的生活。她首先对克拉斯基发生兴趣,他又推荐了两个英国人以及布卢布一起合

致命打击 | 047

作，他们四个集资了一大笔钱用于支付此次探险的一切费用。找一个可以在丛林中成功模仿泰山的人也是弗洛拉的主意，因此她找到了埃斯特班，一个英俊强壮、毫无道德的西班牙人，作为演员的能力正可以帮助他假扮泰山。泰山曾是弗洛拉过去的主人，使得埃斯特班几乎能够惟妙惟肖地扮演她所期望的角色，至少可以在外表上非常相似。

西班牙人不仅强大活跃，而且也非常勇敢，他刮去胡子，穿上泰山的丛林服装，可以从各个方面模仿人猿泰山，几乎从不会失手，这正是他演员的能力所在。但是，他不会丛林生存的技艺，单独与动物交手时只能吓得逃跑。不过他可以用刺枪和弓箭猎杀小动物，也会自己编草绳，这也正是他的表演之一。

此刻，弗洛拉眼看着自己精心编造的计划就要泡汤，篝火边的男人更是让她不自觉地心中颤抖，对泰山的恐惧那么真实。她看见克拉斯基一手拿着咖啡壶，一手拿着咖啡杯走近人群的时候，变得越来越紧张。克拉斯基把咖啡壶和杯子放在泰山后面的地上，在他倒咖啡时，弗洛拉看见他把自己给的小瓶子里的东西倒入其中的一个杯子。她看到克拉斯基端起这个杯子递给人猿，脸上不觉冒出了冷汗。他会喝下去吗？他会怀疑吗？如果他真的起了疑心，他们鲁莽的行为将会受到什么样的惩罚？她看到克拉斯基把其他的杯子递给皮伯斯、思罗克和布卢布，然后回去自己端起一杯。俄罗斯人端起杯子礼貌地向泰山鞠了一躬，五个男人便开始喝咖啡。这一切都让她虚弱，让她精疲力竭，弗洛拉转过身倒在小床上，全身颤抖不止，把脸深深地埋在两臂中间。外面，泰山喝干了他杯中的最后一滴咖啡。

Chapter 6

死神在偷窃

泰山发现阴谋家营地的那天下午，在被遗弃的欧帕古城断墙残壁上，值守人员发现山谷周围的悬崖上有一帮人正向下移动。泰山、简和他们的瓦兹瑞黑人是老一辈欧帕人见过的仅有的几个外地人，其他陌生人来访欧帕的事情只存在于几乎被遗忘的故事中。不过从远古时代以来，一直有人看守在外墙的最高处。如今，一个驼背的跛脚家伙成为了人们对身轻如燕的亚特兰蒂斯勇士的所有回忆。在种族沿袭的漫长岁月中，他们已渐渐退化，甚至还会偶尔与巨猿交配，变成与野兽相差无几的现代欧帕人。大自然的天性总是怪异而无法解释，欧帕人的退化仅仅局限于男性身上，女性却依然保持直立而姣好的外形，长相清秀甚至算得上漂亮。主要原因大概是具有巨猿外表的女婴在刚生下来就要被处死，另一方面，具有人类外表的男婴也会被立即消灭。

外城墙的守护者正是欧帕男性居民的典型代表，身材矮小粗壮，头发胡子毫无光泽，窄窄的额头上长着乱作一团的短发。小而集中的眼睛，尖锐的犬牙明显继承自他们的猴子祖先。他长着短而弯曲的罗圈腿，肌肉发达的类猿长臂，长满毛的不发达的部分便是躯干部分。

　　他贼溜溜的充满血丝的眼睛看到一帮人穿过山谷朝欧帕走来时，明显变得紧张起来，呼吸也加快了，喉咙里发出几乎听不见的嘶嘶声。由于距离太远，看不清楚前来的究竟是什么东西，只能大概认为是人类，数量估计在四十到六十。确认这两条信息后，看守从外面的高墙走下来，穿过高墙与内墙，快速小跑穿过宽广的大道，消失在虽然墙面斑驳脱落但依然庄严肃穆的神庙里。

　　欧帕的最高男祭司卡迪蹲在大树的阴影下，这些树曾经是古代神庙里花园的一部分，目前仍在疯狂地生长。与他在一起的还有十多个职位较低的神职人员，高级祭司的亲密朋友。欧帕宗族低级成员的突然出现让祭司大吃一惊，那家伙上气不接下气地来到了卡迪的面前。

　　"卡迪，"他大声喊道，"外族人入侵欧帕啦！他们已越过悬崖屏障，从西北方向进入山谷了！他们至少有五十人，甚至还要翻个倍。我从外墙的最高处看到了他们。但是由于距离实在太远，我只能看见他们是人类，其他一无所知。自从伟大的人猿泰山来过欧帕后，再也没有外族人来过。"

　　"那个伟大的白人说自己叫人猿泰山，他离开我们这里已经好几个月了，"卡迪说，"他答应雨季前会回来，看看拉有没有遭遇什么伤害，但是他一直没有回来，拉以为他已经死了。你还告诉过别人刚才看见的情形吗？"他突然转向前来报信的人问道。

　　"谁也没有。"报信人回答。

　　"太好了，"卡迪大声说，"走，我们都去外墙那里，看看究竟是什么人敢来我们的禁地欧帕。没有我的允许，布拉夫刚讲的话谁也不许透露一个字。"

"在拉发布命令前，卡迪的话就是我们的法律。"一个祭司讷讷地说。

卡迪不满地看了说话者一眼后，怒气冲冲地说道："我是欧帕的最高男祭司，谁敢违背我的命令？"

"但拉是最高女祭司，"一个人说，"最高女祭司才是欧帕的女王。"

"但是最高男祭司可以决定谁是死神殿堂里的祭祀品，谁是太阳神的供品。"卡迪故意说给另一个人听。

"我们再也不会有什么意见。"另一个祭司有意逢迎卡迪。

"那就好！"最高男祭司说完便穿过连接花园与神庙后方的走廊，向欧帕外城墙方向离去。虽然离开山谷还很远，但他们在这里可以看清侵略者。看守用猿语低声咕哝着，间或夹杂些奇怪的单词和短语，这应该是经过无数代祖先流传下来的古代亚特兰蒂斯语言的变体。亚特兰蒂斯的文明如今已被深深埋葬在滚滚的大西洋波涛下面，但远古时代的冒险精神曾引领着他们进入非洲腹地寻找黄金，并让他们模仿远在家乡的城市，在此地建造了壮丽的欧帕。

长着猴子一样灰色小眼睛的卡迪和他的随从躲在一棵叶子茂密的大树下，透过自己杂乱的眉毛，看见一帮陌生人正在逐渐下沉的赤道太阳余晖中迈着沉重的脚步，艰难穿行在贫瘠的山谷中，他们身后是远古时代建造的宽广的大道。一只愁眉苦脸的猴子，像它的其他同类必须克服好奇心一样，它也在一定程度上克服了对凶残的欧帕男性的恐惧，最终从树上下来走向大道，穿过内墙，沿着外墙最靠里的地方前进。为了避免被发现，它把自己隐藏在断垣残壁的巨大花岗岩后面。同时，它又可以听见欧帕人说话，它完全可以理解他们使用的猿语。

黄昏落下帷幕前，移动缓慢的人群已距离欧帕非常近，现在完全可以看清他们了。一个年轻的祭司突然兴奋地大叫起来："卡迪，原来是他！他是自称为人猿泰山的白人！我能看得清他，其他都是黑人！他在督促着他们，用他的刺枪威胁着他们。他们看起来有些害怕，非常疲惫的样子。但是他在强迫着他们前进。"

"你确定吗？"卡迪问道，"你能确定是人猿泰山吗？"

"是的。"他回答道，随后另一个祭司也证实了他的说法。卡迪的视力已不像年轻人那么好，等他们更近一些时，他才确信的确是人猿泰山又回到了欧帕。最高男祭司的心中升起一阵懊恼，他突然转向其他人。

"他不能来！"他大声吼道，"他不能进入欧帕！快去找一百名战士，等他们穿过外墙的时候，我们拖住他们，一个一个全部杀光。"

"但是，"在花园里惹得卡迪生气的年轻人说道，"人猿泰山在几年前从暴怒的坦特的獠牙下救出了拉的性命，我清楚记得拉当时向他表达了欧帕的友谊。"

"闭嘴！"卡迪生气地叫着，"他不能进来！尽管我们不知道他们的真实身份，但一定要把他们全部杀光，否则就会来不及的。你们明白了吗？大家听清了，谁要胆敢反对我的意见，一概处死，而且不是作为祭祀品，仅仅是死在我的手上，只有死路一条。现在听明白了吗？"他用一个肮脏的手指点着那个发抖的士兵。

那只名叫玛纽的猴子听后，惊骇得几乎跳起来。像非洲每一个角落里的所有猴子一样，它知道泰山，大家都知道泰山。它把泰山当作朋友和保护人。对于玛纽来说，欧帕的男性凶狠残忍，他们既不是动物,也不是人,更不是朋友。它知道他们吃自己同类的肉,因此仇恨他们。听到与伟大的人猿泰山性命攸关的讨论时,它不免紧张起来,一会儿抓抓自己灰色的小脑袋,一会儿摸摸尾巴,一会儿挠挠肚子,好像是想要消化掉自己听到的东西。在它小脑袋的最深处渐渐浮现出一个计划,它要阻挡祭祀,它要挽救人猿泰山!这在玛纽的生命中是一件非常重要的事情。它向卡迪和他的随从们扮起古怪的鬼脸,但是并没让他们对自己有什么怀疑,也许是那块巨大的花岗岩挡住了视线。它想要上下跳窜,想要大声尖叫,想要低声咒骂,想要辱骂和恐吓那些可恶的欧帕人。它突然间意识到这一切都无济于事,与此同时,它还将会遭到一阵大理石雨的袭击,祭司掌握的投掷技术非常准确。玛纽此刻不再是个深沉的思考者,而是要全副精力应对眼前的事情,不能再被落下的树叶和窸窸窣窣的虫子吸引注意力了。它甚至能够忍受肥美的毛毛虫在自己周围爬行而无动于衷。

夜幕快要降临时,卡迪看见一只灰色的小猴子消失在外墙顶端,距离他和他的随从潜伏的地方五十步远,而他们正在等着参加打仗的勇士到来。这样的猴子在欧帕周围的废墟中多得数也数不清,因此猴子从他的视野中消失后,卡迪便没再想这事。夜幕降临的时候,他也没注意到那个小东西蹦蹦跳跳地穿过山谷朝着侵略者方向离去。距离欧帕一英里左右有座独立的巨大石头山,他们好像正在后面停下来休息。

天色越来越暗,小玛纽单独一人非常害怕,于是它快速地奔跑起来,身后的尾巴跟着它的脚步不停晃动。它一路上不停地观察着前后左右,一到石头山下,就赶紧扬起脸看看。它的面前是巨大的花岗岩峭壁,几乎垂直于地面。好在经过岁月的洗礼,它的坡度对小猴子来说已经不是什么难事。它在岩顶休息一下喘口气,受惊的小心脏依然在"咚咚"地跳着。它挑了一个可以看到下面人的地点走了下去。

果真是伟大的人猿!还有五十个左右的白人!他们正把一些细长的杆子拼在地上铺好的两条平行线之间。每间隔一英尺或稍多一些,他们便在平行线中间钉上十八英寸左右长的小棍子,于是形成一个原始粗糙但结实的梯子。当然,玛纽不理解他们的目的,它更不理解这是头脑聪明的弗洛拉想出的登上陡峭的石头山的手段之一,而山顶上则是欧帕藏宝洞的入口。玛纽也不知道这些人根本无意进入欧帕城,因此也不会成为卡迪埋伏的队伍的牺牲品。对它来说,人猿泰山的危险千真万确,喘了口气后,它一分钟也不敢耽误,赶忙去向它的朋友报警。

"泰山!"它的声音与平常没什么区别,一个白人与其他黑人便朝着它颤抖的声音方向望过去。

"泰山,我是玛纽!"小猴子继续说道,"我来告诉你不要去欧帕,卡迪和他的人在外墙内等着杀你们呢。"黑人发现是只无足轻重的小猴子前来扰乱,便又立即回去继续干活,白人也没把它的话太当回事。黑人对自己的忽略,玛纽并没觉得奇怪,因为它知道他们不理解自己的语言,令他不明白的是为什么泰山也没有注意它的话。它一次又一次地叫着泰山的名字,一次又一次用尖锐的声音警告人猿,但是没有一句回答,也没有一丝迹象表明伟大的人猿听到或者理解了它的话。玛纽实在弄不明白,什么事情让泰山对老朋友的忠告漠不关心?

小猴子最后只能放弃努力,充满渴望地望着欧帕城里树木的方向。天已经完全黑了,想到又要一人穿过山谷,它就害怕得发抖,它知道敌人有可能会夜间巡逻。它抱住膝盖,揪着自己的毛发,坐在那里伤心地呜咽起来,蜷缩成一只绝望的痛苦的猴子小球。

无论它在高高的石头山上多么不舒服，但它还是相对安全，因此它决定晚上就待在那里，而不要冒险返回去。后来，它便看到梯子做好，并立在石头山的峭壁上。月亮升起照亮大地的时候，它看见人猿泰山强迫随从爬上梯子。玛纽知道，伟大的人猿对待敌人残酷无情，但从没见过他如此对待自己的黑人朋友。

黑人不情愿地一个接一个登上梯子，白人的刺枪不停地逼迫着他们加快速度。他们全部上去后，泰山自己也上去了。玛纽看着他们消失在中央的大岩石里面。

不一会儿，它又看见他们再次出现，每人背着两块沉重的东西。对玛纽来说，这些东西与建造欧帕大楼的石头块非常相似。它看见他们把石块挪到石头山边上后扔到下面的地上。最后一个黑人拿着石块出现并扔下去后，他们又一个接着一个从梯子下到山脚。不过，这次是泰山第一个下去。他们最后将梯子放倒，拆成木条，又将木条分散丢在山脚下，完事后才带着自己从石头山中央背下来的石块，跟随走在最前面的泰山，向着山谷边缘方向返回。

如果玛纽是人的话，它一定会非常困惑。好在它是一只猴子，对于自己看见的东西，它并没有多想其中的原因。它知道人类的行事方式特别，有时实在难以理解。举个例子，一个黑人本来就不能像其他动物一样轻易地自由穿梭在丛林中，却还要经常给自己带上额外的重量增加难度，像什么金属脚链、臂环、项链、束腰带、动物皮毛等，这些东西只能阻碍他们前进，给生活带来诸多不便，不能像它们动物一样享受自由自在的生活。每当玛纽想到这些，它就非常庆幸自己不是人类，它觉得人类实在太可怜，不可理喻。

玛纽觉得自己只闭了一小会儿眼睛，事实上它一定是睡着了，因为等它睁开眼睛的时候，粉红色的霞光已经洒满荒凉的山谷。

死神在偷窃 | 055

离开山谷的时候，它在东南方向看见泰山的最后一个随从正要走下屏障。玛纽朝着欧帕的方向看看，准备从石头山上下来，回到它在欧帕墙内安全的树枝上去。

但是它首先得侦察一下黑豹是否在游荡，因此它又爬上石头山顶，从这里可以看见它与欧帕中间的整个山谷的全貌。它的心中又一次紧张起来，因为沿着欧帕残破的外墙边上，有许多面目狰狞的欧帕人，如果玛纽能够数得清的话，至少有一百人。

他们似乎正朝石头山走来，它干脆坐下来看着他们渐渐逼近，直到可恶的欧帕人通过道路时，它才发现自己回城的路被占用了。它突然意识到他们一定是尾随自己而来的，低等动物的自我感觉总是无限膨胀。因为它是只猴子，也就不觉得这念头有什么可笑，它把自己藏在一块岩石后面，只有一双明亮的眼睛暴露在敌人面前。看着他们一点点接近，它变得异常兴奋。它一点也不害怕，如果他们从一侧登上石头山，它就从另一侧下去。等到他们再次发现时，它已经在返回欧帕的半路上了。

他们越来越接近，但是却并没在石头山停下来。事实上，他们并没有走近石头山脚下，而是继续前进。猴子的小脑袋突然明白了一件事，卡迪与其他人是来追赶泰山的，并要杀了他。即使玛纽前一天晚上还为泰山的漠然生过气，此刻也已经完全忘了，因为它现在对泰山的处境非常担心，依然像前一天下午得知人猿的危险时一样。开始时，它想着跑到前面再次向泰山去报警，虽然要经过可恶的欧帕人也并不足以阻止它执行这个计划，但它害怕离开欧帕的树林太远太过冒险。它坐下来观察了一会儿，直到最后一个人离开石头山，他们会在下午赶到泰山的队伍离开山谷的地方，它明白地意识到了这一点。毫无疑问，他们一定在追赶人猿泰山。

玛纽再次扫视了一遍欧帕山谷的方向。眼前没有什么东西可以阻止它回去欧帕,因此,敏捷如所有的猴子,它麻利地从石头山垂直的峭壁上下来,迅速朝着城墙方向跑回去。很难说它究竟是什么时候想出了一个新的计划并最终执行,也许是它坐在石头山上看见卡迪和部下尾随人猿的足迹时想出的,也许是它穿过空旷的废墟奔向欧帕时想出的,也许是它回到自己枝繁叶茂的树林避难所时看见干净明亮的天空时突然间想到的。不管如何,事实是它果真想出了一个新的计划。欧帕的女王、最高女祭司拉,正和几个女祭司一起在神庙内花园的池子里沐浴时,突然间被一只猴子的尖叫声吓了一跳。拉抬头向上望望浴池边的一棵大树,一只聪明的灰色小猴子用尾巴将自己吊在一根树枝上,正疯狂地来回摇晃。它那严肃的面孔,或许会让人联想到原来国家的命运就落在其主人肩膀之上。

"拉!拉!"它尖叫道,"他们去追杀泰山了,他们去追杀泰山了!"

听到这个名字,拉立刻变得十分关注。她站在齐腰深的池子里,抬头疑惑地看着小猴子。"你是什么意思?玛纽?"她问道,"泰山离开欧帕已经好几年,他现在不在这里。你都在说些什么?"

"我看见他了,"玛纽说道,"我昨天晚上看见他和许多白人在一起。他去了欧帕前面山谷里的石头山。他和其他人全都爬上石头山顶,进入中心地带,出来时手中拿着石头,扔向了山谷下面。然后他们就从石头山下来,重新捡回石头后就从那里离开了山谷。"玛纽用一只毛茸茸的小手指了指东北方向。

"你怎么知道是人猿泰山呢?"拉问道。

"难道玛纽能不认识它的兄弟、它的朋友?"玛纽问道,"我亲眼所见,他是人猿泰山。"

拉揉揉眉毛陷入沉思。她的内心深处又燃起了热爱泰山的熊熊大火。自从人猿上次离开以后，这火种就被她与卡迪强扭的婚姻浇灭了。因为欧帕的法律明确规定，太阳神的最高女祭司必须在她就职后的头几年选择一位男伴侣。拉曾经一直希望泰山能成为她的男性伴侣。但泰山不爱她，而且永远不可能爱上，她最终只能向可恶的命运低头，投入了卡迪的怀抱。

但是时间一月又一月过去了，泰山还是没能向他承诺的一样回到欧帕，来看看拉是否受到什么伤害。她只能同意卡迪的说法，泰山死了。虽然她对卡迪的排斥一点没有减少，但她对泰山的爱只能变成一种伤心的回忆。现在知道他还活着而且近在咫尺，正如旧的伤口又重新被打开。她开始只想着泰山就在欧帕附近，现在听见玛纽的哭声才让她意识到人猿正面临危险，但究竟是什么危险，她并不知道。

"是谁去杀人猿泰山的？"她突然问道。

"卡迪，卡迪！"玛纽尖叫道，"他带了许多许多人，沿着泰山的足迹去追了。"

拉马上跳出池子，从侍者手中抓起自己的腰带和饰物，胡乱调整一下，便匆匆穿过花园进入神庙。

Chapter 7

"你必须牺牲他"

谨慎的卡迪带着百余号狗腿子，手持刀枪棍棒，蹑手蹑脚地尾随着白人和他的黑人伙伴的足迹，偷偷摸摸从石头山的峭壁向山谷方向移动。卡迪不想白天拿下对手，他计划着来个夜晚偷袭。突然袭击再加上他数目庞大的部下，应该很容易让一支熟睡的队伍混乱，然后再趁势击毙对方。

泰山一行正沿着缓坡朝山谷底部缓缓移动，他们走过的道路痕迹非常明显，因此卡迪绝对不会弄错。中午时分，他们发现了一个新近搭起来的荆棘围场，因此便停了下来。围场中央升起袅袅炊烟，他们开始生火做饭，这里显然成了人猿的营地。

卡迪命令队伍躲进小路边上浓密的灌木丛中，单独派了一个士兵前去侦察。不一会儿，侦察兵回来说，对手已离开营地。卡迪和他的人马进入围场后，仔细察看了一番，希望估算出泰山究竟带了多少人。这时，卡迪在围场发现远处荆棘丛中有什么东西，他非常小心地靠上前去。荆棘丛中的地上躺着的东西好像是个蜷缩成一团的人，让他有些好奇，但也让他警觉。

十多个手持棍棒的士兵缓缓靠近卡迪发现的东西，到了跟前时，发现躺在面前的原来是已失去生命迹象的人猿泰山！

"太阳神显灵，惩罚亵渎圣灵的坏人！"最高男祭司大声嚷嚷，双眼闪着疯狂的光芒。一个踏实细致的祭司跪在人猿的面前，耳朵靠近他的心脏仔细听了听，说道："他没有死，或许只是睡着了。"

"抓住他！快点！"卡迪叫道。不一会儿，无数个满身是毛的家伙便压在泰山的身上。泰山没有任何反抗，甚至没有睁开眼睛，他的胳膊很快被绑在身后。

"把他带走，让太阳神亲自看到他！"卡迪大声说道。众人将泰山拉到围场中央，太阳把他从头到尾照了个遍。最高男祭司卡迪从腰间抽出一把刀子，高高举过头顶，站在将要杀死的牺牲品面前。卡迪的随从绕着泰山站成一圈，还有少数几个紧紧跟在领导身后。他们有些惶惶然，一会儿看看卡迪，一会儿看看泰山。最后，他们小心翼翼地盯着天上，太阳已经从朵朵白云中高高升起。他们半开化的大脑虽然感到不安，但敢与卡迪叫板的却只有一人，依然是前一天的那个祭司，他对卡迪要杀死泰山的做法提出质疑。

"卡迪，"他说，"谁赋予你给太阳神奉献祭品的权力？这是我们的最高女祭司，我们的女王独有的权力。如果她知道了你的所作所为，一定会非常生气。"

"闭嘴！杜斯！"卡迪叫道，"我卡迪是欧帕的最高祭司！我卡迪是女王拉的丈夫！我的话也是欧帕的法律！如果你还想继续当一个祭司，还想活下去的话，那么就闭嘴！"

"你的话不是法律！"杜斯生气地说，"如果你惹恼最高女祭司拉，如果你让太阳神生气，或许你就会成为另一个被惩罚的对象。

如果你真的完成这次献祭，他俩都会恼火！"

"够了！"卡迪叫道，"太阳神已经给过我启示，他命令我在神庙里把这个亵渎者奉献给他！"

他跪在人猿的面前，用锋利的刀尖轻轻抵在泰山胸前的心脏位置，然后又把武器缓缓提起来悬在泰山头上，随时要将这致命的一击刺入泰山鲜活的心脏。就在这时，一朵云飘过天空，遮住了太阳的脸庞，在他们身上投下一片阴影。

"看！"杜斯叫道，"太阳神生气了！藏起他的脸不让欧帕的人看见！"

卡迪停了下来，半信半疑半害怕地抬头看了一眼那朵模糊了太阳脸庞的云。然后慢慢站起身，向着隐藏起来的神张开双臂，静静地站了一会儿，好像在全身贯注地倾听。最后，他突然转过身，面向随从们。

"欧帕的祭司们！"他大声说道，"太阳神刚才向他的最高男祭司昭示了！他没有生气，但他希望与我单独说话！他让你们先去丛林里面等着，他和卡迪说完话就会出来。完事之后我就叫你们回来，去吧！"

他们中的大多数人把卡迪的话当作法律，只有杜斯和少数几个人有些犹豫，站在那里没有动。

"快点去！"卡迪命令道。他们是如此地善于惟命是从，虽然开始有几个人怀疑，但结果还是与其他人一起融入丛林之中。最后一个人从他的视野中消失后，卡迪的脸上露出了狡猾的笑容，他的注意力再次转向人猿。不过，在他的内心深处还是有一种与生俱来的对神的恐惧，他不由自主地用探询的眼光看看天空。他决定要乘杜斯和其他人不在时杀死人猿，但心中对神的恐惧又让他难以下手。神性的光辉一次次照耀在他的身上，他一次次相信

"你必须牺牲他" | 061

自己放弃杀死泰山的做法或许是正确的。

又一片巨大的云朵遮住了太阳，卡迪越来越紧张。他六次举起手中的刀要结束泰山的性命，可是心中超自然的力量六次阻止了他最后的行动。五分钟，十分钟，十五分钟过去了，太阳依然被挡住。但是，卡迪最后终于看见太阳到了云朵的边缘，他又一次跪在人猿的旁边，他手中举着锋利的刀片等待太阳再次照耀大地的一刻，那也将是泰山活着的最后时刻。卡迪看见阳光慢慢扫过对面的围栏，他紧靠在一起的眼睛中闪耀着恶魔般的仇恨。太阳神或许会在别的什么时候在他的牺牲品上烙下同意的印章，卡迪颤抖地等待着。他稍稍把刀抬起来一些，肌肉因长时间向下用力太紧张了。突然，一个女人的声音打破了丛林中的寂静，她几乎是尖叫着。

"卡迪！"虽然只有一个词，但似从天空中划过的一道闪电，充满意外，充满惊奇。

他的刀依然高高举着，最高男祭司随着声音传来的方向看到了在空地边缘的拉，他们的最高女祭司！在她的身后是杜斯和其他十多个人。

"卡迪，你这是要做什么？"拉生气地问道，说着迅速穿过空地走过来，最高男祭司不情愿地站了起来。

"太阳神要取走这个异教徒的性命。"他大声说。

"说谎的骗子！"拉反击道，"太阳神只用最高女祭司的嘴唇与人类对话。你已多次篡改女王的旨意！卡迪！你应该明白女王手中掌握着生死大权，这种权力对你和其他人同样有效力。在欧帕漫长的历史中，惨痛的故事告诉我们，不止有过一位最高男祭司被奉献给了太阳神的祭坛。我不希望再有一位男祭司走上这条充满危险的道路。卡迪，你虚荣而贪婪权力，不要让它们毁了你。"

卡迪把刀装入套内,阴沉着脸走开,恶狠狠地看了杜斯一眼,把自己失败的原因完全归咎于杜斯。由于女王的到来,卡迪虽然有些窘迫,但是熟悉他的人都知道,一旦再有机会,他要除掉人猿的初衷不会改变,卡迪在欧帕的人民和祭司中有一批忠实的追随者。虽然远古时代的风俗已无法考证起源,但卡迪正是借此获得了最高男祭司的职位,如果拉判处他死刑或者降低职位,就可能引起重要下属的不满甚至反抗,许多人认为她不敢冒这样的风险。

过去几年中,拉找了一个又一个借口来延迟她与最高男祭司的婚礼,她对人猿明显的爱恋已经引起了人民的不满。虽然拉最后被迫与卡迪结合,但丝毫不掩饰对他的讨厌与憎恨。对于几个依靠拉的欣赏而在欧帕获得职位的人而言,如何能让拉不受惩罚一直是困扰他们的一个问题。事实上,卡迪一直在酝酿着谋反女王拉的阴谋。与卡迪一道叛逆的同伙是一个叫奥伊的女祭司,她一直垂涎拉的权力和职位。如果能够把拉从她的职位上除掉,卡迪的影响力便足以使奥伊变成最高女祭司。奥伊已答应与他结婚并让他拥有国王的权力,但是他俩都因害怕太阳神的超自然力量而不敢乱来,拉的生命也因此暂时安全。然而,最微小的火花都可能引起阴谋的熊熊烈火,依然会危及拉的安全。

就目前而言,拉的权力成功地阻止了最高男祭司危害泰山。然而,她现在的生命和将来的命运也许都依赖于她随后如何处理囚犯。也许她应该宽恕他?应该再次承认她曾经几乎公开给予他的伟大的爱?这样做的话,厄运就一定会降临在她身上。如何挽救泰山的性命而自己不受惩罚,对拉来说依然是个问题。

卡迪和其他人看着她渐渐走近泰山并低下头静静地看了他几分钟。

"他已经去世了吗?"她问道。

"卡迪让我们离开时他还没有去世,"杜斯主动回答,"如果他现在已经去世,那一定是卡迪在我们离开后杀死的。"

"我没有杀死他,"卡迪回答,"一切遵照我们的女王拉的教导,他没有死。太阳神的眼睛正照耀着您,欧帕的最高女祭司。刀就在您身上,牺牲品就躺在您的脚下。"

拉完全不理会卡迪的话,把头转向杜斯说道:"如果他还活着,那么就做一顶轿子抬回欧帕。"

就这样,人猿泰山又一次来到了古代亚特兰蒂斯的殖民城市。克拉斯基给他用的麻药效果并没持续多久。他睁开眼睛时已是深夜,环绕四周的黑暗和寂静让他困惑了一会儿。他所有的感觉只知道自己睡在一堆皮毛上,而且没有受伤,身上没有任何疼痛的感觉。他被下过药的脑袋渐渐穿透迷雾,回想起失去意识前发生的事情,终于弄明白了他们的鬼把戏。他慢慢伸伸脚,发现自己除了轻微的头晕,一切完好。周遭一片黑暗,他小心翼翼地挪动身子,伸出手试试,出于安全用脚摸索着走走,很快便有一堵石墙挡住了他的去路,紧接着又发现了四周都是墙,他立马意识到自己原来在一个小房子里,只有两个出口,对面各有一扇门。此时此地,只有触觉和嗅觉才有用。这一切首先告诉他自己被关在一间地下室里,随着麻醉作用的减弱,他敏锐的嗅觉渐渐恢复。一种熟悉的香味袭击着泰山的鼻子,不停刺激着他的大脑。一种挥之不去的感觉,这是他被关押之前就知道的一种气味。此刻,上方的泥土和石缝传来一阵神秘的微弱尖叫,虽然极其细微,但对泰山异常敏感的耳朵已经足够,勾起他许多生动的回忆,加上意念的帮助,他认出了这种熟悉的气味,最后终于确定自己是在欧帕的地下暗室里。

在泰山的上方,最高女祭司拉在她的神庙卧室里,正在睡床上辗转反侧，彻夜难眠。她非常清楚她的人民的性格，也清楚最高男祭司卡迪的阴谋。她知道，由于宗教信仰的狂热，她那些野蛮而无知的人民时不时会有些疯狂的举动。如果这次不把泰山供奉给太阳神，卡迪就有可能煽风点火鼓动人们反对她。拉的本心不愿意牺牲人猿泰山，她只能努力逃离两难的境地，只能整夜无眠。虽然她是那些狂热信徒的最高女祭司，半野蛮种族的女王，可她也是一个女人，一个一生只恋爱过一次的女人，她把自己的爱给了上帝一样的人猿。而如今，他的生命又一次掌握在她的权力之中。泰山曾经两次在她的圣刀下逃命，都是爱情在最后时刻战胜了嫉妒与疯狂。作为一个女人，拉虽然意识到这种爱是多么无助，但还是决定不再把挚爱的男人置于危险之中。

面对今夜的问题，她感到自己几乎无力解决。她已经与卡迪结婚，断了曾经想要成为泰山妻子的最后一丝念想。然而，只要有可能，她还是决定要挽救泰山的性命。他曾两次救过自己的生命，一次是从一个发疯的祭司手中，一次是从坦特的手中。她曾说过，如果泰山再来欧帕，他是因友谊而来，也一定会收获友谊。但是卡迪影响力非凡，这对人猿泰山非常不利。随从把泰山放上担架抬回欧帕的那一刻，她从他们的脸上看到了卡迪的影响力。她知道他们迟早会公然反对她，他们所需要的只是一个小小的借口，他们正急切地等待着她接下来对待泰山的态度。守卫卧室门口的女祭司在半夜过后进来找她。

"杜斯有话要对你说。"女仆小声对她说。

"现在太晚了，"拉回答道，"神庙的这部分不允许男人进来。他是怎么进来的？为什么会允许他进来？"

"他说他是来为拉服务的，因为她正面临危险。"姑娘回答。

"把他带进来吧！"拉说道，"珍惜你自己的生活，不要告诉任何人这件事情。"

"我会像祭坛的石头一样静默无语。"姑娘转身离开卧室时回答。

不一会儿,她便带着杜斯返回。他在距离最高女祭司几英尺的地方停下来向她敬了个礼,拉示意带他进来的姑娘离开,然后便困惑地看着他。

"说吧!杜斯!"拉命令。

"我们大家都知道,"他说,"拉爱着外族的人猿。对于我这个职位低微的祭司来说,当然是不会质疑最高女祭司的言行。服务最高女祭司是我唯一的职责。但是有些职位的高级祭司却正在密谋反抗。"

"你是什么意思?杜斯?谁在密谋害我?"

"卡迪、奥伊还有几个祭司甚至这个时间还在制订迫害您的计划。他们知道您会放走人猿,所以布置了间谍侦察您。卡迪会派一个人来告诉您解决问题的最简单办法是放走泰山,这样提前派来侦察您的人就会告诉众人和祭司您放走了祭祀品。其实即使您果真这样做也不会有什么结果,卡迪、奥伊和其他人会在人猿逃跑的路上埋伏许多人,他们会在太阳神第二次在西边落下之前打倒人猿并杀了他。您有且只有一个办法可以挽救自己,欧帕的拉!"

"那是什么办法?"她问。

"您必须在神庙的祭坛亲手向太阳神献上人猿泰山!"

"你必须牺牲他"

Chapter 8

神秘的过往

第二天吃过早饭,拉派杜斯去给泰山送早餐,这时来了一个年轻的女祭司,她是奥伊的妹妹。没等她开口,拉早已知道她是卡迪派来的探子,杜斯向她讲过的叛变计划已开始执行。由于年轻,姑娘的心中对女王特别害怕,充满不安。她有充分的理由相信女王的法力无边,如果女王愿意,可以随时将她置于死地。拉已经决定了自己的计划,一定会让卡迪和他的同谋非常尴尬,于是她便静静地等待姑娘开口。姑娘找不到合适的开场白,花了好长时间都没能鼓起勇气,相反,她却讲了许多与主题毫不相干的东西,逗得最高女祭司拉开怀大笑。

"除非受到女王的邀请,"拉说道,"一般来说,奥伊的妹妹不能随便进入女王的寝室。你明白自己必须效力太阳神的最高女祭司,我非常高兴。"

"我来这里是,"姑娘最后像掌握某些秘密的人一样说,"是想告诉你,我偶然听到,这个也许你会感兴趣,我想你一定会愿意听到。"

"什么事?"拉抬起弯弯的眉毛问道。

"我偶然听到卡迪对一个职位低级的祭司说过,"姑娘继续,"我也确实听见他说过,希望人猿能够逃走,这样就可以让你和卡迪都避免许多尴尬。我想女王拉也一定很高兴听到这个消息,因为我们大家都知道女王向人猿许诺过友谊,不希望他成为太阳神祭坛前的牺牲品。"

"我明白自己的职责,"拉用傲慢的语调答道,"不需要卡迪甚至一个女仆来告诉我。我当然也知道最高女祭司的特权,献上祭品只是其中的一项。正是这个原因,我才会阻止卡迪用外族人祭祀。后天,我会用我本人的双手,将外族人心上的鲜血献给太阳神,这事不能由别的任何人执行,我的刀会在神庙的祭坛上将他杀死。"

姑娘听完拉的这些话,反应正与拉预测的一模一样。拉看到卡迪的说客脸上写满失望和懊恼,竟然无言以对,因为她的导师没有想到拉会是这样的态度。姑娘只能找些蹩脚的理由仓皇撤退。她离开后,拉忍不住笑了起来。其实拉并没打算真的牺牲泰山,当然,奥伊的妹妹是不会知道的。她匆匆回到卡迪那里,详细地回忆并描述了拉向她说过的话。最高男祭司失望极了,现在,与其说他的计划是为了消灭泰山,不如说是为了诱惑拉触犯众怒,让欧帕的祭司和人民痛恨她,再加上一定的煽风点火,还有可能要了拉的性命。妹妹回来时,奥伊也在现场,她紧紧咬着嘴唇,失望至极。她觊觎最高女祭司的职位已不是一天两天,但从没像今天一样接近这个职位。她不觉陷入沉思,踱来踱去好几分钟,最后突然在卡迪的面前停下来。

"拉爱人猿,"她说,"但即便如此,她也有可能会牺牲人猿,因为她俱怕她的人民。她依然爱着他,她对泰山的爱永远超过你,卡迪。人猿知道拉爱自己,所以完全相信她,这样我们就有了好办法。卡迪,好好听听奥伊的计策。我们派一个人去找人猿,假装告诉他自己是拉派去的,是拉命令她带领人猿逃离欧帕,还他自由。然后再让她把泰山领进我们的埋伏,杀死泰山后,我们一起去拉的面前揭发女王的阴谋。带领泰山离开欧帕的人一定要死咬住自己只是执行拉的命令,这样其他祭司和人民都会义愤填膺。到那时,你就可以顺理成章地除掉拉。这件事不难办到,我们可以一箭双雕,同时除掉他们两个。"

"太好了!"卡迪大声说,"我们明天黎明时采取行动。太阳神晚上休息之前,他就可以看到一个全新的欧帕最高女祭司!"

晚上,禁闭室门口发出的声音把泰山从睡梦中吵醒。他听到门闩轻轻滑落,古老的合页"嘎吱"一声,门便慢慢地打开。四周依然墨一般黑,他什么也看不见,只能听到便鞋在混凝土地板上轻轻地移动。突然,黑暗中有人呼叫他的名字,是一个女人的声音。

"我在这里,"他回答,"你是什么人?你要人猿泰山做什么?"

"你的生命岌岌可危,"那个声音回答,"来吧,跟我走。"

"谁派你来的?"泰山问道,他想用敏感的鼻子寻找线索来确认对方的身份。这个女人是他上次访问欧帕时认识的女祭司?还是一个完全陌生的人?女人的身上涂了浓重的香水,空气中弥漫着刺鼻的味道,泰山无法辨认对方的身份。

"拉派我来的,"她回答,"我带你离开欧帕的地下室,前往城墙外面广阔的自由世界。"她在黑暗中摸索了一会儿终于找到泰山,"这是你的武器。"她说着便递给他,然后拉着泰山的手走出囚房。他们穿过一条漫长而弯曲的暗道后,沿着古老的混凝土台阶向下,穿过一条又一条通道，在生锈铰链的"吱呀"声中打开一扇又一扇门，又在同样的声音中关上一扇又一扇门。这样走了究竟有多远，朝着哪个方向，泰山根本弄不明白。乘着先前杜斯给他送饭的时间，人猿才渐渐弄明白自己的处境。中了麻醉药后他被丢在欧洲人遗弃的围场中，卡迪发现了昏迷不醒的他，拉又从卡迪的手中救下他。杜斯让泰山相信，在拉的土地上，永远有一个愿意帮助他的朋友。既然如此，女人说自己是拉派来的，泰山便愿意随同她前往。他不禁想起简的不祥预言：如果他坚持要第三次来到欧帕，不幸或许会降临在自己身上。妻子的话或许正确，也许他永远也没有机会再次逃出太阳神邪恶的祭司设下的圈套。他原本并不想再次来到欧帕，这座城池的上方似乎有一位守护的魔鬼，任何闯入禁地或者企图盗窃宝藏的人都会受到惩罚。

　　领路人带着他在阴暗的地下通道中走了大约一个小时，最后沿着台阶拾级而上，他们出现在一片灌木丛中间。天空中惨白的月光依稀可辨，新鲜的空气告诉他，已经到达地表。自从领着他离开牢房后，那个女人便一言不发，现在依然保持沉默。他们经过一片长满灌木的丛林后，继续沿着弯弯曲曲的小路前进，方向一直朝上。

　　根据月亮和星星的位置，还有小路向上的走向，泰山知道他被领到了欧帕后面的大山中。泰山最喜欢打猎，但这个地方粗野无趣，不易孕育猎物，因此他从未想到过要来这里。他原以为贫瘠的大山里只有矮小的树林和稀疏的灌木，现在却被眼前的植物惊呆了。他们继续赶路，向上爬山，月亮在天空中升得更高，温柔的清光照亮他们正在穿行的山区，人猿充满好奇的眼睛看到更多的地理地貌。他发现自己登上了一个树木茂盛的窄长峡谷，于是明白了为什么欧帕平原上看不到这里丰饶的植物。泰山自己本来就不爱讲话，因此女人的沉默并没有给他留下特别的印象。他认为除非有什么非常必要的话题，女人的确大可不必讲话，快速长途行走的人都会感觉气短，没必要浪费在说话上。

东方的第一抹霞光出现时，东边的星星悄然退下。他俩爬上了峡谷后面陡峭的山冈，来到一片相对平坦的地面继续前进。天空放亮时，女人在一个下坡的底端停了下来，泰山看到中央有一块长满树木的盆地。穿过树林两到三英里距离后，在新出太阳的光芒中，他看到一座建筑物闪闪发光。泰山转头看看伙伴，脸庞上刹那间充满惊愕与诧异！站在他面前的竟然是拉！欧帕的最高女祭司！

"是你啊？"他惊叫道，"正如杜斯说的一样，卡迪现在真有理由随意处置你了！"

"他再也不会有这样的机会，"拉回答，"我永不再回欧帕。"

"永不再回欧帕！"他大声说，"那么你要去哪里？你能去哪里呢？"

"我要与你一起走，"拉回答，"我不渴求你能爱我，我只希望你带我离开欧帕，离开想要杀死我的敌人，别的办法一点希望都没有。猴子玛纽偶尔听到他们的阴谋，它来找我并说明一切。不管我救了你，还是牺牲了你，对我来说都是一样，他们已决定要除掉我。奥伊将会成为最高女祭司，卡迪会成为欧帕的国王。但是我是不会牺牲你的，泰山，与你一起逃走才是唯一能够挽救我们两人的办法。我们不能沿着欧帕平原向北或向西走，卡迪会在那里设下埋伏等着你。虽然你是泰山，威力无比的勇士，但他们会以多胜少，一定会杀了你。"

"那么你会选择哪条路呢？"泰山问道。

"我会选择那两个恶魔爪牙较少的地方。朝着这个方向有个陌生的国度,在我们欧帕人的传说中,那里有凶残的怪兽,还有奇怪的人民。从来没有一个欧帕人活着从那里出来。如果说这世界上有一个人可以战胜当地人,顺利通过无名峡谷,那么这个人一定是你,人猿泰山!"

"但是如果你对这个国家和人民一无所知,"泰山问道,"又怎么会找到通往那里的道路?"

"我们熟悉通向石头山顶的小路,这也是我以前到过的最远的地方。大猩猩人和狮子就是从这条路下山来到欧帕的。狮子当然不能告诉我们这条路通往哪里,而大猩猩人则由于经常与我们发生战争,也不愿意告诉我们。他们沿着这条路来到欧帕,偷走我们的人,我们也是在这条路上等着捕捉他们。我们经常用大猩猩人来给太阳神当牺牲品,但准确地说这是多年前的习惯。他们近年来非常谨慎,伤亡人数大大减少。我们不知道他们偷人的原因,或许是要吃掉吧。他们是个非常强大的种族,站起来要比普通大猩猩高得多,而且更加狡猾。我们的血管中流淌着大猩猩的血,而住在奥帕上面山谷中的大猩猩人身上也流淌着人类的血液。"

"为什么会这样呢?拉?难道我们只有穿过这个山谷才能逃离欧帕?一定还有其他的办法。"

"没有别的路了,人猿泰山,"她回答道,"走出山谷的大路已被卡迪的人死死把守,这个方向是我们唯一逃生的路线。守卫欧帕南边的悬崖峭壁上只有一条小路,我们刚才已经通过。我们必须在这个山谷的周围或中间发现一条大路,才能穿过大山走到另一面。"

泰山望着脚下树木茂盛的盆地,眼前的麻烦占据了他所有的思绪。如果只有他一个人,他一定不会走这条路。他有充分的理由相信自己的能力,完全可以藐视卡迪的阴谋,他一定可以穿过相对比较安全的欧帕谷。但现在不是他一个人，他要照顾拉，她正在不顾个人安危拼尽全力挽救自己的生命，这让他在心理上亏欠拉，他有义务保护她，这是他必须要做的。

他们的唯一目标是寻找穿过大山的道路并离开这个并不友好的国家，他站在远处环视盆地四周，在尽量远离大楼的地方寻找机会，这应该是最聪明的办法。但是大楼掩映在浓密的树木中间，第一眼便激起了泰山强烈的好奇心，不可抑制地想去看看。他不相信盆地中居住着另一个野蛮民族，他认为大楼是某个消失的民族或者是现已离去的民族留下的杰作，也有可能是建造欧帕的古代亚特兰蒂斯人同时代的什么民族，甚至有可能就是欧帕人的祖先建造的，只是他们如今的后人不知道而已。泰山看到的大楼富丽堂皇，气势宏大，应该称得上宫殿了。

泰山虽然拥有动物天性中必要的谨慎，但他更是无所畏惧、勇往直前的人猿。他在低等动物面前向来不怀疑自己的智慧和勇气，尽管它们凶狠残暴，但不会像人类一样拉帮结派地对付他。如果是人类选择大规模地追捕他，那才是真正的灭顶之灾。假如面对的是人类集体的智慧与力量，或许他很难保全自己。不过，根据他的推断，盆地中居住人类的可能性极小。随着渐渐接近大楼的侦察，他越是明白，这里不过是一座遗弃的废墟，他将遇到的最大敌人就是大猩猩和狮子，他从来就没有害怕过这两种动物。对于具有理性和想象力的大猩猩，他或许还可与他们建立起友好的关系。出于自然的本能，他希望走一条最短的直线距离，因此他认为必须在盆地的另一侧找到出口。探索山谷的愿望是第二位，方便和速度才是首要考虑的因素。

"走吧！"他对拉说道，他们开始沿着通向盆地的下坡路出发，前面便是大楼。

"难道不走那条路吗?"拉吃惊地问道。

"当然不走,"他说,"这条才是穿过山谷最近的路。根据我的判断,穿过大山的小路应该就在这个方向,不可能在其他地方。"

"但是我有些担心,"她说,"恐怕只有太阳神才知道我们面前的森林中隐藏了多少危险。"

"这里只有猴子和大猩猩,"他回答,"这些我们不用害怕。"

"你当然什么也不怕,"她说,"可我只是个胆小的女人。"

"我们一生只有一次死亡,"泰山回答,"而且只有一次。即便总是胆小怕事,也不能改变死亡的到来,只会徒增生活的痛苦。我们要走最近的道路,或许还会发现这次冒险非常值得。"

他们沿着一条老旧的小路向下走,接近盆地底部时,树木变得更加高大茂密,因此他们只能在茂盛的树枝下穿行。虽然人猿在不停地来回走动,他们身后还是可能会留下某种气味,所以他非常谨慎。路上土质坚硬的地方有依稀可辨的脚印,可以看出穿行其间的动物的种类,其中时不时有明显的狮子脚印。泰山多次停下来仔细倾听,抬起头用敏感的鼻子嗅嗅,仔细分辨周围空气中隐藏的一切。

"我感觉山谷中有人,"泰山过了一会儿说,"我有好几次感觉到有人在跟踪我们。不过跟踪者非常聪明,不留任何痕迹,但我可以感受到其他人类的气息。"

拉警觉地向四周看看,紧紧靠在他的身边。"我什么也看不见。"她小声说道。

"我也看不见,"他回答,"甚至不能捕捉到任何清晰的气味,但我能感觉到有人在跟踪我们。一定有人或者别的什么动物凭着气味在跟踪我们,但他非常聪明,不允许我们捕捉到自己的气味。我估计他正在高出我们很多的树枝中穿梭,因此他的气味远远高于我们。空气就是这样,即使他逆风而来,我们也可能根本无法闻到他的气味。你稍等会儿,让我去看个究竟。"他轻轻地将自己挂上树枝,像猴子一般敏捷地消失在附近的树木中。不一会儿,他便回来落在姑娘的身边。

"我说得没错,"他说,"的确有人或者别的什么离我们不远。但我不知道究竟是人还是猿,这种气味太奇怪了,两者都有些像,又都不完全像,两者都有能力玩这种游戏。过来!"他把姑娘扛在自己的肩膀上,一会儿便消失在树林中。"我怀疑他是在很近的地方观察我们,现在我们的气味会超过他的头顶,他需要一段时间才能再找到我们的气味。除非他非常聪明,能够将自己上升到比我们更高的地方。"

人猿肩上扛着拉轻松地在森林中移动,快速穿行在摇曳的枝条之间。拉对泰山佩服得五体投地,人猿的力量如此之大!他连续行走了一个半小时,然后突然停下,指着一条高高在上的树枝。

"你看!"他说着指指上面,又指指下面。顺着泰山所指的方向,姑娘在茂密的树木间看到了带有围栏的院子,里面有十多间小屋,并瞬间牢牢吸引了她的注意,泰山也被自己在树林中看到的景象激起了强烈的好奇心。这些的确是人住的屋子,但这些屋子竟然在天空中不停地移动!有些是前前后后缓慢地移动,有些则是上上下下跳跃不停。泰山跃上附近的一棵树,找了个稳固的树枝停下,从肩膀上放下拉,然后他便静静地向前爬行,姑娘紧随其后,拉也像其他欧帕人一样,可以在树枝上栖息。最后他们停在一处可以看清下面村庄的地方,马上明白了会跳舞的屋子是怎么回事。

这些屋子有些类似于用作蜂巢的箱子,在非洲部落中很普遍,直径和高度都是六七英尺。但这些蜂巢并不安置在地面上,每间屋子都用一条粗壮结实的缆绳悬挂在院子里的一棵大树上,屋子底部的中央吊着另外一条细些的绳子。每间屋子侧面距离地板约三英尺高的位置有几个开口，直径四五英寸。但是从泰山所在的位置，哪个角度都看不到可以足够容纳一个人出入的开口。如果这些摇摇摆摆的屋子算是组成了一个院落的话，可以看到每个院落的地面上都有几个村民，这些村民也像他们的屋子一样让泰山感觉非常陌生。虽然明显属于黑人，但泰山从没见过这样的黑人。他们全身赤裸，除了几处随意涂抹的颜色，没有任何装饰。这些人个子很高，肌肉结实，但如果用完美的比例来衡量，腿显得太短胳膊又太长。他们脸上的轮廓几乎完全像动物，嘴巴和下巴夸张地向前突出，眉毛上方几乎没有前额，相对于水平线来说，头盖骨又严重后凸。

泰山站下来观察时，发现屋子底部有另一条向下的绳子，他马上明白了这些绳子的作用以及住在里面的人如何进出。地上的人正蹲着忙着吃饭，其中有几个用巨大的牙齿啃着没有烧过的骨头上的生肉，其他人吃的是浆果和植物块茎。他们中有男有女，年龄也各不相同，从儿童到成年都有，只是好像没有太老的人。除了少数人头上有红棕色的稀疏毛发，大多数人实际上几乎没有头发。他们很少说话，只是偶尔像动物一样发出嗷嗷的叫声。在泰山观察他们时，几乎没有一个人发出笑声，甚至微笑也没有，这是他们最不同于其他非洲土著人的一个重要特征。

泰山仔细观察了他们的院落，但没有发现任何炊具也没发现火的痕迹。周围地上躺着武器，其中有类似标枪的短刺枪，还有刀刃锋利的金属战斧。人猿泰山非常庆幸自己来到这里，他做梦也没有想到世界上还存在这么低级的人类，而现在正给了他近距离观察的机会，他们甚至接近了动物的边缘。帕乌尔顿的瓦兹顿人和霍顿人要比他们进化得早多了。

神秘的过往 | 077

泰山看着他们，想到他们竟然拥有制造武器的智慧，不禁觉得好奇。仔细观察时，发现他们的武器手工细致，设计良好，屋子也建造得非常巧妙，环绕院落的围栏高大结实，一定是为了防御盆地里经常成群出没的狮子。

泰山和拉饶有兴趣地观察着，下面的人群突然意识到从自己的左边来了什么东西，不一会儿便发现悬挂围栏的大树上跳下来一个自己的同类。其他人用冷漠的眼神瞟了他们一眼，算作问候。来人走上前去蹲在其他人中间，好像要对他们说些什么。泰山虽然听不清他呆板的语言，但从他的姿态和手势可以判断，他正在向同伴讲述自己不久前在森林中看到的奇怪动物。泰山立即明白这人正是成功阻止气味而一直跟踪自己的人。他的讲述使众人兴奋不已，有些人站起来弯着膝盖上下跳跃，用胳膊怪模怪样地拍打着身体两侧。然而，他们脸上的表情却几乎从未改变，过了一会儿，又像先前一样重新蹲在地上。正在他们兴奋的时候，森林中传来一阵尖叫的声音，人猿又想起了自己曾经的那些野蛮生活的时光。

"大猩猩！"泰山小声对拉说。

"一种巨大的巨猿。"拉的声音有些发抖。

不一会儿，他们便看见了一只大猩猩人，从丛林小路的树木上摇荡着降落在院落里。体型如此巨大的猩猩，人猿泰山从没见过。由于身材魁梧，这只大猩猩像人类一样直立行走，爪子从不碰地面。他的头和脸与一般的大猩猩几乎无异，但这是一个具有人类的智慧和头脑的大猩猩。走得更近时，泰山发现了他的特别之处，竟然佩戴了装饰品！金子和钻石在他粗糙的外套上闪闪发光！胳膊上戴了许多手链，腿上戴了许多脚链，腰上则戴了一条细长的腰带，长得几乎拖到地面，全部用金子镶嵌小钻石制成。约翰·克莱顿，格雷斯托克勋爵从来也没见过穿着如此华丽的野兽用此来炫耀！即使在欧帕的珠宝中，他也没见过类似的无价之宝！

寂静的森林被这声长长的尖叫划破后，泰山注意到了它对蜂巢居民的影响。他们迅速从地上站了起来，女人和孩子赶忙跑到树干后面，沿着绳子爬进他们摇摆不定的蜂巢家，一些男人则来到泰山现在才看到的院落的大门口。大猩猩在大门口停了下来，再次提高嗓门，不过这次是说话，而不是发出可怕的尖叫。

Chapter 9
死亡之箭

巨型大猩猩进入院落后,守门的男人关上大门便退下。猩猩人走到院子中央站了一会儿,仔细打量起周围来。

"女人和孩子们去哪里了?"他简短地问了一句,"把他们都叫出来。"

女人和孩子们虽然听到了命令,但依然躲在原处。男人们的内心充满矛盾,被恐惧撕扯着,不愿去完成任务。

"把他们叫来,"他又说道,"或者干脆拖过来。"最后终于有一个男人鼓起勇气与他争辩。

"我们村子这个月已经奉献了一名女人,"他说,"应该轮到其他村子了。"

"闭嘴!"猩猩人咆哮了,气势汹汹地朝他走过去,"你这个愚蠢的大黑猿,竟然敢违背我猩猩人的意志!我的话就是狮子大神的命令,要么遵守,要么就去死!"

那个黑人只好战战兢兢地大声叫女人和孩子们出来,可是没有人听从他的号召。猩猩人不耐烦地叫他停止。

"过去把他们拖出来!"他命令道。黑人们不敢违抗,懊恼地走向女人和孩子们藏身的院落。不一会儿他们便拉着女人和孩子们返回,有的抓着胳膊,但多数是揪着头发出来的。虽然他们不情愿放弃女人和孩子,但态度并不温和,更别说喜爱了。从刚才说话的男人接下来的语言中,泰山明白了他们对待女人和孩子的态度。

"伟大的猩猩人,"那个男人说道,"如果狮子大神真要带走女人和孩子,我们这里的男人就会缺少女人,孩子也会太少,这个村子很快就没有人了。"

"那又怎么样?"猩猩人大声吼着,"这世界上的大黑猿本来就太多了。你们生来就是侍候狮子大神和它的选民的,否则你们还能做什么?"他一边说着一边检查女人和孩子们,捏捏他们身上的肉,敲敲他们的前胸后背。他最后回到一个年轻女人身边,她的身后跟着一个小孩子。

"这个可以。"他一边说一边从母亲身边抓起孩子,粗暴地扔到院子的另一面。孩子面朝围栏摔在地上,痛苦地呻吟着,恐怕不久于人世。愚蠢而可怜的母亲,或许是兽性多于人性,站在那里一言不发,过了一会儿才冲向孩子。猩猩人用他的大手一把抓住女人,掷在地上。就在此时,他们头顶安静的树林里发出了一声凶猛而可怕的尖叫,原来是勇于挑战的人猿泰山!思想简单的黑人惊恐地抬头望着树枝,猩猩人则暴怒地向发出声音的人大声吼叫。

他们看到有个白人在长满叶子的树枝上摇荡,他们还从没见过这样的白人,皮肤上竟然没有毛,像被他们称作海斯特的蛇一样。

死亡之箭 | 081

就在他们看见的刹那，白人手中的刺枪便飞了出来，枪杆像思绪一样长驱直入，径直插入猩猩人的胸膛。猩猩人痛苦而愤怒地尖叫了一声，接着便重重地摔在地上，挣扎了一小会儿后就倒地死去。

人猿对大猩猩种族并没有多少好感，但是英国人天生崇尚公平交易，因此他会不自觉地维护弱者的利益。此外，大猩猩与他素来有仇，他第一次打架就是与大猩猩打的，那也是他平生第一次杀生。

可怜的黑人傻愣愣地站着，心中充满惊恐。泰山从树上跳落地面时，他们害怕地向后退了几步，同时拿起刺枪向他示威。

"我是你们的朋友，"他说，"我叫人猿泰山，放下你们手中的刺枪吧！"他掉头从猩猩人的残骸中拔出自己的武器，"这个家伙是谁？他来到你们村子里屠杀孩子，抢劫妇女，你们却都吓得不敢向他扔出刺枪。他究竟是什么人？"

"他是伟大的猩猩人，"一个男人说道，他看起来像是村子里的领导和发言人，"他是狮子大神的选民，要是大神知道他死在我们村子里，我们都会因为你的所作所为而被杀死。"

"谁是大神？"泰山问道。

"狮子是大神，它与猩猩人一起住在钻石宫。"他所想要表达的意思绝不仅仅是这些，大猩猩的语言实在是太贫乏了。即使是智力高度发展的欧帕人，语言也依然非常有限、非常原始。其实，说话人的意思应该是："狮子是万王之王，它住在国王闪闪发光的石头屋子里。"人猿从他的话里推断出了事实的真相。显而易见，狮子是猩猩人王国的大神，大神一词则仅仅表示它的地位是突出的。

猩猩人倒下的那一刻，那位被抢走孩子的母亲才冲上去双手抱起受伤的孩子。她靠着围栏蹲下来，紧紧把孩子抱在胸前，低声唱着安抚的歌。泰山这时才发现她的孩子是被吓坏了，并没受多少伤。他打算要检查孩子情况时，那位妈妈吓得一把推开泰山，露出尖牙准备战斗，完全像一个野蛮的动物。但是过了一会儿，她迟钝的头脑才慢慢意识到正是这个人把她从猩猩人的手中救出，让她重新有拥抱着自己孩子的机会，他不会伤害她们母子。确信孩子只是被轻微地擦伤后，泰山走向不远处正在兴奋地谈话的几个男人。看见泰山走过去，他们快速围成一个半圆圈，一起面对着他。

"如果猩猩人知道了我们村子里发生的一切，"他们说，"一定会派人来把我们全部杀了，除非我们能把投出刺枪的家伙送去他们那里。白人，你跟我们一起去钻石宫吧。我们只有把你交给猩猩人，大神才有可能原谅我们。"

人猿笑了笑。这帮简单的黑人把他当成什么人了，竟然以为他会轻易允许自己落入大猩猩人的狮子大神的复仇之手。虽然他在进入这村子前就充分意识到面临的危险，但他也知道自己是人猿泰山，他逃生的机会远远大于被他们抓住的可能。他以前也遇到过持枪的野人，所以非常清楚充满敌意的环境意味着什么。不过，他还是更愿意尝试与他们和平相处。当他在原始森林中发现这个与世隔绝的村庄时，他就在脑中想好了几个问题反问他们。

"你们等等，"泰山说，"有朋友进入村庄，把你们从敌人的手中救下，难道你们会背叛他吗？"

"我们不会杀你的，大白猿，我们只是把你带去大猩猩人的狮子大神那里。"

"但结果是一样的，"泰山回答，"你们知道狮子大神会杀了我的！"

"这个我们管不了，"村民说，"如果能救了你，我们也愿意救你的命。只是一旦猩猩人发现我们村子里的事情，吃苦头的就是我们自己了,只有惩罚你才能让他们满意。"

"但是为什么要让他们知道猩猩人是在你们村子里被杀的?"

"他们下次来时不就看到他的尸体了吗?"村子里那个能说会道的人反问。

"如果把他的尸体搬走,不就没事了吗?"泰山回复。

黑人们抓抓头皮,思考泰山的建议。他们愚蠢而迟钝的脑袋里从来也不会浮现出类似的解决问题方式。陌生人的建议的确没错,除了他和他们,没有人知道猩猩人死在他们的村庄。搬走他的尸体,也就意味着搬走他们村子的所有嫌疑。但是究竟把他弄到哪里去呢?他们又把这个皮球踢给泰山。

"我来负责把他的尸体处理掉,"泰山回答,"如果你们能诚实地回答一个问题,我就答应把他的尸体带走,处理得干干净净,没有人会知道他是怎么死的,更不知道他死在哪里。"

"究竟是什么问题?"村民问道。

"我对你们的村子很陌生,我在这里迷路了,"人猿回答,"我希望能在那个方向找到一条走出山谷的路。"泰山指了一下东南方向。

黑人摇摇头,"那里或许真有一条通往山谷外面的路,"他回答,"但更远的地方就无人能知。我不知道那里是否真有出去的路,再远地方更不清楚。据说山那边全是一片火海,所以从没人敢过去看个究竟。就我自己来说,我从来没有走出过村子。我最远一次走了一天的路程,是为猩猩人去寻找猎物,采摘水果、坚果和大蕉去的。我实在不知道那里是否有出口。即使有人想去看看,也没人真敢行动。"

"从来没人离开过山谷吗?"泰山问。

"我不清楚别的村子怎么样,"村民说,"但我们村子里的人从没离开过。"

"那个方向有什么？"泰山指向欧帕。

"不太清楚，"黑人回答，"我只知道不时有猩猩人从那个方向出来，带着一些奇形怪状的白皮肤小人，他们长着浓密的头发、短短的罗圈腿和长长的胳膊。有时也会带来白皮肤女人，看上去与那些个头矮小的白人男人完全不同。但我根本不知道猩猩人从哪里弄来这些人，他们也从不透露。你还有别的问题吗？"

"没有了，所有问题都问过了。"泰山回答，从这些愚蠢的村民嘴巴里不可能再获得任何有用信息，他意识到必须尽快找到离开山谷的出口。泰山知道自己一个人可以干得更快更安全，于是脑中涌现出一个计划，决定让黑人同意协助他的行动。

"如果我能带走猩猩人的尸体，这样别人就不会知道他在你们村子被杀害。你们愿意把我当朋友吗？"他问道。

"愿意！"村民回答。

"那么，"泰山说，"你们能在我返回村庄前，把我的妻子保护好吗？如果有猩猩人到来，你们就把她藏在屋子里面，不要让任何人知道她的存在。可以吗？"

黑人们四处张望。"我们没有看见她呀，"村民说，"她在哪里呢？"

"如果你们能答应保护她并把她藏好，我就叫她来这里。"人猿回答。

"我不会伤害她，"头领说道，"但我不知道别人会怎么样。"

泰山转向围在身边听他说话的众人。"我打算把我的妻子叫来你们村子，"他说，"你们要把她藏起来，给她吃的，直到我回来前一直要保护好她。我会把猩猩人的尸体带走，这样就不会有人怀疑你们。等我回来时，我要看到我的妻子平安无事，没有受到任何伤害。"

死亡之箭 | 085

他认为把拉称为自己的妻子是最好的办法，这样他们就会认为泰山是她的保护人。不管他们是感激他还是害怕他，拉都会更安全一些。他扬起脸向着拉藏身的那棵树叫她下来，不一会儿她便沿着较矮的树枝爬了下来，落在泰山的怀抱中。

"这就是我的她，"他对所有黑人说，"保护好她，藏好她，不要让猩猩人找到她。如果我回来后发现她受到任何伤害，我就会告诉猩猩人你们干的好事。"他指了指地上的猩猩人尸体。

拉楚楚可怜地望着他，双眸充满恐惧。"你不会把我一个人留在这里吧？"她问道。

"只是临时留一小会儿，"泰山回答，"这些可怜虫害怕猩猩人的死会祸及他们村子，不愿承受他的伙伴的报复。所以我答应把尸体带去别的地方，让他们去怀疑别人。如果他们知道心存感激，相信他们会因我杀了这个猩猩人而感谢我，更会因为不用连累他们而感谢我。他们会因此保护好你，但是为了以防万一，我又用他们天生对猩猩人的恐惧来吓唬他们。我回来之前你在这里一定是安全的，否则我不会把你一个人丢下。另一方面，我一个人可以走得更快，可以尽快在外面找到出路，然后我就回来找你，这样我们就容易离开一些，至少比我们一起慢吞吞地行走成功的可能性大得多。"

"你真的会回来吗？"她问道，脸上满是恐惧和渴望，声音中充满哀求。

"我一定会回来的，"他说完后就转向黑人，"打扫一间干净的屋子让我妻子住进去，给她提供足够的水和食物，而且保证不能打扰她。记住我说的话，你们的性命就取决于她的安全了。"

泰山弯下腰把死去的猩猩人扛在自己的肩膀上，黑人们无不为他的力量感到震惊。虽然他们自己的身体也非常健壮，但是无人能及泰山。身负猩猩人的重量，他们一定会步履蹒跚，但是这位外来的白人却行走自若。打开围栏的大门后，他小跑着踏上丛林小道，好像肩上根本没扛猩猩人。不一会儿，他便在转弯处消失，融入茫茫的森林。

拉对黑人说："给我准备好屋子吧。"她已经非常劳累非常渴望休息了。他们冷冷地看着她，开始交头接耳。她马上明白了其中的情形，黑人中有两种不同的观点。通过偶然听到的只言片语，拉意识到一些黑人愿意听从泰山的警告，而另一些黑人却极力反对，希望摆脱她带来的麻烦。万一她被猩猩人发现，村民们就会跟着受到牵连。

"这样更妥当些，"她听到一个黑人说，"我们立刻把她交给猩猩人，并说我们亲眼看见她的丈夫杀死了狮子大神的信使。我们就说本来要抓住杀人的白人的，但他逃跑了，结果只是抓住了他的妻子。这样我们就能获得狮子大神的欢心，以后少从我们这里抓走女人和孩子。"

"可是白人太厉害了，"另一个人说，"他比猩猩人强大多了。事实上，猩猩人更有可能不相信我们，结果是我们不但失去他们的信任，而且还会增加一个白人的威胁，他将是一个非常可怕的敌人。"

"你这下说对了，"拉大声说，"白人的确非常厉害！对你们来说，把他当作朋友要比当作敌人安全多了，他曾用一只手与狮子格斗并杀死对方。你们亲眼目睹了他把庞大的猩猩人尸体轻而易举地扛在肩上，目睹了他背着猩猩人的尸体轻松自在地奔跑在丛林小道上。他还会带着尸体同样灵活自如地穿过远处的森林。总而言之，他在这个世界上独一无二，再没有第二个人猿泰山！大黑猿，如果你们是聪明人的话，一定要把他当作朋友。"

黑人们静静地站着听拉说话，愚蠢的脑袋里在想些什么，迟钝的脸上却毫无反映。他们就这样一动不动地站着，一边是笨拙而无知的黑人，一边是苗条而美丽的白皮肤女人。

这时拉又开口说话。"快点去吧！"她命令，"收拾好我的屋子！"这是太阳神的最高女祭司，欧帕的女王拉在向她的奴隶训话。她雍容大度的皇家气魄和庄严威仪的语调，瞬时改变了村子里的气氛。拉此刻明白了泰山的推断是正确的，他们只会被恐惧改变。他们像一群挨了打的狗一样，猥琐地掉头跑去附近的屋子，很快取来新鲜的树叶和青草铺在地上，又端来水果、大蕉和坚果给拉当饭吃。

一切准备好后，拉便通过悬挂在屋子地板上的圆形入口顺着绳子爬上去，发现里面宽敞明亮，空气新鲜，而且也非常干净。她把身后的绳子拉上来，一头倒在特意为她准备好的既柔软又舒适的床上。悬挂的小屋轻轻地摇晃，头顶的树叶"沙沙"作响，小鸟和虫子欢快地叫着，加上身体的劳累，拉很快就进入甜蜜的梦乡。

Chapter 10

疯狂的财富

欧帕山谷的西北方升起袅袅的炊烟，六个白人和数百个黑人在他们的宿营地开始吃晚饭。黑人闷闷不乐地蹲在地上，低声抱怨微薄的酬劳，而白人则紧锁双眉，面带愁容，武器就放在他们的身边。其中一个女子，也是全队唯一的女性，正在向她的同伴唠叨："我们现在的境况全都是拜布卢布的吝啬和埃斯特班的吹牛所赐！"

胖子布卢布耸耸肩，大块头西班牙人沉下了脸。

"凭什么要指责我？"布卢布问。

"都是你太抠门不愿意雇佣足够的挑夫。我当初说要雇二百个黑人，可你就想着要省钱，现在结果怎么样？五十人每人背着八十磅金子，其他背着营帐设备的人也不堪重负，几乎没剩下什么人能用来维持正常的警戒。为了避免他们故意丢掉货物，我们只能像赶牲口一样赶着他们才能前进，个个累得要命，怒气冲冲。"

仅凭这一点，不用找任何借口，他们就可以把我们全都杀掉。最要紧的是，他们总是吃不饱。如果能喂饱他们的肚子，让他们高兴起来，他们才有可能安心。我太了解当地人了，即便不需要做什么事情，只要是吃不饱肚子，他们就肯定不会高兴，不会满意。要不是埃斯特班吹牛说他是个多么勇猛的猎手，我们肯定会带着能够维持到旅途最后的食物。可是，现在我们才刚开始返程，剩下的食物已经不到一半了。"

"因为没有猎物我才不能打猎。"西班牙人吼道。

"猎物多的是，"俄国佬大声说，"我们每天都能看到野兽的踪迹。"

西班牙人恶狠狠地看着他说："真要有那么多野兽，你倒是自己去打呀。"

"虽然我可以像你一样，随便拿着个弹弓或者玩具枪就出去打猎，"克拉斯基回答，"但我从没宣称自己是猎手。"

西班牙人跳起来威胁他，俄国佬立刻拿出左轮手枪制止了他。

"别闹了。"女孩大声喝道，跳起来挡在他俩之间。

"让这两个讨厌鬼打吧，"皮伯斯吼道，"如果他俩一个杀死另一个，我们就少了个分钱的，打得太好了。"

"我们为什么要争吵？"布卢布问，"钱够大家分的，每人可以得到四万三千多英镑呢。你们生气时说我吝啬，骂我是个肮脏的犹太人，可是我的上帝啊，你们这些基督徒更贪婪，为了分到更多的钱，竟然要杀死自己的朋友！噢，感谢上帝，我不是基督徒。"

"闭嘴，"思罗克吼道，"否则我们就要多出四万三千英镑来平分。"

布卢布惊恐地看着高大的英国人。"好了，好了，思罗克，"他讨好地小声说，"你不会因为这点小刺激而发疯的，对吗？我是你最好的朋友吧？"

"这一切真让人烦透了，"思罗克说，"我没有高贵的修养，只不过是一个拳击手。但我清楚地知道，在我们这支庞大的队伍中，只有弗洛拉才不会为了芝麻大点事乱了方寸。皮伯斯、布卢布、克拉斯基还有我，我们之所以在这儿是因为我们可以为弗洛拉的计划筹到钱。旁边那个西班牙佬，"他是指埃斯特班，"是因为他的脸型和身材符合要求。做好这件事需要每个人有头脑，但我们谁都不够聪明，只有弗洛拉拥有这样的智慧。每个人早一天明白这个道理并且听从她的指挥，我们就能早一天发财。她曾随同格雷斯托克勋爵来过非洲，你当时是他妻子的侍女吧，弗洛拉？她了解这里的国家和当地的土著人，还有这里的动物，而我们几个却对这些一无所知。"

"思罗克说得对，"克拉斯基很快说道，"我们一直这样乱哄哄的，没有一个领头。现在应当让弗洛拉做我们的老板。如果有人能够带领我们走出去，那人只能是弗洛拉。看看那些家伙的行为，"他朝黑人那边扬扬头，"我们能带着自己的皮囊走出非洲就已经非常幸运，更不用说带着金子。"

"啊？你的意思不是要留下金子吧？"布卢布尖叫起来。

"我的意思是我们要按照弗洛拉认为的最好的办法行事，"克拉斯基回答，"如果她说丢下那就丢下。"

"我们就这么着。"思罗克第二个响应。

"我同意，"皮伯斯说，"弗洛拉说怎么办就怎么办。"

西班牙人点头表示同意。

"我们大家都同意，就差你了布卢布，你怎么样？"克拉斯基问道。

"噢，好吧。既然你们都这么说，我也当然同意。"布卢布说，

"按照克拉斯基说的,就这样吧。"

"现在,弗洛拉,"皮伯斯说,"你是老大,我们都听你的,接下来怎么办?"

"很好,"女孩说,"我们今晚在这里宿营,等大家休息好了明天一大早再出发。只有头脑精明,有条不紊,才能打猎捕肉给他们吃,有了他们的帮助我们才能成功。等他们休息够了也吃好了,我们再慢慢向海岸出发,不要让他们过度劳累。这是我的第一个方案,但能否成功,全看我们能不能让他们吃到肉。如果不能找到肉食,就把金子埋在这里,然后我们自己尽快到达海岸。在那里重新找来搬运工,数量是现在工人的两倍,并购买足够来回两趟使用的食物。我们可在返回的路上,把食物藏在各个宿营地,不用扛着重物来回跑。有了实际需要两倍的搬运工,就可以让他们轮班干活,轻松上路。我们行进速度就会很快,他们也不会怨声载道,这是我的第二个方案。我不太在乎你们怎么想,所以也不想征求大家的意见。既然是你们选我当头领,我就尽自己所能做好事情。"

"霸气!"皮伯斯喊道,"这话我爱听。"

"克拉斯基,告诉工头,我要见他。"她转向克拉斯基说。俄国佬不一会儿便带着一个粗鲁壮实的黑人回来。

"欧瓦扎,"黑人在她面前停下后,女孩说道,"我们现在没多少食物,而且你们每人背了正常重量两倍的东西。告诉他们在这里停下来,等大家休息好再出发,明天我们全部出去捕猎。让你那里的小伙子明天跟随三名猎手出去,作为助猎者把动物赶到我们附近。唯有这样我们才可能得到大量猎物,等大家休息好了也吃饱了,我们再慢慢前进。一路上,猎物多的地方我们就休息捕猎。告诉他们如果能够这样做,而且能够安全地带着货物到达海岸，我将按照当时约定的双倍价格发放酬劳。"

"哎哟哟！"布卢布气急败坏地喊起来，"双倍工钱，弗洛拉！为什么不是给他们加一成？真是好利息啊。"

"闭嘴，傻瓜！"克拉斯基喝道。布卢布不作声了，但脑袋摇晃得像拨浪鼓一样表示反对。

黑人工头被召来时还气呼呼地皱着眉头，现在一下子高兴起来。"我会告诉他们，"他说，"而且我想你们以后也不会再有什么麻烦了。"

"好，"弗洛拉说，"现在就去告诉他们。"黑人转身离去。

"现在，"女孩如释重负地长舒一口气，"相信我们最终可以看到光明！"

"给他们双倍工钱！"布卢布大声叫着，"天哪！天哪！"

第二天一大早，他们便准备出发捕猎，黑人们现在笑逐颜开，一路欢歌穿过丛林，期待着丰足的肉食。弗洛拉把他们分成三队，每一队由一个头儿带领，朝着助猎者所在的线路前进。其他的黑人被具体分派给白人做背枪随从，一小队土著兵留下来照看营地。白人们都用步枪武装起来，唯独埃斯特班例外，他依然对弗洛拉的权威表示怀疑，坚持要使用刺枪和弓箭，认为这才更符合他所扮演角色的特征。尽管几个月的勤奋打猎并没有任何收获，但这并不能影响他的自负，他依然热衷于自己的角色，他甚至于真的认为自己就是人猿泰山。怀着这般忠诚，他把自己全副武装，态度一丝不苟。凭借高超的化妆技术，加上他魁梧的体格和俊朗的脸庞，他简直活脱脱就是泰山的翻版。毋庸置疑，他的自欺如同欺人一样成功。对于有些原来认识泰山的搬运工来说，虽然他的一些举止并不像泰山，打猎技术更是让他们失望，对他的变化感觉有些困惑，可还是被他骗了，他们以为他就是泰山。

弗洛拉是个天资超凡的女孩。她认识到没有必要去否定任何一个伙伴，尽管有些人颇有微词，但她那天早上还是允许埃斯特班独自一人去打猎。

"有什么区别吗？"西班牙人独自出发后，她问其他人，"他使用步枪的技术不会比刺枪和弓箭好到哪儿去。克拉斯基和思罗克才是当之无愧的真正猎手，我们今天狩猎能不能成功主要依靠他们俩了。埃斯特班的个人英雄主义已经剧烈膨胀，说不定他今天会绝处逢生有所收获。让我们期待他的成功吧！"

"我倒希望他今天会扭伤愚蠢的脖子，"克拉斯基说，"他已完成了自己的使命，除掉他对我们更好一些。"

女孩摇头反对。"不，"她说，"不能有任何类似的想法和言辞。我们为了共同的目标聚在一起，一定要同舟共济直至圆满完成任务。要是你盼着某个人死，你怎么知道别人不盼着你去死？"

"我毫不怀疑埃斯特班想要我去死，"克拉斯基说，"每晚上床睡觉时我都在想，那个可恶的小流氓可能在天亮前就会把刀架在我的脖子上捅死我。尽管你这么维护他，但也并不能增加我对他的好感。弗洛拉，你从一开始就对他太仁慈了。"

"就算真是这样，又与你何干？"弗洛拉反击道。

他们就这样出发去打猎，怀着对埃斯特班复仇的心甚至更坏的念头，俄国人怒火中烧。而在丛林中独自捕猎的埃斯特班，满脑子也都是仇恨和嫉妒。他黑暗的心里不放过每一个可能的机会，企图赶走其他所有人而独占女人和金子。他恨其他所有的人，在他看来，每个人都有可能是夺走弗洛拉的情敌。每个人的死不仅意味着少了一个弗洛拉的追求者，还能多出来四万三千英镑供剩下的人瓜分，他的头脑中满是这些乱七八糟的想法，打猎的事情完全被抛之脑后。他穿过一片茂密的灌木丛后，走进一大片空地，耀眼的阳光照在身上，一队大约五十名的黑人勇士赫然出现在他面前。一瞬间，他站在那里一动不动吓懵了，忘记了自己扮演的角色。也许正是这一刻的完全静默和头脑空白救了他，因为当他这么站在他们面前时，瓦兹瑞勇士看到的却是沉默和威严，这正是他们敬爱的主人独有的姿态。

"噢！主人！主人！"一名勇士高叫着奔向他，"真的是你！人猿泰山，丛林之主！我们以为失去了你，再也见不到你了。我们是你忠实的瓦兹瑞勇士，我们一直在寻找你。我们担心你独自一人在欧帕被抓住，我们决定要冒着生命危险去救你。"

这个黑人曾作为随身男仆陪同泰山去过伦敦，所以能说蹩脚的英语。他对自己的这种能力无比自豪，在那些运气差的同伴面前从不放弃炫耀的机会。对埃斯特班来说，能有这样的人出来与他对话，实在是幸运。如果他曾经刻苦地学过西海岸搬运工的方言，那么现在或许还能勉强与这些人对话，但事实是他对瓦兹瑞语言一无所知。好在弗洛拉认真细致地讲述过有关泰山的传说，因此他意识到自己此刻面对的正是人猿忠实的瓦兹瑞勇士。他从没见过如此高大的黑人，他们面部轮廓分明，身体健壮，头脑聪明，外形良好，其进化程度似乎高于西海岸的黑人。

幸亏埃斯特班反应迅速，演技高超，否则一定会暴露他的恐惧和震惊，他实在没想到会在这个国家遇到泰山勇猛而忠实的勇士。他在他们面前静静地站了一会儿，搜肠刮肚来应付局面，然后才开口讲话。他很清楚此刻的小命就全靠自己的巧舌如簧。这个无耻的西班牙人狡猾的头脑中闪过一道灵光。

"自从上次见过你们后，"他说，"我发现一帮白人进入了这个国家来盗取欧帕的宝藏，我跟踪并发现了他们的营地。于是便来寻找你们，他们已经去过欧帕，带了很多金锭出来。你们跟我来，我们要突袭他们的营地,抢回我们的金锭,走吧!"他转身向自己刚刚离开的营地走去。

他们沿着丛林小道前行,厄苏拉——那个和他讲英语的瓦兹瑞人,陪在西班牙人身边。他听到身后其他勇士在讲他们的当地话,但一句也听不懂。埃斯特班突然想如果士兵们和他讲土语那他的处境就会非常尴尬。当然了,真正的泰山对这种语言轻车熟路,交流起来没有任何问题。

他一边听着厄苏拉闲聊,头脑一边飞快地转动着。好像是突然来了灵感,他想起泰山曾遇过一场意外,弗洛拉对他讲过这事。据说泰山当时在欧帕宝库受了伤,他头部受到重击而失去了记忆。埃斯特班开始怀疑他扮演这个角色是不是太深入,完全忘记了健忘症的存在?然而,这个缺点此刻却变成了他扮演泰山的救命稻草。他突然转向厄苏拉。

"你记得吗?"他问,"我曾在欧帕宝库失去过记忆?"

"是的,我记得很清楚。"黑人回答。

"我又遇到一场类似的意外,"埃斯特班说,"我正在路上走着时,一棵大树倒下来,树干砸在我头上。虽然没有让我彻底失忆,但从那以后我回忆过去时总有些吃力,有些事情甚至忘得干干净净。我记不起你的名字,也听不懂我的瓦兹瑞人在说些什么。"

厄苏拉同情地看着他说:"噢,主人,听到你遭此不幸,我心里非常难过。不过毋庸置疑,这事很快就会过去,就像上次一样。此刻,我厄苏拉就是你需要的记忆库。"

"太好了,"埃斯特班说,"告诉其他人好让他们理解,同时也让他们知道我把其他的一些事忘掉了。如果现在没有你,我连回家的路都找不到了,我其他的感官也不灵光了。但是如你所说,厄苏拉,这事很快就会过去,我会恢复的。"

"你忠实的瓦兹瑞人会真心欢呼那个时刻的到来。"厄苏拉说。

当他们靠近营地时,埃斯特班警告厄苏拉让大伙儿安静。过了一会儿,他让他们等在空地的四周。他们可以看到围栏和营帐,有六个人的一小队土著人守卫在那里。"他们看到我们人多势众肯定不会反抗,"埃斯特班说,"我们先包围营地,然后我会给出一个手势,咱们就一拥而上。这时你就对他们喊话,说人猿泰山带着他的瓦兹瑞勇士来夺回他们偷走的金子。只要他们马上离开这个国家并永不回来,泰山就饶了他们。"

如果目的能得逞,这个西班牙人情愿命令他手下的瓦兹瑞勇士进攻守卫营地的人并把他们消灭干净,但他狡猾的头脑想出一个更聪明的计划。他要让卫兵看到他和瓦兹瑞人在一起,并活着去告诉其他白人看到了泰山,并把泰山对土著士兵说过的话告诉弗洛拉和她的同伴,而此时瓦兹瑞人则可以乘机在营地收拾金锭。

在指导厄苏拉布置他的勇士们包围营地时,埃斯特班让他警告勇士们,只有在他潜入空地并引起守卫土著的注意后才能现身。大约花了十五分钟安置好勇士们后,厄苏拉才回来报告埃斯特班一切就绪。

"等到我举起手时,就表示他们认出我了,这时你就准备前进。"埃斯特班慎重地对他说完后,慢慢地走到空地上。一个土著人看见他,认出是埃斯特班。西班牙人向围栏走了几步,然后停下来。

"我是人猿泰山,"他说,"你们的营地已完全被我的勇士包围。不要对我们采取任何反对行动,我们不会伤害你们。"

他一挥手,五十名健壮的瓦兹瑞勇士从周围丛林的隐蔽中走出来,那些土著人惊慌失措地盯着他们,紧张地拨弄起手中的步枪。

"别开枪!"埃斯特班警告他们,"否则把你们全杀了!"他迈步向前,他的瓦兹瑞勇士紧紧跟随,完全包围了围栏。

"给他们喊话,厄苏拉!"埃斯特班说,那个黑人便走上前来。

"我们是瓦兹瑞人!"他喊道,"他是人猿泰山,丛林之王,我们的主人!我们来夺回你们从欧帕宝库偷走的泰山的金子。这一次我们会饶了你们,条件是你们离开这个国家并永不回来。把这些话告诉你们的主人,就说泰山在监视你们,他的瓦兹瑞人和他一起监视着你们!放下你们的枪!"

那些土著兵很高兴如此轻易就能逃脱,乖乖听从了厄苏拉的要求。不一会儿,瓦兹瑞人就进入围栏,在埃斯特班的指示下收拾金锭。他们露天干活的时候,埃斯特班走近一个土著兵,他知道这个人能凑合着讲英语。

"告诉你的主人,"他说,"他要感谢泰山的仁慈,对于你们入侵他的国家并盗取财宝一事,他只要了一个人的性命。我已杀了那个假扮泰山的人,并会把他的尸体拿去喂狮子。泰山甚至原谅了他们在他造访营地时设毒陷害他,但条件是他们永远不得重返非洲,并且不能对任何人泄露欧帕的秘密。泰山和他的瓦兹瑞人会关注着他们,没有泰山的允诺,任何人不许踏入非洲。或许他们还没有离开伦敦,我就会知道他们将要来非洲!把这些告诉他们!"

瓦兹瑞人只用了短短几分钟就收拾好金锭。士兵们还没有缓过神来,瓦兹瑞人和他们的主人泰山又回到了丛林。

傍晚时分,弗洛拉和四个白人狩猎归来。他们被那些兴高采烈的黑人簇拥着,收获颇丰,得胜而归。

"现在一切你说了算,弗洛拉,"克拉斯基说,"幸运之神真是眷顾我们,肉够吃好几天了,他们吃得饱就可以快速前进了。"

"我要说,前途一片光明。"布卢布说。

"布卢布,确实如此,"思罗克说,"我给你说过,弗洛拉是个聪明人。"

"见鬼,这是什么?"皮伯斯问道,"这帮叫花子怎么了?"他指着已然在望的围栏说,土著士兵正从里面向他们跑来,嘴里激动地咕噜着什么。

"人猿泰山来过这儿,"他们激动地喊叫着,"他带着瓦兹瑞人,上千名勇敢的战士。虽然我们奋力抵抗,但还是打败了,他们拿走了金锭。人猿泰山离开前给我说了些奇奇怪怪的话,他说他杀了你们中的一个胆敢自称是人猿泰山的人。我们实在搞不清楚,今天一早你们出去时,他独自去打猎,不一会儿他就带着上千勇士回来。他拿走了全部金子,还威胁说,如果你们再敢回到这个国家就要把你们和我们全部杀了。"

"什么?什么?"布卢布叫道,"金子不见了?天哪!天哪!"然后他们一窝蜂地开始问怎么了,直到弗洛拉制止。

"走吧,"她对那个土著兵头儿说,"咱们到围栏里面去,你详细地慢慢讲给我听,我们走后到底发生了什么。"

专心听他讲述事情的经过后,她又对几处细节仔细询问了好几遍。弗洛拉打发他离开,这才转向伙伴们。

"我已清楚了事情的经过,"她说,"泰山被我们下毒后又恢复了知觉,带着瓦兹瑞人跟踪而来。他抓住了埃斯特班并杀了他,之后又发现了营地并拿走了金子。我们能从非洲活着出去已经很幸运了。"

"哎呀,"布卢布几乎要跳起来,"这个可恶的坏蛋,他把我们的金子全偷走了,我们在这场冒险中损失二千英镑,天哪!"

"闭嘴,你这恶心的犹太人,"思罗克吼道,"如果没有你和那个可恶的西班牙人,什么也不可能发生。他经常吹嘘自己的打猎水平,却总是一无所获。而你又吝啬每一个便士,我们的队伍一团乱，这就是我们！野人泰山吹嘘说杀死了埃斯特班，这可是他最大的功德所在。如果没有你，事情也许不会坏到这个地步，我现在想做的是亲自割断你的喉咙。"

"收起你的鬼话，思罗克，"皮伯斯吼道，"我觉得这不是任何人的错。与其在此高谈阔论，不如我们去追上泰山，夺回闪闪发光的金子。"

弗洛拉大笑。"我们根本就没有机会。"她说，"我了解泰山这小子，即便单枪匹马，我们也不是他的对手，更别说他现在有瓦兹瑞勇士。他们是非洲最好的士兵，即使剩下一个人，他们都会为泰山战斗到最后。你刚给欧瓦扎说想追上泰山和他的瓦兹瑞勇士，把金子夺回来，真要那么做的话，我们很快连一个黑人都留不住。单单听到泰山这个响当当的名字，就会吓得西海岸黑人至少一年内魂不附体，他们宁愿面对魔鬼也不愿看见泰山。先生，不要再瞎想了，我们已经输了，我们所能做的就是离开这个国家，愿幸运之星能保佑我们活着走出去。人猿会监视我们的。如果说他正在监视着此刻的我们，我一点也不惊奇。"她的同伴们心惊胆战地四处张望，紧张地朝着丛林打量，"即使我们能说服这些黑人重新回到欧帕，泰山也绝不允许我们再次带走金子。"

"二千英镑，二千英镑！"布卢布嚎啕大哭，"还有这套服装，花了我二十基尼啊！除非去参加化妆舞会，我这套衣服回到英国就再也没法穿了，可我从来也不去那种地方。"

克拉斯基一直没吱声，低头看着地面听其他人说话，这时他抬起头来说："我们已失去了金子，但我们要在回英国之前想办法弥补二千英镑的损失，也就是说我们的远征彻底失败了。你们可能觉得空手而归没什么，但我不是。非洲除了欧帕的金子还有别的东西，我们在离开这个国家的时候，为什么不带点别的东西来补偿自己付出的时间和投资?"

"你什么意思?"皮伯斯问。

"由于想要学习他们古怪的语言,我花了很多时间与欧瓦扎谈话。"克拉斯基回答。

"结果了解了这个老滑头的许多故事,他满肚子花花肠子。如果因为曾经所犯的罪过而判他绞刑,九条命的猫也抵不过来。尽管如此,他是个精明的老家伙,我从他那里不仅学习了古怪的猴子语言,还学习了别的许多东西。我可以负责地说,如果团结一致,我们可以在离开非洲的时候大捞一笔,我已经从他那里学到了足够的知识。就我个人而言,我并未放弃欧帕的金子,失去的已然失去,但那里还有很多金子,咱们可以重新再来。等到这阵风头过去了,有一天我会再回来取我该得的份额。"

"可是你说的别的东西是怎么回事?"弗洛拉问,"欧瓦扎怎样帮助我们?"

"有一小撮阿拉伯人,"克拉斯基解释说,"在这里偷运奴隶和象牙。欧瓦扎知道他们在什么地方干活,也知道他们的大本营在哪儿。阿拉伯人只有几个,里面的黑人几乎全是奴隶,分分钟可以倒戈。我现在的想法是这样:只要能争取奴隶站在我们这一边,我们就有足够的力量战胜他们,并带走象牙。我们并不想要奴隶,拿他们没什么用处,所以我们可以许诺,只要他们帮助我们就可以获得自由。同时,我们给欧瓦扎和他的人分一部分象牙。"

"你怎么知道欧瓦扎愿意帮我们?"弗洛拉问。

"这主意就是他出的,所以我知道他愿意。"克拉斯基答。

"听起来不错!"皮伯斯说。

"我不想空手而归!"其他人也对此计划纷纷表示赞同。

Chapter 11

奇怪的熏香味儿

泰山扛着猩猩人的尸体,走出黑人村庄。他沿着蜿蜒的小路向之前在山谷边缘看到过的建筑前进,扑鼻而来的香味告诉他,正在接近猩猩人的居住地。与大猩猩的气味混杂在一起的还有黑人的气味和烹煮食物的香味,此外,还有一种浓重的暗香。猩猩人的住地不太可能烧香礼拜,鼻子中闻到的混杂气味也没有让泰山捕捉到一丝白人的气息,但他还是觉得应该是熏香的气味。或许这种香味来自他先前见过的建筑?那肯定是人类建造的房子,而且说不定现在还有人类居住。

大猩猩的气味越来越浓烈,他意识到已经靠近了他们的住处。为了更好地隐蔽,泰山背着尸体尽量贴近树林。透过前面的树叶,他看到一堵高大的围墙。墙的另一面便是奇怪而神秘的建筑群中最奇异的一座,它超凡脱俗,似乎完全属于另外一个世界,里面散发出猩猩人的气味和熏香的气味,其间还混杂着狮子的味道。

环绕建筑物外墙周围的灌木丛被清理了五十多英尺，墙壁上便没有树木遮挡。泰山一边尽量利用树木隐藏自己，一边尽可能靠近。他选择了比较高的地点以便能从围墙上观察里面的情况。

围墙里面的建筑十分庞大，不同的部分明显建造于不同的时代，每一部分的设计都完全不考虑相互之间的协调一致性，结果便成了楼房和塔楼的混合体。虽然没有任何两座建筑完全相同，又具有某种怪异的感觉，但整体来说还算令人愉悦。整群建筑坐落在一个高约十英尺的人造平台上，支撑平台的是花岗岩挡墙，用宽大的台阶与地平面相连。建筑物的四周环绕着灌木丛和树林，有些树木看起来相当古老，其中的一座高塔几乎完全被常春藤覆盖。但是这些建筑物最引人注目的特点是其原始而丰富的装饰物。光滑的大理石上镶嵌着错综复杂的黄金和钻石马赛克，在外墙上、穹顶上、圆塔上和尖塔上，千万颗闪闪发光的宝石熠熠生辉。

高墙围起的面积约十五到二十英亩，大部分被建筑物占据。平台主要用于散步，栽种花草、灌木和观赏树种。平台下面那片在泰山视线范围的区域，看起来主要是用于种植蔬菜的花园。就像他留下拉的那个村庄一样，花园里和平台上都是赤裸的黑人，其中有男有女，他们负责在外墙内养花种草，还有几个像泰山在村庄杀掉的猩猩人一样的家伙，但是这几个人不劳动，看起来他们的主要任务是指导黑人工作。他们对黑人的态度傲慢专横，甚至野蛮残忍，这些猩猩人身上佩戴的华丽装饰物，与泰山身后树杈上的尸体一模一样。

正当泰山兴致勃勃地看着围墙下的景象时，两个猩猩人出现在正门口，这是一个大约三十英尺宽、十五英尺高的巨型门。那两人扎着头带，上面饰有长长的白色羽毛。他们一出现就在正门两侧各就各位，然后用手卷成杯状放在嘴边发出一连串尖叫，就像吹喇叭一样。黑人们很快停下手中的活儿，急急忙忙在花园里的楼梯口列成两队，猩猩人也同样在平台上的楼梯口排成两队，形成一个活人通道。建筑物内也传来类似喇叭的吼叫声。不一会儿，泰山看见一支行进的队伍。首先是并肩而行的四个猩猩人，每人都戴着饰有华美羽毛的头巾，手举一根巨大的刑杖竖立于胸前，紧接着是两个号兵。他们身后二十英尺的位置，走着一只巨大的黑鬃毛狮子，四个强壮的黑人一边两个拉着缰绳，他们手中的链子看上去像是黄金的，连着狮子脖子上闪闪发光的钻石项圈。在狮子身后是二十多个猩猩人，四人一排，手持刺枪，但他们的目的究竟是保护狮子不被人伤害还是保护人不被狮子伤害，泰山不得而知。

狮子经过正门和楼梯时，两旁的猩猩人都表现得非常谦恭，深深地弯腰致敬。狮子到达楼梯顶端时，队伍暂时停下。楼梯下面的黑人立刻列队以额触地，俯首膜拜。已然老态龙钟的狮子傲然俯视着拜倒在它面前的人类，瞪着邪恶的眼睛，龇牙露出凶残的表情，从它深沉的肺腑里发出不祥的咆哮，令黑人惊恐万状，战栗不已。人猿泰山紧锁眉头，陷入沉思，他从未见过人类在野兽面前如此屈辱，这番景象实在令人唏嘘。队伍继续行进，他们下了楼梯沿着一条小路穿过花园向右拐去，直到队伍过去了，黑人和猩猩人才站起来继续他们前面的工作。

狮子带着它的随从在宫殿远处的拐弯处消失后，泰山依然在隐蔽的地方看着他们，他努力想给这荒诞怪异的情景找出一个合理的解释。对于此地奇怪的人类物种而言，狮子意味着什么？它到底代表了什么？为什么会有这样混乱颠倒的物种排序？在这里，人类的地位低于半兽的动物。而从狮子刚刚受到的礼遇可见，位于一切人类之上的竟然是一个真正的食人野兽！

狮子在宫殿东端消失十五分钟后，泰山还依然沉浸在自己的思考和观察之中。这时，宫殿的西端又有一阵刺耳的喇叭声引起了他的注意。泰山转过头，那支队伍再次出现在他的眼前。他们再次朝着刚刚进入花园的楼梯方向走来。随着尖叫声响起，楼梯下端和宫殿入口处的所有黑人和猩猩人立刻重新回到刚才的位置，在狮子趾高气扬地进入建筑物时，再次向它顶礼膜拜。

泰山挠着蓬乱的头发苦思冥想，但最终还是摇头作罢，对自己看到的一切无法作出任何解释。然而，他强烈的好奇心实在无法得到满足，因此决定先去探查这座宫殿及其周围，然后再继续寻找走出山谷的道路。

他离开藏匿猩猩人尸体的地方，沿着建筑物转了一圈。这样，他就可以借着四周树林的掩护，从各个角度仔细考察这些建筑物。他发现这座建筑在各方面都独一无二。花园完全围住了整个建筑，只在宫殿南边留出一部分作为畜栏之用，养了无数的羊和许许多多的鸡。还有几百个摇晃着的蜂巢房屋，和他之前在当地的黑人村庄见过的一样。他认为这是黑奴的住处，他们承担了所有服务宫殿的艰辛而卑微的工作。

外围的花岗岩高墙只有一个开口，那就是宫殿东侧正对面的大门。这门体积宏大，做工考究，看起来是为了抵御装备精良的大规模武装攻击而建造。对于如此厚重结实的大门，泰山认为一定是为了保护内部结构免遭重型攻城锤的攻击。据他推测，近代历史中几乎不可能存在这么强大的攻击力，所以，这门和墙的年代应该都久远到不可思议。毫无疑问可以追溯到被遗忘的亚特兰蒂斯时代，可能是用来保护钻石宫的缔造者免受来自亚特兰蒂斯部队的袭击。他们拥有先进的武器，目标是开采欧帕的金矿，并非实行殖民统治。

无数证据标明，这里的墙、门和宫殿本身都具有非常古老的历史，但依然保存得如此完美，修复状况也十分出色，说明现在仍然有聪明而智慧的人类居住在其中。泰山在南边发现一个正在修建中的新塔楼，许多黑人正在猩猩人的指导下，把花岗岩切割成合适的形状并安装在相应的位置。

　　泰山停在东门附近的一棵树上，看着从古老的大门进出宫殿的人们。这时从森林中出来一支强壮的黑人队伍，他们走进围场，正在运送粗制的花岗岩石块。两边是摇摇晃晃的抬杆，中间四人为一组抬着一块花岗岩。队伍前后有手持战斧和刺枪的黑人士兵，还有两三个猩猩人跟随着搬运工的长队。黑人搬运工和猩猩人的行为和态度给泰山的感觉，恰如商队的骡子在赶骡人的命令下缓慢而沉重地傻走着，如果有人落后了，就会被刺枪戳中或是被枪柄殴打。世界上最大的野蛮莫过于负重动物的存在，而黑人的态度也一样悲哀，他们的脸上没有任何反感或者叛逆的表情，恰似一长队负重的骡子。对于此行的意图和目的，他们完全置若罔闻，完全像一群被驱赶的牲口。他们慢吞吞地穿过大门，不一会儿便从泰山的视野中消失。

　　过了一会儿，又有一队人从森林中出来进入宫殿，其中大约有五十个全副武装的猩猩人和一百个持刺枪战斧的黑人战士。他们紧紧包围着四个强壮的搬运工。这四个人抬着一副小小的担架，上面绑着一只华丽的箱子。箱子长四英尺，宽二英尺，深约二英尺。箱子本身是木头做的，历经岁月侵蚀，颜色显得有些黑。箱子的周身和四角用原生的金子重新加固，上面还镶有许多钻石。箱子里装的是什么泰山当然无法想象，但从它四周的安全防范措施看来，里面的东西无疑十分贵重。箱子被直接送进宫殿东北角那座常春藤覆盖的巨大塔楼里。泰山现在第一次观察到这座塔楼的入口,这里的门像东门一样沉重而巨大,非常安全。

泰山轻松地穿过丛林小径,又继续在树林中前进,回到留下猩猩人尸体的地方,这是他第一次抓住机会,在不被发现的情况下采取行动。他把猩猩人的尸体扛在肩上,再次回到东门附近的树枝上。等到没有人走过时,泰山用力一扔,尽量把尸体扔到离东门最近的地方。

"现在,"他想,"有本事让他们猜猜是谁杀了自己的同伴。"

泰山朝着东南方向出发,目标是钻石宫山谷后面的大山。为了避开当地村民,不让四面八方进进出出的猩猩人看见自己,泰山不得不经常绕道前行。傍晚时分,他从山里出来,俯瞰远处整个山脉的全景,眼前是一片崎岖的花岗岩山丘,险峻的山峰高高耸立在森林之上。一条通向峡谷的小路赫然出现在他的面前,山谷里有一个通往山顶的缺口。这里应该是他着手打探的另一个地方。可以清楚地看到海岸线后,泰山从树上下来,利用小路两旁的低矮灌木作为掩护,悄无声息地前进,不久便到了山里。他多数时候缓慢蜗行在灌木丛中,因为总有黑人和猩猩人在路上走。他们空着手上山,下山时候背着花岗岩石块。当他进入山里更深处时,浓密的灌木丛变得稀疏了,这让他可以轻松地通过,但也更容易被发现。然而,即使在别人一眼就会被敌人发现的地方,泰山娴熟的丛林技能也让他总能找到藏身之处,其主要依靠的是他敏锐的动物本能。在半山腰时,小路穿过一个不足二十英尺的狭窄山谷,边上是坚硬的花岗岩峭壁。这里没有任何遮挡,泰山知道进入其中就意味着立马被发现。环顾四周,他发现只要稍微绕道便可安全到达山谷的顶端。那儿有巨石、矮树丛和灌木,可以随处藏身,也许还可以更清楚地看到远处的小路。

他的确没有弄错。到达小路上方的一个有利的位置时,出现

奇怪的熏香味儿 | 107

在眼前的大山变成一个张开的口袋，四周的峭壁上布满无数的洞口，千疮百孔。在泰山看来就像是许许多多坑道的嘴巴，有些洞口用粗制的木梯通到悬崖的底部，有些洞口则有打结的绳子悬垂在地上。一些人背着装满泥土的口袋从洞里出来，他们把泥土倒在一条流过峡谷的小河旁，堆成一个大土堆。河边的另一些黑人则在猩猩人的监视下洗刷泥土，但他们想要什么或者已经找到了什么东西，泰山无从知晓。

岩石盆地的一侧，许多黑人正在悬崖上开采花岗岩，他们用相似的操作方法，从盆地底部到悬崖顶峰，形成一片片的梯田。在这里，赤裸的黑人正在猩猩人的残忍监督下，用原始的工具从事着极为艰辛的劳作。采石工的活动显而易见，但其他人从坑道里带来了什么东西，泰山并不能肯定，按常理推测应当是金子。那么他们是从哪里得到的钻石？当然不会在坚硬的花岗岩悬崖上。

仔细观察几分钟后，泰山确定他从树林来的那条小路到此为止，是一条断头路。所以他得寻找一条上山的新路，最终穿过这片山脉。

那天剩余的时间以及第二天几乎全天，泰山都在寻找这样的一条路，但他最后不得不承认，自己所在的山谷这一侧没有出口。他又向着远远高于森林边界的地方出发，但是矗立在他面前的也只有高高耸立的花岗岩峭壁，人猿几乎无处立足。他又沿着盆地的南边和东边去考察，结果同样令人失望。天黑之后，他转身向森林走去，想要找到一条穿过欧帕谷的道路，与拉一起离开。

第二天太阳刚刚升起，泰山到了留下拉的土著村庄，他在第一眼就意识到出问题了，因为这里不仅大门洞开，而且围栏里没有任何活物。摇摆的笼屋一动不动，说明里面也没有人住。泰山一向谨慎，担心有埋伏，所以仔细侦察后才进入村子，根据他训练有素的观察，村子里显然至少已经有一天一夜没有人了。他跑到当时藏着拉的小屋，抓住绳子爬上去查看时，笼屋里空空如也，没有任何关于女祭司的迹象。泰山下到地面后便开始全面搜索，想要弄清楚整个村庄和拉究竟发生了什么事情，他们的命运如何。仔细查看了几个笼屋里面的情况后，泰山敏锐的目光注意到一个离他稍远一点的笼屋轻轻摇晃了一下。他很快穿过中间的空地，走近小屋，但他发现小屋的门洞里没有绳子垂下来。在屋子下面犹豫一会儿，泰山抬起头透过屋子的门洞朝里看，却只能看到小屋的屋顶。

"大黑猿，"他喊道，"我是人猿泰山，快出来告诉我，你们村里的人和我的女人出什么事了，我把她留在这儿是让你们的战士保护的。"

没有人回答，泰山又叫了起来，因为他肯定有人躲在小屋里。

"下来，"他又叫道，"不然我就上来找你。"

还是没有人回答，一抹冷冷的微笑出现在泰山的嘴边。他从刀鞘中抽出猎刀，用牙咬住，然后一个猫跃，像弹簧一般撑在洞口，抓住小屋的两侧后，整个身体乘势跃入小屋里。

和他预料的相反，里面没有任何人。屋里光线昏暗，他开始时什么也看不清。当他的眼睛逐步适应了房里半黑的光线后，他发现一捆树叶和草靠在对面墙上。他走过去扯到一边，里面果然蜷缩着一个被吓坏了的女人。他抓住女人的肩膀拉出来，让她坐下来。

"发生了什么事？"他问，"村民们在哪里？我的女人在哪里？"

"不要杀我！不要杀我！"她叫道，"不是我，不是我的错。"

"我没想杀你。告诉我真相，你就安全了。"泰山回答。

"猩猩人把他们带走了，"女人喊道，"你来的那一天太阳快

奇怪的熏香味儿 | 109

下山时，他们就来了。他们在钻石宫的门口发现了猩猩人的尸体，因此非常生气。他们知道他来我们村庄了，自从他离开宫殿以后就没人再看见他。他们来了就吓唬和折磨我们村的人，直到最后战士们告诉了他们全部实情。我藏了起来，我也不知道他们为什么没有发现我。他们最后走时带走了其他所有人，也带走了你的女人。他们永远也不会再回来了。"

"你觉得那些猩猩人会杀了他们吗？"泰山问道。

"会的，"她回答，"他们会杀掉所有惹他们不高兴的人。"如果没有对拉的责任，泰山可以独自一人轻而易举地在晚上从欧帕谷穿越障碍，安全离开。但是，或许这样的念头从来没有进入他的脑海，因为感恩和忠诚是人猿与生俱来的品质。拉的人民疯狂而执拗，一心想要谋害泰山，但拉不惜一切代价挽救了他，舍弃了对她至关重要的权力、地位、和平与安全。她的生命因此而岌岌可危，流亡在自己的国家之外。猩猩人抓走了她，有可能会杀了她，知道这样的事实对泰山来说远远不够。他不会就此放弃，他必须知道她是不是还活着。如果她还活着，他必须竭尽所能挽救她，让她最终从这个山谷的威胁中逃脱。

那一天，泰山一直在宫殿外侦察，寻找机会潜入。他发现几乎不可能，因为外花园中时时刻刻都有黑人和猩猩人。但是随着夜幕的降临，沉重的东门被关上了，住在笼屋和宫殿里的人们都回到高墙里面去了，连一个哨兵都没有留下。这一事实说明，猩猩人从来就没有必要担心受到任何人的进攻，因为他们已经完全征服了黑人。环绕宫殿的高大围墙足以保护他们免受狮子的进攻，其存在只不过是提醒他们在古老的过去，曾经有一支强大的敌人威胁过他们的和平与安全，但是这些敌人现在已经消失殆尽。

天完全变黑后，泰山走近大门，把草绳打一个结扔上去，套在门柱顶的一个石狮子上。他迅速爬上了墙顶,然后又从那儿轻轻地跳进下面的花园。为了确保找到拉后能够有一条快速逃跑的通道,他打开沉重的大门门栓,让门开着,然后悄悄地向常春藤覆盖的东塔爬去,那是他经过一天侦察选择出来的最容易通往宫殿的入口。这里的常春藤几乎长到了塔顶,他的计划能否成功很大程度上取决于它们的年龄和耐受力。令他宽慰的是,常春藤可以轻易支撑他的体重。

他白天透过环绕宫殿的树木看到,在高高的塔尖附近开着一扇窗户。和宫殿里其他窗户不同的是,这扇窗户没有栅栏。塔上有几个窗户透出昏暗的灯光,泰山避开灯光照亮的地方,迅速而谨慎地向那扇没有栅栏的窗户爬去。到了窗外,他又小心翼翼地从窗台上看过去。他高兴地发现,这个窗台通向一间没有开灯的屋子,但是屋子里面黑魆魆的什么也看不清。他小心地爬上窗户,蹑手蹑脚地溜进大楼。他在黑暗中摸索,细心地观察整个房间,发现里面有一个设计独特的雕花床架、一张桌子和一对长椅。床上铺有柔软的鞣制羚羊皮和豹子皮,上面扔着一些纺织用的东西。

他进去的窗户对面是一扇关着的门。他轻轻地走近门,透过门缝在昏暗的灯光中看到了一个圆形的回廊。发现中央有一个直径大约四英尺的中空杆子径直连着正上方的天花板,间隔一英尺的地方绑着一根短短的横档儿,这应该是最原始的梯子,用来连接塔楼各层。每层楼圆形开口的附近有三根柱子,用来支撑上面的天花板。圆形回廊的外圈上还开有一些其他的门,样子与他进来的那扇类似。

听不到有声音也看不到有人,泰山打开门走进了回廊,闻到了很浓的熏香气味,这正是几天前他第一次靠近宫殿时闻到的香味。在塔楼里面,香味更加浓烈,抹杀了其他一切气味,也使泰

奇怪的熏香味儿 | 111

山对拉的寻找遇到了几乎不可逾越的障碍。事实上，看到塔上的这道门时，他就感觉几乎不可能完成任务，内心充满惶恐。没有了敏锐的嗅觉的帮助，他想采取任何措施隐蔽自己都不大可能，独自一人搜索这座巨大的塔楼的任务更不可能完成。

人猿泰山的自信绝不是浮夸的自我中心主义，他很清楚自己的局限，他知道如果在这里被发现，即使面对少数几个猩猩人，他成功的机会也微乎其微，因为他们对周围环境很熟悉，而他却完全陌生。在他的身后，是敞开的窗户，寂静的森林之夜，还有自由；而在他的面前，则是危险，注定的失败，而且很可能就是死亡，该选择哪一个？他站在那儿沉思片刻，然后抬起头，挺起宽宽的肩膀，甩甩黑色的头发，勇敢地走向离他最近的那扇门，他一个挨一个地查看每个房间，把整个楼层都检查完，但到目前为止，既没有发现拉，也没有发现任何关于她的线索，只看到了古香古色的家具、地毯和挂毯，还有金子和钻石的装饰物。在一间光线昏暗的房子，他看到了一个熟睡中的猩猩人，但泰山的行动十分轻巧，无声无息，所以没有惊醒他。泰山甚至还绕着他放在屋子中央的床来回走动，查看了床上方的窗帘龛。

在回廊里侦察一圈后，泰山决定先上楼，然后再回到下一层去看看。根据自己的计划，他沿着那部怪诞的梯子上楼。到达塔顶时，他一共经过了三个平台，每层都有一圈环绕的门，而且所有的门都关着。每层上都有微弱的灯光照明，灯具是一个浅浅的金碗，里面盛的似乎是牛油，中间插着一条麻绳灯芯。

最高的一层塔楼上只有三扇紧紧关闭的门，天花板便是塔的圆顶，上面又开有一圈门，通过楼梯径直连接无边的黑夜。

泰山推开最近的一扇门，铰链的吱呀成为他此次侦察第一次发出的声音。出现在他面前的房子里没有点灯，吱呀声后的几秒钟，

奇怪的熏香味儿 | 113

他像雕塑一样静静地站在入口处。他突然感觉到有什么东西在移动，在他的身后发出非常细微的声音。他迅速回头，发现楼梯的对面开着一扇门，一个人站在门口。

Chapter 12

金 锭

埃斯特班以瓦兹瑞勇士为观众,扮演人猿泰山还不到一天一夜,他就意识到即使用大脑受伤为借口,一直这么骗下去也无疑是一件非常困难的事情。对于仅仅从侵略者手中拿走黄金然后便逃跑的想法,厄苏拉首先非常不满意,其他的勇士也没有人热衷于这个计划。事实上,他们实在无法想象,难道头部受伤就能使他们的主人泰山变成懦夫吗?被西海岸的黑人和几个没经验的白人吓得逃跑,似乎只能是懦夫所为。

下午接着发生的一切最终让西班牙人下定决心早点找到借口摆脱瓦兹瑞人,这样他还可以多活几年。他认为自己的安心舒适比其他任何东西都重要。

当时他们正在穿越一片开阔的丛林,树与树之间的距离相当远,灌木丛也不厚实。突然,一只犀牛毫无征兆地向他们发起了进攻。令瓦兹瑞人惊愕的是,人猿泰山一看到犀牛冲过来,就打算转身逃入最近的树林。埃斯特班没能敏捷地跳入矮树丛,却在匆忙中绊倒。最后到了一棵大树下,他试图像一个学生一样爬上树杆,结果却滑下来跌倒在地面。

好在犀牛视力很差,主要是依靠嗅觉和听觉获取猎物,而不是视觉。它的注意力这时已被一个瓦兹瑞人转移,在失去目标后,它就跟跟跄跄地消失在远处的灌木丛中。

埃斯特班最后站起来时,发现犀牛不见了,周遭围着半圈身材高大的黑人。他们脸上满是怜悯和悲伤,在某种程度上,还混杂着一丝轻蔑之情。西班牙人看到此种情景就明白了,自己当时一定被吓坏了,犯了一个几乎无法弥补的错误,他在绝望中只能抓住自己可能找到的唯一借口。

"我可怜的脑袋。"他把两只手压在太阳穴上叫道。

"主人,您的头是受到了重击,"厄苏拉说,"但您忠实的瓦兹瑞人认为,他们主人的内心应当是无所畏惧的。"

埃斯特班没有应声,他们默默地重新起程,天黑前在一处瀑布上方的河岸扎营。埃斯特班下午已想好了摆脱窘境的计划,因此刚一扎好营,他就命令瓦兹瑞人把宝藏埋掉。

"我们把金锭留在这里,"他说,"明天就启程去寻找盗贼,我已经下定决心要惩罚他们。虽然因为头部受伤,我在发现了他们的背信弃义时没有立即杀了他们。但现在必须让他们得到教训,随意进入泰山的地盘必须受到惩罚。"

这种态度令瓦兹瑞人更加欢欣鼓舞,他们开始看到一线希望,人猿泰山又重新变成了真正的泰山。第二天早晨,他们怀着一种更加轻松愉悦的心情出发去探寻英国人的营地。依据厄苏拉精明的推测,他们打算在欧洲人估计会行走的道路上去堵住他们。通过在丛林中抄近路,他们最后正好在英国人扎营的地方遇到了他们。快到欧洲人宿营地时,远远地就闻到了营地的烟火味,听到了西海岸搬运工的歌声和聊天声。

这时,埃斯特班把瓦兹瑞人招到周围。"孩子们,"他用英语称呼厄苏拉,"这些陌生人闯入此地就是对泰山的无礼。那么对于泰山而言,复仇势在必行。让我一个人留在这里,我要用我的方式去惩罚敌人。你们回家吧,把金子留在原来的地方,因为很长时间后才会用到。"

瓦兹瑞人非常失望,这个新计划完全不符合他们的期望,他们本想要酣畅淋漓地屠杀西海岸黑人。但他们面前的人是泰山,是他们绝对服从的伟大主人。在埃斯特班宣布计划之后,他们静静地站了一会儿,内心却充满不安,最后开始用瓦兹瑞语相互交换想法。虽然西班牙人不大懂他们的语言,但显然他们是在怂恿厄苏拉,很快厄苏拉转向他。

"哦,主人,"黑人大声说道,"您让我们回到家里如何向夫人启齿,告诉她我们把身受重伤的您独自一人留下来去面对白人的步枪和他们的土著兵?别让我们这么不义,主人。如果您身体正常,我们就不会担忧您的安危。但现在您的头部受了伤,情况大不一样,我们不能把您一个人丢在丛林里。那么,就让我们——您忠诚的勇士,来惩罚这些人吧。我们将把您安全地带回家,然后治好您的疾病。"

西班牙人笑了。"我已经彻底恢复了,"他说,"我一个人不会有什么危险,和你们在一起反倒不安全。"对这一点他当然比他们更清楚,只是说得委婉了一点,"如果你们愿意服从我,"他断然说,"那么就马上沿着我们来时的路回去。记住至少走两英里之后,你们才可以扎营过夜,第二天早上继续出发回家,不要出声,我不想让他们知道我在这里。不用担心,我很好,说不定我还可以赶在你们之前回家。去吧！"

满怀悲伤的瓦兹瑞人掉头踏上他们刚刚走过的小路。不一会儿，最后一个瓦兹瑞人便从西班牙人的视线中消失。

埃斯特班如释重负，转身走向自己人的营地。他担心自己突然出现会吓到他们，同时也为了避免土著兵按照惯例起而攻之，他打了一声口哨，走近时又大声叫其他人的名字。

"泰山！"第一个看见他的黑人喊道，"我们的死期到了。"

埃斯特班看到搬运工和土著兵都变得躁动不安，后者还抓起他们的步枪，紧张地用手指扣动扳机。

"是我，埃斯特班，"他大声喊道，"弗洛拉！弗洛拉！告诉这些傻瓜们放下枪。"几个白人也站在那里注视着他的一举一动。听到他的声音，弗洛拉转向了黑人。"没关系，"她说，"那人不是泰山，你们把枪放下。"

埃斯特班微笑着走进营地。"我回来了。"他说。

"我们以为你死掉了，"克拉斯基说，"听说泰山扬言已经杀了你。"

"他俘虏了我，"埃斯特班说，"但如你所见，他没有杀我。我原以为他会杀掉我，但事实并没有，他最后在丛林里释放了我。他可能以为我活不下来。这样一来，他既达到了自己的目的，又不让自己的双手沾上我的鲜血。"

"他一定知道你的老底，"皮伯斯说，"如果把你一个人长时间丢在丛林里，你肯定会被饿死。"

埃斯特班没有回应这个玩笑，而是转向弗洛拉。"你见到我不高兴吗，弗洛拉？"他问。

女孩耸耸肩。"有区别吗？"她问，"我们的探险失败了，他们中有些人认为全是你的错。"她向其他白人点点头。

西班牙人不觉皱起了眉头，谁也不在乎他的归来。他不介意其他人的想法，但希望弗洛拉至少能对他的归来表现出一点热情。如果她知道他心里真正想些什么，见到他可能会更开心，而且也能表现出些许爱意。但她不知道具体情况，她不知道埃斯特班把金锭藏在走上一天就可以拿到的地方。他本来是想说服她抛下其他人，两个人回去拿到宝藏的，但他的自尊心现在受到了伤害，他生气了。他们谁也不配拥有哪怕一个先令，他会等到他们离开非洲时再回来，把所有的钱都留给自己。唯一美中不足的是他认为瓦兹瑞人知道宝藏的位置，他们迟早会和泰山一起回来拿走金子。他盘算着如何改变这个漏洞，但是要改变就得找帮手，也就意味着又将有另外一个人分享他的秘密，这个人会是谁呢？

他就这样在同伴们冷漠的目光中回归自己的队伍。很显然，他们见到他远不是那么高兴，但他并不知道真正的原因，他没有听说过克拉斯基和欧瓦扎打算盗取象牙掠夺者战利品的计划。他们之所以反对他的存在，主要是担心他会分享战利品。克拉斯基第一个代表埃斯特班之外的大伙表达了这种想法。

"埃斯特班，"他说，"大家一致认为，你和布卢布对我们的冒险失败负有很大责任。我们不是在找茬，但这是事实。自从你离开后，我们突然有了一个新想法，要从非洲带走一些东西，用来补偿我们失去的黄金。我们仔细地琢磨了这事，并制定了计划，但我们不需要你来参加。如果你愿意的话，我们不反对你来做伴，但希望你从一开始就明白，你不能分享我们得到的任何东西。"

西班牙人微笑着挥挥手，表示毫不在意。"没问题，"他说，"我什么也不要。我不想从大家身上拿走任何东西。"他一想到有那么一天他将一个人从非洲运走比百万英镑的四分之一还要多的黄金，心里就笑开了花。埃斯特班出乎意料地表示同意，其他人都大大松了一口气，局促的气氛一下子烟消云散。

"你是个好人，埃斯特班，"皮伯斯说，"我一直说，你打心眼儿想做正确的事，我很高兴看到你安然无恙地回来。当初听到你死去时，我感觉一切都糟糕透了，我真是这样想的。"

"的确如此，"布卢布说，"皮伯斯他感到很难过，每天晚上都是哭着睡的，是吧？"

"不要瞎编子虚乌有的事情，布卢布。"皮伯斯怒视着犹太人大声说。

"我还没有开始打瞌睡呢，"布卢布看到大个子英国人生气了，说道，"如果埃斯特班被杀，我们都很歉疚。当然，你能回来我们非常高兴。"

"而且他不想要战利品中的任何东西。"思罗克补充道。

"别担心，"埃斯特班说，"如果能够回到伦敦，我就会感到很满足、很幸福了。我在这里已经受够了，一辈子都不会忘记。"

那天晚上睡觉前，西班牙人花了一两个小时思考如何让他独自一人得到黄金的安全办法，希望从此再也不用担心被瓦兹瑞人拿走。如果很快重返厄苏拉当天带领他们走过的小路，他确信自己可以轻易找出埋藏黄金的地方并转移到附近的另一个地方。为了确保除了他自己以外，没有任何人知道黄金藏匿的新位置，他完全可以单独完成这项任务。但是他也同样明白，如果是自己一个人从海岸返回，他就不一定能找到新的藏宝位置。这意味着他必须与另一个熟悉当地的人分享秘密，这个人可以从任何方向、在任何时候找到新的藏宝地。但他又能信任谁呢？他把所有可能的人选斟酌了一遍，脑海里不断跳出一个名字——欧瓦扎。他是个狡猾的老恶棍，没有多少正直可言，但实在没有其他更合适的人选。他最后不得不得出结论，必须与这个黑人分享自己的秘密，依靠那人的贪婪而不是信誉来保守这个秘密。他的回馈一定能让老家伙心动，钱数之多远远超过荒蛮之地的想象。为了拥有大笔财富，他愿意在紧要关头付出优厚的报酬。不一会儿，他便睡着了，梦见自己拥有超过二十五万英镑的黄金，身处世界欢乐之都，享受着何等幸福的生活。

第二天吃早餐时，埃斯特班偶然提起，前一天在离营地不远的地方看见过一大群羚羊，提议让他带上四五个人前去猎取，用于当晚营地的聚会。没有人反对，据他们估计埃斯特班要捕获的猎物越多，他就得离开营地越远，被杀的可能性也就越大。如果发生这样的意外事故，谁也不会感到遗憾，因为他们心里并不喜欢他，更不信任他。

"我想带上欧瓦扎，"他说，"他是所有人中最聪明的猎手，再让他挑选五六个当地人。"但当他靠近欧瓦扎时，黑人却表示反对这次狩猎。

"我们的肉够吃两天，"他说，"我们应该尽快离开瓦兹瑞人和泰山的领地。我可以在这里和海岸之间的任何地方找到足够的猎物。我们先赶两天路，我再和你一起去打猎。"

"听着，"埃斯特班低声说，"我要猎取的不仅仅是羚羊，但不能在营地告诉你实情。等我们离开其他人时，我会解释清楚。如果你今天与我一起去，将会有巨大的收获，比在象牙侵略者那里得到的多很多。"欧瓦扎竖起耳朵专注听完后挠了挠他毛茸茸的头。

"今天是打猎的好天气，先生，"他说，"我带上五个人和你一起去。"

欧瓦扎计划好大队伍的行程，并安排了晚上的野营地点，这样他和西班牙人就可以打完猎再找到他们。然后，狩猎队开始出发，踏上厄苏拉前一天在藏宝地走出的小路。还没走多远，欧瓦扎就发现瓦兹瑞人新留的足迹。

"昨天晚些时候有很多人经过这里。"他对埃斯特班说，疑惑地看着西班牙人。

"我什么也没看见，"埃斯特班回答，"他们一定是在我离开之后又回来的。"

"他们差一点到达我们的营地，然后又调头走了，"欧瓦扎说，"听着，先生！我带着一支步枪，你要走在我前面。如果这些足迹是由你的人留下的，一定是你在诱惑我进入埋伏圈，那么你将是第一个要死的人。"

"你听好了，欧瓦扎，"埃斯特班说，"我们现在离营地已经很远了，我可以把一切告诉你了。这些足迹是由泰山的瓦兹瑞人留下的，我让他们在离这里一天路程的地方埋藏了金子。我已经打发他们回家，希望你能跟我回去把金子转移到另一个地方藏起来。在其他人拿到象牙回英国后，你我再重返此地取出金子。那时，你将会得到丰厚的回报。"

"那么，你又是谁？"欧瓦扎问，"我经常怀疑你是不是人猿泰山。我们离开欧帕营地的那天，我的一个人说你被自己人毒死了，而且被遗弃在营地里。他亲眼看到你的尸体被藏在灌木丛后面，然而那天你却和我们在一起。我本以为他在骗我，但当他看到你的那一刻，我看到了他满脸的惊愕，所以我经常怀疑是否有两个泰山。"

"我不是泰山，"埃斯特班说，"在我们营地被下毒的那个人才是真正的泰山，但只是给他吃了一些让他昏睡很长时间的东西，可能是希望他在醒来之前会被野兽叼走。他是否还活着我真不知道。因此，你不必因为我的缘故害怕瓦兹瑞人或泰山，我比你更想避开他们出现的地方。"

黑人点头应道："也许你说的是真话。"但他仍然坚持要走在后面，手里紧握着步枪。

他们一路非常谨慎，生怕遇上瓦兹瑞人。但经过瓦兹瑞人前一天扎营的地方时，发现他们走了另一条路，方知没有与他们碰面的危险。

到达距离黄金埋藏点大约一英里的地方时，埃斯特班告诉欧瓦扎，让他的跟班们留在那里，他俩单独前进，以便完成金锭的转移。

"知道这件事的人越少，"他对黑人说道，"我们就越安全。"

"先生的话就是智慧之言。"狡猾的黑人奉承道。

埃斯特班毫不费力地找到了瀑布附近的地点，他在询问时发现欧瓦扎对瀑布的位置了如指掌，可以从海岸径直轻松到达那里。他们把黄金转移到不远的地方，重新埋藏在河岸附近一片茂密的灌木丛里。对于瓦兹瑞人或其他任何知道原来地点的人来说，找到金子的概率与转移了一百英里无异，可能性都极小。因为他们都会想着别人只可能不遗余力地转移到很远的地方，而不是像现在一样，只不过换了个距离不到一百码的地方而已。

干完活的时候，欧瓦扎抬头看了看太阳。

"我们今晚根本不可能赶到宿营地，"他说，"就算明天，我们也必须加快速度才能赶上他们。"

"我没想着赶上他们，"埃斯特班回答，"但我不能告诉他们。如果再也找不到他们，我反而会更满意。"

欧瓦扎露齿而笑。在他狡猾的头脑中很快又形成一个新的念头：为了获得为数不多的几根象牙，需要冒着生命危险与阿拉伯象牙掠夺者进行殊死搏斗，为什么不把所有这些黄金运到海岸变成我自己的呢？

金　锭 | 123

Chapter 13

怪异的平顶塔

泰山转过头,发现身后有一个男人,站在被常春藤覆盖的钻石宫东塔最高处。他迅速抽刀出鞘,但几乎同时又放了回去。泰山转而静静地凝视着对方,陌生人的脸上也同样写满困惑的表情。泰山看到的不是猩猩人,也不是黑人,而是一个白人男子,一个萎缩的秃顶老头,蓄着长长的白胡子。这个几乎裸体的男人身上点缀着金光闪闪的亮片和钻石等野人的饰品,但他的确是个白人。

"上帝呀!"幽灵般的陌生人用英语大声叫道。

泰山疑惑地看着对方。单单这一个英语单词就为泰山提供了无限的想象空间,使他感到倍加困惑。

"你是干什么的?你又是谁?"老人继续说,但这次用的是猩猩人的语言。

"你方才用了一个英文词语,"泰山用英语问,"你会说这种语言吗?"

"啊，亲爱的上帝！"老人叫道，"真没想到我还能再听到如此甜美的语言。"他现在也用英语说话了，但说得磕磕绊绊，显然长期没有使用过这种语言了。

"你是谁？"泰山问，"在这里干什么？"

"这也是我想问你的问题，"老人回答，"不要害怕，回答我。显而易见你是个英国人，你不用怕我。"

泰山回答说："我来这儿找一个女人，她被猩猩人抓走了。"

那人点头回应。"嗯，"他说，"我知道，她在这里。"

"她安全吗？"泰山急切地问。

"她没有受到伤害，"老人回答，"明天或后天之前她都是安全的。但你是谁？怎么从外面的世界找到这儿的？"

"我是人猿泰山，"人猿回答，"我的同伴在欧帕谷遇到了危险，所以我们来此寻找一条走出欧帕的道路。你呢？"

"我是年岁已大，"对方回答，"很小的时候偷渡来到这里。有一天，我独自离开营地狩猎，迷路后被不怀好意的当地人俘虏。他们辗转把我带到内陆腹地的一个村庄，我最后逃了出来，但全然迷茫，不知道该怎么走才能找到通往海岸的路。我就这样盘桓了几个月，在一个被诅咒的日子里，我最后找到了通往这个山谷的入口。我现在都弄不明白他们为什么没有立马处死我，但的确没有，不久他们便发现我的知识能带来一些好处。从那以后，我就帮助他们采石、钻矿和切割钻石，我教他们如何使用带有锋利尖头的铁钻和镶有金刚石的钻头。我现在几乎成为他们中的一员了，但我心里一直抱着这样的希望：总有一天我会从山谷里逃出去，但我可以负责地告诉你，这不过是个无望的希望罢了。"

"难道真没有出去的路？"泰山问道。

"有路，但那条路一直戒备森严。"

"在哪里？"泰山询问。

"那条路是一条矿道的延续，穿越整座大山内部后延伸到远处的山谷。里面的矿藏很久以来一直被这个种族的祖先开采，时间之长几乎无法估量。通风孔井和采矿的隧道像蜂窝一样密集，整座山变得千疮百孔。其中有一个巨大的变质橄榄岩矿床位于含金石英矿的背后，富含钻石。为了探索到这个矿，显然有必要将其中一个通风孔延伸到山的另一头，当然也是为了通风。这条隧道和延伸向欧帕的小径是进入山谷的唯一途径。自古以来，他们一直把守着隧道。我可以想象，这样做的目的主要是为了防止奴隶脱逃，而不是阻止敌人的入侵，他们认为后者对自己没有任何威胁。他们没有守卫通往欧帕的小路，主要是因为不再害怕欧帕人，而且他们心里非常清楚，他们的奴隶们没有一个敢进入太阳崇拜者的山谷。所以，由于同样的原因，奴隶们无法逃脱，我们也必须永远被囚禁在这里。"

"隧道是怎么布防的？"泰山问。

"两个猩猩人和十多个黑人常年守卫在那里。"老人回答。

"黑人愿意逃走吗？"

"虽然从未成功过，但自从我来到这里以后，他们锲而不舍地尝试过上千次，"老人回答，"结果是每次都被抓回来备受折磨，由于受少数人的牵连，他们整个族人都受到了惩处，被逼迫更加卖命地干活。"

"黑人人数多吗？"

"这个山谷里大概有五千个黑人。"老人回答。

"那猩猩人有多少？"泰山问。

"将近一千一百人。"

"近乎五比一呀，"泰山喃喃地说，"然而他们却不敢逃跑。"

"但是你必须记住,"老人说,"猩猩人是占统治地位和拥有智慧的种族,其他种族在智力上比森林中的野兽强不了多少。"

泰山提醒他:"但他们终究是人。"

"外形而已,"老人回答说,"他们还没有进化到部落的层面,不能像人类那样团结在一起。猩猩人让他们以家庭为单位居住在独立的村庄里,为了防止被狮子、豹子吃掉,又给了他们武器。"

"我在很久以前听说过,每一个黑人到了可以自己打猎的年龄时,就搭建一座与其他人隔离的小屋,开始他自己的离群生活,没有丝毫家庭生活的迹象。后来,猩猩人教会了他们如何用栅栏围成村庄,强迫男人和女人留在村里并抚养孩子到成年,之后再要求孩子们留在村子里,现在一些村落人数才能达到四五十人。但是他们的死亡率很高,不能像生活在正常平安条件下的人们一样迅速增长。一方面,猩猩人的残暴使许多人丧生;另一方面,食肉动物亦造成了相当大的损伤。"

"他们人数上是猩猩人的五倍,却仍然被奴役,一定是懦夫。"人猿说。

"恰恰相反,他们并不懦弱,"老人回应,"他们可以勇敢地面对狮子。但是由于多年来对猩猩人的恐惧,他们已经习惯于服从猩猩人的意志。就像我们天生敬畏上帝一样,他们天生就害怕猩猩人。"

"这很有趣,"泰山说,"但你现在先告诉我,我要找的那个女人在哪里?"

"她是你的妻子吗?"老人问。

"不,"泰山说,"我告诉黑人说她是我的妻子,主要是为了让他们不敢轻易伤害她。她是拉·欧帕的女王,太阳神的最高女祭司。"

老人看上去有些怀疑。"不可能,不可能!"他大声说,"欧帕女王不可能冒着生命危险来到敌人的地盘。"

"她是被迫无奈，"泰山回答，"因为拒绝把我献给他们的神，她的生命受到部分下属的威胁。"

"如果猩猩人知道这一点，他们会万分高兴。"老人回复。

"告诉我她在哪儿，"泰山要求，"她把我从她的部落中解救出来，我一定要把她从猩猩人的黑手中拯救出来。"

"没有任何希望。"老人说。

"我可以告诉你她在哪里，但你救不了她。"

"我可以试试。"人猿回答。

"但你会失败而丢掉性命。"

"如果你告诉我的话是实情，那么活着逃离山谷的机会也几乎为零，反正是死路一条。"人猿回答，"但无论如何，我还是不同意你的意见。"

老人耸耸肩，"你不了解猩猩人。"他说。

"告诉我那个女人在哪里？"泰山说。

"瞧！"老人回答，并示意泰山跟着他走进自己的屋子。他在一扇西向的窗户前停下，指着一座怪异的平顶塔，耸立在宫殿西端近旁的主楼顶。"她大概就在那座塔里面的某一个地方，"老人对泰山说，"但就目前的方位而言，她应该是在北边。"

泰山默默地站了一会儿，他敏锐的目光开始洞察眼前的每一个细节。他看到了那座奇怪的平顶塔，感觉似乎是从主楼的屋顶上伸出来的。

他也看到了古树的枝条，这些树遮住了部分屋顶。除了从一些宫殿窗户透射出微弱的光外，他没有看到任何生命的迹象。

泰山突然转向那个老人。"我不认识你，"他说，"但我觉得可以信任你，因为毕竟血浓于水，我们是这个峡谷里唯一的同族人。

你可能会因为出卖我而得到一些蝇头小利,但我相信你不会这样做。"

"不用害怕,"老人说,"我恨他们。如果能帮到你,我一定会帮忙。但我知道,无论你想到什么计划,都没有成功的希望,这个女人没有得救的机会。除非猩猩人愿意,你永远也不可能离开钻石宫峡谷,甚至连宫殿都出不去。"

人猿咧嘴一笑。"你已经在这里待得太久了,"他说,"你和黑人一样有一种永世为奴的心态。如果你想逃出去,就跟我来。我们也许不会成功,但是只要努力了,或许还会有机会逃出去,总比永远待在这座塔里坐以待毙好。"

老人摇了摇头。"不,"他说,"没有希望。如果能逃跑的话,我早就离开这里了。"

"那么,再见吧!"泰山说,他荡出窗户,然后沿着那棵老常春藤粗壮的树干,朝下面的屋顶攀爬而去。

老人看了他一会儿,直到他小心翼翼地穿过屋顶,朝着那座泰山寄希望找到并解救出拉的平顶塔而去,然后,老人才转身急匆匆地沿着粗糙的楼梯向下走去。

泰山艰难地穿行在参差不齐的主建筑屋顶上,腾上挪下,一会儿困难地爬上高处,一会儿又再次下到低处。他搜寻了东塔和平顶塔之间相当大的区域,拉应该是被囚禁在那个设计独特的平顶塔里。他每动一下都万分谨慎,像一只捕猎的猛兽,不时停在浓密的阴影下倾听周遭的动静,因此他进展得非常缓慢。

到达塔顶时,泰山发现许多关闭的天窗,只有借着他在塔中看到的有重挂件的吊索才能关上。他把其中一个轻轻地拽到一边,看到一间陈设简陋的大房间,中心位置延伸出一个迂回的孔径,里面的台阶和他在东塔爬过的差不多。趁房间里没有人,泰山立刻跨上了楼梯。泰山小心翼翼地向开口处望去，发现楼梯斜向下深入了很远的距离，经过了很多层。他无法判断沿着楼梯到底能走多远，只是发现似乎有可能穿过宫殿下面的地下室。透过光线，下面传来了尘世的声音和气味，但以泰山的嗅觉而论，那股气味在很大程度上给抵消掉了，因为整个宫殿里弥漫着浓重的熏香。

　　正是这种香味造成了人猿的不能作为，否则以他敏锐的嗅觉肯定能察觉到有人在附近出没，那家伙躲在塔壁一个开孔的吊架后面。他一直躲藏在这个位置，看到泰山进入房间便一直监视着，而此刻的泰山正站着俯视下面楼梯。这个奇怪的幽灵一闪入他的眼帘，这人便吓得睁大眼睛，他以前从未见过这样的人。如果他的智力足够相信世间有神祇存在的话，一定会认为泰山是天神下凡。但由于他的智力太低，无法拥有任何想象力。他只知道自己看见了一个奇怪的生物，而且确信所有奇怪的生物都一定是敌人。他的职责是报告主人宫殿里来了一个怪物，但他一动也不敢动。直到幽灵离他很远，黑人才确定自己的行动不会被入侵者注意到。他不想引起别人的注意，因为他发现，在猩猩人面前，自己越少表露自己的存在，他就越不容易受苦。

　　那个外来者从楼梯的竖井里往下窥视了很长一段时间，黑人只是静静地躲在那里，盯着他。等到泰山最后顺梯而下，从他的视线中消失后，他立刻跳起来，穿过宫殿的屋顶，朝西端的一座巨塔跑去。

　　当泰山爬下梯子时，熏香的烟雾变得越来越令人烦躁。如果不是这样，他原本很快就可以通过嗅觉进行排查，但现在只能依靠倾听声音。对于那些开口在中央走廊的房间，他多数是逐一进入内部核查。在门被锁上的地方，他就平躺下来，紧贴着地面的缝隙听里面有无动静。有好几次他冒着危险叫拉的名字，但没有得到任何答复。

他仔细检查完四个楼层，但一无所获。他来到了第五层，其中的一个门道上站着一位有点吓懵的精神高度紧张的黑人。那人身材高大，没带武器。人猿从楼梯上轻轻地跳下来时，正好与他面对面站着，他只是瞪大眼睛盯着泰山。

"你想要干什么？"黑人结结巴巴地说，"你是在找猩猩人带走的那个白女人，你的妻子吗？"

"是的，"泰山回答说，"你知道什么关于她的消息？"

"我知道她被藏在哪里，"黑人回答，"你跟我来，我带你去找她。"

"你为什么主动帮助我？"泰山马上疑惑地问，"为什么不去向你们的主人报告？这样他们就会打发人来抓住我？"

"我不知道为什么派我来告诉你这件事，"黑人回答，"是猩猩人派我来的，其实我不想来，因为我很害怕。"

"他们让你带我去哪儿？"泰山问。

"我会领你去一间屋子，我们一旦进入，门就会立即被锁上，你从此就成了一个囚徒。"

"那你呢？"泰山询问道。

"我也要和你一起成为囚徒。猩猩人才不在乎我会怎么样。即使你杀了我，他们也无所谓。"

"如果你把我引入陷阱，我就杀了你。"泰山回答，"但是如果你带我去找到我的女人，也许我们都会逃出去。你想逃跑，对吧？"

"我当然想逃，但是逃不了呀。"

"你试过吗？"

"没，我没有。我为什么要做一些不可能成功的事情呢？"

"你要是把我引到陷阱里，我就杀了你；你带我去找那个女人，至少你我都有活下去的机会。你选哪一个？"

黑人挠了挠头思考，这个想法慢慢地在他愚蠢的头脑中明朗。"你很聪明，"他终于开口说，"我带你去找那个女人。"

"那就走吧，"泰山说，"我会跟着你的。"

黑人走到下一层，打开门，进入一条长长的走廊。人猿跟随向导前进时，他开始思量为什么猩猩人知道他会出现在塔里，他能唯一得出的结论就是老人背叛了他，只有他一人知道人猿在宫殿里。他们身后的门仍然敞开着，借着先前走过的走廊里昏暗的光线，他跟着黑人又走过一段黑暗的走廊。

不久，黑人在一扇闭着的门前停了下来。"那个女人在里面。"黑人指着门说。

"就她一个人吗？"泰山问。

"不是，"黑人回答说，"你自己看吧。"他打开门，黑人轻轻地拨开里面沉重的悬垂物，向泰山展示了房间内部的情形。

泰山抓住他的手腕以防他逃跑，接着便走了进去，透过缝隙朝里面瞅去。他眼前有一个大厅，一端是高高的讲坛，讲坛的底座是雕刻精美的黑色木头。讲坛上的中心人物是一只巨大的黑鬃毛狮子，和泰山先前看到被护卫着环绕花园行走的狮子一样。狮子的金链子现在被固定在地板上，四个黑人像雕塑一样僵立两侧，狮子身后的金色宝座上是三个衣着华丽的猩猩人。在通向楼梯的台阶下面，拉被夹在两个黑人看守中间。在中央走廊的两边都是面向着讲坛的雕刻长凳，前面坐着大约五十个猩猩人。泰山从其中认出了他在塔里遇到的小老头，他立刻明白了老头背叛他的根源所在。房间里点着数百个灯盏，里面燃烧的物质既有光亮，又散发出一种浓重的香味。这种香味从泰山第一次进入猩猩人的领地就闻到，此刻又在袭扰着他的鼻孔。大厅的一侧类似教堂里高

怪异的平顶塔

高耸立的窗户敞开着，夏夜灌木丛柔和的香气飘了过来。泰山可以透过窗户看到宫殿的地面，他发现大厅与建造宫殿的平台处在同一平面。窗外是一扇敞开的大门，通向丛林和自由，但在他和窗户之间杵着五十名全副武装的猩猩人。在他和拉通往自由的道路上，也许智谋本来比武力更有效果。然而他思前想后，或许他们最终还是必须依靠武力而不是计谋。

他转向旁边的黑人问："守卫狮子的黑人想要逃离猩猩人吗？"

"如果有可能的话，黑人都会逃走的。"黑人回答说。

"如有必要，我会进入大厅里面，"泰山对黑人说，"你是否可以陪着我？告诉其他黑人，如果他们为我而战，我会带他们走出山谷？"

"我可以告诉他们，但他们不会相信。"黑人回答。

泰山说："那么你就告诉他们，如果不帮我，他们就只有死路一条。"

"我会告诉他们。"

当泰山再次把注意力转向面前的大厅时，他看到占据中央黄金宝座的猩猩人在讲话。

"狮子大神的贵族们！野兽之王！万物之主！"他用低沉而有力的声音说，"狮子大神曾经听到过这个女人说的话，她的死是狮子大神的旨意！伟大的狮子大神现在饿了，它将在这里当着它的贵族和三位王室议员的面亲自吃掉她！这是狮子大神的意愿！"

大狮子用邪恶的黄绿色眼睛盯着它面前的女人，露出恐怖的尖牙高声咆哮，整个宫殿开始颤抖，下面的观众像野兽一样地发出赞许的低吼。狮子已经习惯于这种经常举行的仪式，在它看来也是理所当然。

"这个女人的丈夫，"说话的人继续，"现在被安全地关在帝王塔里,后天将被带到狮子大神面前接受审判。奴隶们!"他突然加大嗓门站起身来,盯着两个挟持拉的看守,"现在把那个女人拖到你们的大神那里去。"

狮子突然开始发狂,猛甩着尾巴仿佛要挣脱结实的链条,咆哮着后脚直立起来,试图向拉扑去。而此时的拉正被强行拉上台阶,那个戴着宝石的吃人野兽不耐烦地等着她。

她没有因恐惧大声喊叫,她只试图挣脱强大的黑人的束缚。然而,这一切都是徒劳。

他们进行到最后一步,正要把拉推到狮子的魔爪下时,突然,房间侧面传来一声大吼,他们全都怔住了。黑人惊呆了,猩猩人既震惊又气恼,眼前看到的一幕着实让他们生气。一个几乎赤裸的白人举着刺枪跳入房间,他们只闻其声,未见其人。他的动作是如此之快,就在进入大厅的瞬间,他们还没来得及站起来,他就已经投出了刺枪。

Chapter 14

恐怖密室

　　森林之夜，黑鬃毛狮子迈着高贵的步伐傲然穿过原始森林，似乎完全无视周围的其他造物。它不是在寻找猎物，并没有刻意隐藏自己，但也没有发出任何声音。它在快速前行，偶尔会停下来，用鼻子嗅一嗅，用耳朵听一听周围的动静。它就这样来到了一堵高墙之下，然后便沿着墙根边走边嗅，最后发现一扇半开的大门，它走进大门进入围墙里面。

　　一座宏伟的建筑依稀可见，它站在那儿听听动静，打量着周围的情况。不一会儿，里面传来了一只愤怒的狮子雷鸣般的吼叫声。

　　黑鬃毛的狮子侧着脑袋，静静地向前走去。

　　就在拉即将被推入狮子魔爪的那一刻，泰山大喝一声纵身跳进房间，黑人不觉停了下来。他们手中正拖着拉，要把她送给死神。泰山知道他的突然闯入会带来短暂的停滞，就在这短暂的一瞬，他手中的刺枪箭一般飞出去。令猩猩人既惊愕又愤怒，刺枪正中他们的大神——那只黑鬃毛狮子的心脏。

泰山旁边站着的黑人惧怕泰山,同意为他效命。在泰山冲向拉的同时,这个黑人也紧跟着泰山,并向他的同伴大声喊话,告诉他们如果愿意帮助这个外族人,他们就能够得到自由,永远逃离猩猩人。

"你们伟大的狮子大神被别人杀掉了!"他向那些可怜的黑人喊道,"猩猩人会为此杀掉你们。帮助陌生的白人和他的妻子,你们至少还有活命的机会,一个获得自由的机会。"

"你俩,"他指那两个看管拉的人,"他们也会追究你们的责任,你们只能指望我们了。"

这时泰山已经来到拉的身边,把她拖到讲坛前面的台阶上。五十多名猩猩人从座位上站起向他冲过来,泰山希望能在那儿和他们对抗一阵。

"干掉讲坛上的三个人。"泰山朝那几个黑人喊道,很显然他们正在犹豫着到底应该把自己的命运交给哪一边,"想要自由就杀了他们!想要活命就杀了他们!"

泰山不容置疑的威严语气,强大的人格魅力,天生的领袖风范,让他很快赢得了信任。在这生死攸关的时刻,他们倒戈转向三个猩猩人,向三个代表了他们所仇恨的权威发起攻击。在他们的刺枪插入猩猩人黑乎乎毛茸茸的身体的一瞬间,他们就永远成了泰山的人,他们在猩猩人的土地上已经没有任何希望。

泰山用一只手抱住拉的腰,把她放到讲坛边,然后从狮子的尸体上拔出刺枪,转过身面对着蜂拥过来的猩猩人。他一脚踏在狮子的尸体上,像他的巨猿养父塔布拉特一样提高了嗓门,大声发出令人不寒而栗的胜利呼叫。

在他的面前,猩猩人吓得停顿下来;在他的身后,黑人吓得

恐怖密室 | 137

瑟瑟发抖。

"停！停！"泰山大声喊道，他伸手指着猩猩人，"听着，我是人猿泰山，我不想跟你们的人发生争执，我只想穿越你们的国家找到一条回家的路。让我带着这个女人安全地离开，同时也让我带走这些黑人。"回应他的是猩猩人的齐声野蛮咆哮，他们又一次拥向讲坛。这时从他们的队伍中突然跳出了东塔的那个老人，他迅速地向泰山跑去。

"哼，你这个叛徒，你要第一个体会泰山的报复吗？"泰山用英语说，老人也用同样的语言回答。

"叛徒？"他惊讶地问。

"是的，叛徒！"泰山怒吼道，"难道不是你急匆匆跑到这里来告诉猩猩人我在宫殿里，好让他们派人引诱我进入圈套吗？"

"我根本没做这样的事，"老人回答，"我来此是为了靠近你的白人女子，是想着我有可能会对你或者对她有用。现在，我来了，英国人。我就站在你的身边，与你一起同生死。如同上帝在天堂一样毫无疑问，你必死无疑。你没救了，你激怒了他们，又杀了他们的国王！"

"那就来吧，"泰山喊道，"现在就来证明你的忠诚，即使死了也好过永世为奴。"

那六个黑人自动排成两列，在泰山和拉两边各站三个。第七个，也就是赤手空拳与泰山一起闯进房间的那个，从讲坛上被杀的猩猩人尸体上拿起武器。

面对全新的武装力量，猩猩人在讲坛下的台阶前停了下来。

但他们仅仅停留了片刻，因为对方只有九个人而他们有五十个人，凭借五十比九的优势，他们向台阶蜂拥而上，泰山他们就用战斧、刺枪和大棒迎头痛击。

有那么一阵,泰山他们把猩猩人逼了回去。但是人数悬殊太大,另一波又很快一拥而上,看来似乎要胜过他们。这时突然传来一声可怕的吼叫,这声音几乎近在咫尺,战斗突然间因此停止。

他们循声望去,一只巨大的黑鬃毛狮子出现。一瞬间,它就像一尊金色的铜像一动不动地矗立在靠近窗口的地板上。之后,在它强大的咆哮声中,整个房间再次战栗。

泰山站在高高的讲坛上,俯视着面前的巨兽,然后便兴高采烈地抬高嗓门大喊起来,压倒了猩猩人的咆哮声。

"杰达·保·贾,"他指着猩猩人叫道,"杀死他们!杀死他们!"

话音未落,这个真正的魔鬼附身的巨兽,已经扑倒了满身是毛的猩猩人。霎时,大胆的拯救计划浮现在人猿的头脑中,他和归顺他的人有救啦。

"快,"他对着黑人喊道,"进攻猩猩人!"

"这才是真正的狮子大王,百兽之王,造物之主。"

"它会杀死敌人,但也会保护人猿泰山和他的黑人朋友。"

看到自己痛恨的主人面对狮子的杀戮节节败退,黑人手持战斧和棍棒冲了上去。泰山则把刺枪扔在一边,拔刀侧身加入其中。他一直挨着杰达·保·贾,指挥它一个接一个地干掉坏人,同时也防止它误伤了黑人和白人小老头,当然还有拉。二十个猩猩人死在地板上,他们的余党设法逃出房间。泰山转向杰达·保·贾,让它跟在自己身后。

"去,快去!"他对黑人说,"把假大神的尸体从讲坛上拖下来,扔出房间去。真正的大神就要来宣布它的王权了!"

老人和拉都惊愕地盯着泰山和狮子杰达·保·贾。

"你是什么人,"老人问,"竟能让丛林中的猛兽创造如此奇迹?接下来打算怎么干?"

140

"等着瞧吧！"泰山笑着说，"现在，我们都安全了，黑人今后可以安居乐业了。"

黑人们把死狮子从讲坛扔出窗外后，泰山吩咐杰达·保·贾坐在讲坛上，也就是猩猩人推举的大神曾经占据的王位。

"大家注意了，"他转身对黑人说，"你们现在看到的才是真正的大神，它不需要被强行锁在王位上。打发三个人去宫殿后面的棚屋，把你们的人召来王宫大殿，让他们看看发生了什么事情。动作快一点，我们要在猩猩人大规模反攻前，拥有大量的勇士。"

三个黑人激动万分，他们的榆木脑袋似乎也被震得开了窍，急忙去执行泰山的命令，其他人则站在那里注视着泰山，敬畏之情，如见神明。拉随后也来到泰山身边，她仰视泰山的眼神，和那些黑人一样充满了由衷的崇敬。

"我还没来得及感谢你，泰山，"她说，"感谢你为我所冒的风险以及为我所做的一切。我知道你一定会来找我，把我从这些人手里救出去。我也明白，你迫使自己做出几乎没什么胜算的英勇举动，并不是出于爱情。你能够取得目前的胜利，已经非常神奇。但是我听说过许多关于猩猩人诡计多端的故事，我们最终还是没有逃出去的希望。所以我恳求你，只要有一线希望就马上离开，一个人安全地逃离。在我们这么多人中，如果能有一个人逃出去，那就一定是你了。"

"我不这么认为，说什么我们逃不出去，"泰山回答，"在我看来，我们不仅有把握逃脱，而且还可以让可怜的黑人从此摆脱猩猩人的奴役和暴政。但这些还不够，还不能让我满意，我要惩罚的不仅是这些对外来人不友好的家伙，还有你手下不忠实的祭司。对于后者，我将会带领一支黑人大军，从钻石谷进军欧帕城，讨伐卡迪，逼他交出从你手里篡夺的权力，让你重掌王位。只有做到这一点我才会满意，只有实现了全部愿望我才会离开。"

"你真的很勇敢，"老人说，"你的成功已经出乎我的意料。但是拉说得对，你不知道猩猩人有多么凶残，多么诡计多端，他们对黑人的统治有多么暴虐。这些黑人愚蠢的头脑已被噩梦盘踞太久，如果你能帮他们赶走可怕的梦魇，就有可能赢得足够的勇士帮你逃出山谷。但是，恐怕你也难以做到这一点。所以，我们唯一的希望还是趁着他们一时的混乱，逃出宫殿。能否在被抓住前成功逃离山谷，则主要取决于我们的速度和幸运之神的光顾。"

"看，"拉喊道，"现在已经来不及，他们回来了。"

泰山顺着她指的方向，从打开的大门望出去。在房间的另一头，大批猩猩人已开始拥进来。他的眼睛迅速地移向另一面墙上的窗户。"但是等等，"他说，"我们必须看到事情的另一方面。"

其他人朝平台上打开的窗户望去，只见外面似乎有一队数量约百人的黑人飞奔而来，讲坛上的黑人兴奋地喊起来："他们来了！他们来了！我们要自由了，猩猩人再也不能逼我们干活累死我们，再也不能随便打我们，不能折磨我们，不能把我们喂狮子了！"

当第一个猩猩人到达房间的门口时，飞奔而来的黑人在去接应他们的三个人率领下，从对面墙上的几扇窗户潮水般涌进来。听到他们带来的好消息，黑人似乎已经是一个新的民族，看起来个个精神抖擞。一想到很快就能得到自由，他们像是换了个人，有了全新的面貌。

一看到他们，猩猩人首领就大喊着要他们去抓住讲坛上的侵略者，作为回答，离他最近的黑人把一支刺枪向他投去。他应声向前扑倒，立马死去，一场新的战斗拉开了序幕。

宫殿里的猩猩人数量远远多过黑人，但黑人占领皇宫内部的有利地势，足以阻挡猩猩人大规模拥入。泰山深知黑人的脾气，

142

他叫杰达·保·贾从讲坛走下来,开始指挥黑人战斗。他在每一个入口都派出数量充足的把守人员,同时在房间的中央位置也保留了足够的后备力量。然后,他叫老人一起讨论下一步计划。

他说:"我进来的时候故意打开了东墙的大门,现在应该依然开着。可以让二三十个黑人从东门出去,安全到达丛林后把宫殿里发生的变化告诉村民,并说服他们马上出动所有勇士,帮我们完成已经开始的解救工作。是否可行?"

"这个计划太妙了,"老人回答,"我们到东门之间的这段距离没有猩猩人。现在正是办事的好时候,我来帮你挑选人手。必须选一些头领人物,只有他们的话才对墙外的村民有说服力。"

"太好了,"泰山叫道,"马上就选人!详细说明我们的要求,并催促他们必须要迅速行动。"

老人精心挑选了三十个士兵,并逐一仔细布置了具体任务。

他们很高兴去执行这个计划,并向泰山保证,用不了一个小时,第一批援军就会到达。

"离开围墙时,"泰山说,"尽可能毁掉门锁,这样猩猩人就再也锁不上门,我们的援军到了的时候才不会被挡在外面;同时还要记住,第一批到达的人务必先等在墙外,至少要达到现在房子里这么多人时,才可以安全进入宫殿。"

黑人表示理解,不一会儿便从一扇窗户出去,消失在夜幕中。

他们走了没多久,猩猩人对守卫王宫的黑人发动了一次猛攻,大约二十多人成功冲了进去。在这第一次局势逆转的苗头出现时,黑人表现出了犹豫的迹象。他们对猩猩人有一种与生俱来的恐惧,于是便表现出动摇的态度,对反击缺乏热情。泰山前去观察冲进皇宫的猩猩人时,叫上了杰达·保·贾。巨兽从讲坛上跳起来,泰山指着最近处的猩猩人喊道:"杀了他!杀了他!"

恐怖密室 | 143

杰达·保·贾一跃而起，直取那人咽喉，血盆大口咬住了吓得扭曲了的脸。又一次听到主人的指令后，它一甩头扔下尸体，立刻又扑向下一个。接着又重复一次，这样很快就有三个人相继毙命。其余的猩猩人纷纷掉头鼠窜逃离恐怖密室。黑人又重拾斗志，站在门口挡住猩猩人，阻断了他们的退路。

"抓住他们！抓住他们！"泰山喊道，"别杀了他们！"他掉头又对猩猩人喊道，"放下武器，我就饶了你们！"

杰达·保·贾跟着它的主人，紧紧盯着猩猩人并向他们咆哮，不时向主人投去乞求的目光，那意思再明白不过：下令吧，主人，让我去咬死他们！"

冲进房子里的猩猩人活下来的有十五个。他们迟疑片刻后，其中一人把武器扔到地上，其他人也纷纷效仿，缴械投降。

泰山转向杰达·保·贾，指着讲坛喊道："回去！"狮子转过身乖乖朝讲坛溜过去，泰山这才又转向猩猩人。

"派一个人出去，"他说，"向你们的人宣布，我要求他们马上投降。"

猩猩人低声交谈了一会，最后一个人站出来说他愿意去通知其他人。等他离开房间后，老人走近泰山："他们绝不会投降，你要当心被骗。"

"没关系，"泰山说，"我希望他们投降，但同时我也是在争取时间，这对我们至关重要。如果附近有个地方可以把这些人关起来就好了，咱们至少可以减少反抗的人数。"

"这儿有房子，"老人指着王宫里一个门廊说，"可以把他们关在那里，皇宫里有很多这样的空房子。"

"太好了。"泰山说。不一会儿，在他的指挥下，猩猩人便被安全地关在毗邻皇宫的一间房子里。他们听到门廊外面的猩猩人正在争吵不休，显然是为泰山传下去的消息而争论。一刻钟过去了，半小时过去了，仍然不见传回来消息，也没有再次发动战争。最后，那个去传令投降的人出现在皇宫主门口。

"那么，"泰山问道，"他们怎么说的？"

"他们不会投降，"那人回答，"但他们可以放你离开山谷，条件是放了关起来的那些人，而且不伤害其他人。"

泰山摇头否定。"那不行，我拥有打败钻石谷里所有猩猩人的力量！你看，"他指着杰达·保·贾，"这才是真正的狮子大神，你们供奉在王座上的不过是个野兽而已，它是真正的大神，百兽之王，造物之主！看看，它会像一个囚犯或奴隶一样，需要让人用金链子拴着吗？不！它是真正的王，但还有一个比它更强大的，一个可以向它发号施令的人，那就是我，人猿泰山！惹恼了我，你们不光会尝到狮子大神的愤怒，还有泰山的惩罚！还有，黑人是我的臣民，而猩猩人应该做我的奴隶，去告诉你的同伙们，如果他们想要好好地活着，最好速来求我开恩，去吧！"

等传话员再次离开，泰山转头看看老人，老人也正望着他，那表情显示出的或是敬畏或是崇拜，或许在眼角还闪烁着一丝隐秘的暗示，泰山如释重负地松口气说："这下至少又能为我们多争取半个小时。"

"我们需要这半小时，或许更多，"老人回答，"目前为止，尽管你取得的成功已超乎我的想象，至少已经向猩猩人的头脑抛出了一个问题，他们以前从没有人怀疑过自己的权力。"

门廊外面的争吵声很快停止，猩猩人开始行动了。大约五十个猩猩人组成一队哨兵，直接在皇宫的主门外站岗。他们手持武器，肃然静立，似乎是为了随时阻止房子里的人逃跑。其余的猩猩人都离开了，消失在宫殿的大门口，或者是消失在连接主干道的走廊里。黑人和拉,还有那位老人,都显得焦躁不安,望眼欲穿地等着黑人们的增援,而泰山则半靠着坐在讲坛边,一手搂着杰达·保·贾的脖子。

"他们在谋划什么,"老人说,"咱们必须防止他们的突然袭击,如果黑人援军现在这个时候能来,乘着守门的只有五十个人,我们就可以轻而易举拿下他们。这样的话,相信我们或许有一点点逃出宫殿的机会。"

"你在这里待得太久了,"泰山说,"你的心里和那些黑人一样,不知不觉对他们充满了恐惧。你这种发自内心的态度,让人觉得猩猩人似乎是什么超人。其实他们就是畜牲而已,我的朋友,只要我们忠于自己的目标,一定可以战胜他们。"

"尽管他们可能是畜牲,"老人回答,"但他们有人类的大脑,诡计多端,残酷无情,简直就是恶魔。"

接下来是长久的寂静,偶尔有黑人紧张地窃窃私语。显然,长久被迫的等待使他们的神经过度紧张。再加上森林里的伙伴没有迅速赶来帮忙,他们的斗志渐渐开始涣散。猩猩人正在做什么?他们有什么计划?都不得而知。猩猩人静悄悄的,却远比真正的进攻厮杀更加可怕,拉首先打破了白人的沉默。

"既然有三十个黑人可以轻易地离开宫殿,为什么我们就不能?"她问道。

"有两个原因,"泰山回答,"其一,如果我们同时离开,那么猩猩人会仗着他们数量上的优势,困住我们并拖延时间,让他们的人赶在我们的人之前去村庄搬救兵,结果就是我们会在很短的时间内被数以千计的敌人团团围住;其二,我要惩罚这些畜牲,希望以后来到钻石宫山谷的陌生人能够安全一些。"他停了停,"现在我给你第三个理由,为什么我们不可以现在找机会逃出去,"他指指能俯瞰平台的窗户,"你看,"他说,"平台上和花园里应该到处是猩猩人。无论他们有什么计划,胜利都依赖于我们是否会从窗户逃出这房子。如果我没有猜错的话,平台上和花园里的猩猩人故意藏起来不让我们看到。"

老人走到房子的另一边,找了个能更好观察平台和花园的窗户望望。

"你说得对,"他说着回到泰山身边,"除了守门的,其余的猩猩人全部集中在窗外,也许在皇宫其他地方的门口也有把守。这么看来,我们必须要作出决定了。"他快步走到对面墙根前,掀开一个小孔上的帘子,发现外面有一小队猩猩人,他们站在那里一动不动,并没有要抓住或伤害他们的意思。他查看了一个又一个出口,发现每个出口都一样,都有猩猩人静静地守在那里。他在房间里转了一圈,经过了三个王座后的讲坛,最后回到拉和泰山跟前。

"果然不出所料,"他说,"我们被完全包围了。如果不能很快得到援助,我们就完了。"

"但他们的力量太分散了。"泰山提醒。

"即便如此,对付我们这些人也是绰绰有余。"老人回答。

"也许你说得没错,"泰山说,"但是至少我们会有一场激战。"

"那是什么?"拉突然惊叫起来。与此同时,被拉的声音所吸引,里面的人都抬头去看天花板。原来房顶上开了十多个小洞,开口处露出了许多猩猩人的苦瓜脸。

"他们到底在干什么?"泰山惊叫起来。紧接着,如同回复泰山一样,头顶的猩猩人开始把一捆捆燃烧的破布向皇宫里扔下来。破布用油浸过,和山羊皮绑在一起,烧着以后冒出滚滚浓烟,夹杂着燃烧野兽皮毛发出的臭味,很快充满了整个皇宫,令人窒息。

Chapter 15

血染的地图

埃斯特班和欧瓦扎埋好金子后,回到先前留下五个勇士的地方,然后和他们一起来到河边扎营过夜。他俩在那儿商讨好计划,决定甩开其他人。他们打算尽其所能地快速到达海岸,然后在海岸边雇佣大量的搬运工重新回来运走金子。

"与其去那么远的海岸找搬运工,"埃斯特班说,"为什么不直接在最近的村庄里雇人呢?"

"这里的人不会愿意一直跟着我们到海岸,"欧瓦扎回答,"他们不是专职搬运工,顶多也就能给咱把金子运到下一个村庄。"

"那又有什么不可以呢?"埃斯特班问,"到了下一个村庄,我们可以再在当地雇人继续前进,直到能够雇佣到一直跟我们走的人。"

欧瓦扎摇摇头:"先生,这个主意虽好,但是我们做不到,因为我们没钱付给搬运工。"

埃斯特班挠挠头皮,"你说得没错,"他说,"但那样可以让我们省去往返海岸的艰苦旅程。"他们坐在那儿,沉思默想了一阵。

"有了!"西班牙人最后喊了起来,"即使现在就有了搬运工,我们也不能直接去海岸,免得碰到弗洛拉一行。我们必须等到他们离开非洲后,才能把金子运去海岸。两个月的等待也不算太久,与难缠的搬运工一起去海岸恐怕要花不少时间。我们可以在等待的时候,拿出一块金锭到最近的市场兑换成可交换的商品,然后我们就可以回来雇搬运工,把金子一个村一个村地运出去。"

"先生所言实乃明智,"欧瓦扎回答,"去最近的市场要比海岸近多了,我们这样就不仅能省时间,还能免去长途跋涉之苦。"

"那么,我们明天一早就回去挖出一块金锭来。但必须保证不能让你的人跟着我们,除非实在必要,不能让任何人知道埋藏金子的地方。当然,我们以后再回去取出所有金子时,其他人就知道了,但那时我们就会寸步不离金子,所以被人夺走的危险也就不大了。"

这样,第二天早上,西班牙人和欧瓦扎回到藏宝的地方,挖出了一块金锭。

离开之前,西班牙人画了一幅宝藏地图。他专门杀了一只小鼠,用一根削尖的树枝蘸着小鼠的血,在他豹皮裙子内里画了一张地图。对于站在藏宝地可以看到的河流和一些其他地标,他都一一向欧瓦扎打听了当地名称,再加上从海岸到达这里的方向,他都详细记录在地图下方。完成这一切后,他觉得放心多了,不再担心万一欧瓦扎有什么不测,他就没法找到藏宝地了。

当简到达海岸,打算去伦敦时,她收到一封电报说父亲已经脱离危险,她便没必要急着去看他了。因此,休息几天以后,她

血染的地图 | 149

就掉头回家，再次踏上刚刚结束的漫长返程，一路又热又累。回到庄园时，令她困惑的是，去欧帕城探宝的泰山到现在还没回来。她找到杰克时，看见他虽然多了些历练，但离泰山希望他具备的能力而言还是有待进一步提高。她遗憾地得知金狮跑掉了，她知道泰山非常依恋这只高贵的野兽。

在她回家的第二天，陪伴泰山的瓦兹瑞勇士也回到了家，但其中并没有泰山。她的心里着实为她的丈夫泰山勋爵担心。简仔细地向勇士询问了当时的情况，得知泰山再次遭受意外而伤及记忆时，她立刻宣布第二天就要出发去寻找泰山，并要求刚刚返回的瓦兹瑞勇士陪伴。

杰克想说服母亲带上自己一起去，但是她不同意。

"我们绝不能同时离开，"母亲说，"儿子，你留在这里。如果找不到他，我就会回来换你去。"

"我不能让你一个人去，妈妈。"儿子说。

"我不是一个人，有瓦兹瑞勇士陪着，"她笑了，"孩子，你非常清楚，和他们在一起，我在非洲腹地任何地方都和在家里的庄园一样安全。"

"是的，是的，我知道，"杰克说，"但我还是想去，或者梅林能陪着我就好了。"

"是的，我也一样，希望梅林能在这里，"格雷斯托克夫人说，"不过别担心，你了解我的丛林生存技能。尽管不能与你和你父亲媲美，但也绝不差劲，而且有忠诚勇敢的瓦兹瑞勇士保护，我会很安全的。"

"我知道你说得对，"杰克回答，"但我不愿你没有我的陪同一个人去。"

尽管儿子反对，第二天一早，简还是与五十个瓦兹瑞勇士一起出发了，去寻找她野性未改的丈夫。

埃斯特班和欧瓦扎没能如约回到营地，其他的成员开始有些生气，后来变得忧心忡忡。他们倒不是担心西班牙人的安全，而是担心欧瓦扎如果遇到了意外，就不能回来把他们安全送到海岸。因为在所有黑人中，只有他有办法对付性情乖戾、难以驯服的搬运工。黑人们对于欧瓦扎迷路的说法嗤之以鼻，他们更倾向于另一个观点，那就是埃斯特班和他故意抛弃了大家。欧瓦扎不在的时候，芦夫尼担当头领，他有自己的一套理论。

"欧瓦扎和那位先生已经单独去追赶偷象牙的人，他们不需要像我们一样凭借武力，而是用计谋就能够取得成功。这样的话，分象牙的就只有他们两个人。"

"只有两个人怎么可能战胜一大帮偷袭者呢？"弗洛拉满心疑惑地问。

"你不了解欧瓦扎，"芦夫尼回答，"只要他和奴隶们说上话，他就会赢得他们的信任。阿拉伯人一看到与欧瓦扎在一起的不是别人而是人猿泰山，他们就会落荒而逃。"

"我认为他说的没错，"克拉斯基咕哝道，"这听起来正是西班牙人的风格，"然后他突然转向芦夫尼，"你能领我们去偷盗象牙的那伙人的营地吗？"他问。

"可以。"黑人回答。

"那就好，"克拉斯基说，"弗洛拉，你觉得我下面的计划怎么样？我们派一个人先行到偷象牙者的营地，警告他们小心欧瓦扎和西班牙人。告诉他们，那个西班牙人不是人猿泰山，而是一个冒牌货。我们可以要求他们先抓住这两个人，等着我们到达以后再根据情况进一步处理。一旦以朋友的身份进入他们的营地，我们之前的计划就有可能实现。"

"听起来不错，"弗洛拉回答，"这主意真是够损的，也只有你才能想出这样的馊主意。"

俄国人脸红了，"大家都是一丘之貉……"他引经据典。

女孩冷漠地耸耸肩。布卢布、皮伯斯和思罗克开始静静地听着他们谈话，后来听到克拉斯基这话时却都炸开了锅。

"你说一丘之貉是什么意思？"布卢布问道，"谁是骗子？我告诉你，克拉斯基先生，我是个正直的好人。记住一件事，从来没有人说过：布卢布是个骗子。"

"闭嘴吧！"克拉斯基打断他，"如果有利可图的话，你一定会趋之若鹜，当然前提是没什么风险。这帮人自己偷了象牙，或许因此杀了不少人。他们还藏了许多奴隶，我们是要去解放他们。"

"好吧，"布卢布说，"如果这事公平正直，那么一切都好。但是请记住，克拉斯基先生，我是一个诚实的好人。"

"够了！"思罗克说，"我们都是实在人！从来没见过这么狡猾的一群好人！"

"我们当然都是诚实的人！"皮伯斯说，"谁要说我们不是好人，谁就不得好死。就这样，别吵了。"

女孩厌倦地笑笑。"你们永远都可以说自己是正直的人，"她说，"你们可以去向全世界宣扬自己有多么正直！但是这些不重要，现在的问题是我们要不要听从克拉斯基的建议。在着手行动以前，我们得好好想清楚。我们一共五个人，那就投票表决，同意还是反对？"

"这些黑人和我们一起去吗？"克拉斯基问芦夫尼。

"如果答应分给他们象牙，他们就会去。"黑人回答。

"有几个人同意克拉斯基的计划？"弗洛拉问。

大家异口同声，一致同意。于是就此决定，他们将要实施这次冒险计划。一个半小时以后，送信的人就被派去偷运象牙者的营地，负责给他们的首领带去口信。随后，大队人马拔营出发，朝着相同的方向行进。他们的信使如期安全抵达，但埃斯特班和欧瓦扎并没现身，附近也没有听到任何关于他们的消息。阿拉伯人担心一切只不过是诡计，怀疑他们的目的是让这么多白人和带有武器的黑人能够安全进入他们的围栏。

简和她的瓦兹瑞勇士，跟随着弗洛拉队伍的足迹，向着他们营地的方向快速前进。瓦兹瑞勇士曾在他们的营地最后一次看见过埃斯特班，到现在他们还以为那是人猿泰山。弗洛拉一行的脚印非常清晰，但简他们的速度更快。弗洛拉的队伍到达那里一个星期后，简他们也在距离象牙偷盗者营地一英里的地方安营扎寨。这时，弗洛拉一行依旧在那里停留，或许是等待埃斯特班和欧瓦扎回来，或许是等待良机惩罚背叛他们的人。

与此同时，芦夫尼和另一些黑人已经成功地在阿拉伯奴隶中秘密进行了暴动的宣传。虽然他每天都向弗洛拉汇报，不过却没有报告他自己的小算盘的最新进展。他的设想是除了奴隶的暴动和杀死阿拉伯人，还要除掉营帐里弗洛拉以外的所有白人，他想把这女人留给自己或者卖给北方的苏丹。芦夫尼狡猾的计划是：在白人的帮助下杀掉阿拉伯人，然后让白人的贴身仆人偷走他们的武器，最后杀死白人。

如果不是因为弗洛拉的一个小黑奴的帮助，毫无疑问，芦夫尼的计划可能会轻而易举就实现了。这个小男孩是弗洛拉的贴身侍者，对她忠诚不二，用情极深。

弗洛拉尽管为满足自己的贪欲走得太远，但其实是一个和蔼

血染的地图 | 153

宽容的好女人。她对这个懵懂无知的小黑奴的好很快便获得了回报，而且远远大于她的付出。

芦夫尼在一个午后去找弗洛拉，告诉她当天晚上天一黑黑人就要进行暴动并屠杀阿拉伯人。而几个白人在渴望着拥有偷盗者的象牙，渴望着拥有巨额财富的最后一步。

晚餐之前，小黑奴偷偷溜进弗洛拉的帐篷，他的眼睛瞪得特别大，实在是被吓坏了。

"怎么了？"她问道。

"嘘——"他赶紧警告，"别让他们听见你和我说话！把耳朵凑过来，我告诉你芦夫尼正在打什么鬼主意。"

女孩弯下腰把头凑到他的嘴边。"你一直对我很好，"男孩耳语道，"芦夫尼现在要害你，所以我跑来告诉你。"

"你到底是什么意思？"弗洛拉低声问。

"我是说，芦夫尼已经向所有的黑人下命令：杀了阿拉伯人以后，把除你以外的白人全杀掉，将你关起来。他打算把你留给他自己或者卖到北方换一大笔钱。"

"你怎么知道这一切？"她问。

"营地里所有的黑人都知道，"男孩说，"我的任务是偷走你的步枪和手枪。其他的黑人也一样要偷走自己白人主子的武器。"

女孩跳起来，"我要去教训这个黑鬼。"她喊道，抓起手枪大步向帐篷外走去。

男孩抱住她的膝盖。"不，不要去！"他喊道，"别这样！什么也不要说！你这样做只能让他们早点杀了其他白人，同时把你抓起来。芦夫尼答应给营地里的每个黑人平分象牙，他们全都是你们的敌人。现在一切都准备好了，如果你威胁芦夫尼，或者让他们明白你知道了他们的阴谋，他们立刻就会向你进攻。"

"那你说我应该怎么做？"她问。

"只有一个办法，那就是逃跑。即使我不能陪着，你也必须和其他白人一起逃到丛林里去。"

女孩站在那儿静静地看着小男孩，最后说道："很好，我会按你说的做。你救了我的命，也许我永远也不能报答，也许将来会有机会。去吧，趁现在还没有人怀疑你。"

小男孩从帐篷后面爬出去，以免被他的伙伴看见。那些人就在营地的中间，帐篷的前方一览无余。他很快便消失不见了。弗洛拉悠闲地走到外面，来到克拉斯基和布卢布一起住的帐篷。她找到那两个人，压低嗓门告诉了他们小男孩说的情况，然后克拉斯基又把皮伯斯和思罗克叫来。他们决定先不动声色，表面上没有任何怀疑。两个英国人跳起来要去消灭黑人，但弗洛拉指出，敌我数量悬殊太大，征服他们根本没有希望，所以劝他们不要做出任何过激的行为。

布卢布向来精明狡猾，只要有一线的希望，他就愿意付出双倍的努力。他建议应该秘密告诉阿拉伯人这些消息，然后加入他们的武装力量。尽可能选择营地里的有利地形，提前对黑人开火，而不是坐等他们进攻。

弗洛拉再次否定了布卢布。"这行不通，"她说，"因为阿拉伯人也和黑人一样，从心里把我们当作敌人。即使成功消灭了黑鬼，阿拉伯人也会很快就知道我们早已酝酿好的针对他们的阴谋，之后我们就性命难保了。"她打个了响指。

"我想弗洛拉是一如既往地正确，"皮伯斯说，"可是如果没有了这些黑鬼，我们在丛林里乱跑乱撞，谁来给我们打猎？谁来给我们做饭吃？谁来帮我们运东西？谁来给我们领路呢？这就是我想知道的。这些情况确实需要考虑。"

"我也反对,我认为还可以想别的办法。"思罗克说,"见鬼,但即使要跑去丛林,没有可恶的黑鬼我也不要去。"

突然,他们听到从很远的丛林之中传来狮子震耳欲聋的吼声。

"哎哟!哎哟!"布卢布喊着,"就我们几个人跑到丛林里去,我的上帝,我宁可待在这儿,像一个真正的白人一样被杀掉。"

"他们不会让你像一个真正的白人一样去死。只要你活一天,他们就会折磨你一天。"思罗克说。

布卢布搓着双手,惊恐万状,冷汗从他油腻腻的脸上流下来。"为什么我会做这些事?为什么我会变成这样?"他说,"为什么我没有好好地待在伦敦的家里?我是属于那个世界的。"

"闭嘴,"弗洛拉打断他,"难道你不知道吗?不管你做任何可能引起怀疑的事情,他们都会立马来对付我们。我们能做的事情只有一件,那就是等待,等待他们开始袭击阿拉伯人。我们手里还有枪,他们在杀死阿拉伯人之前不会偷走我们的枪。我们只能在混战过程中逃入丛林,然后……然后天知道会怎么样,上帝保佑我们吧。"

"是啊,"布卢布惊恐不安,哭哭啼啼,"上帝保佑我们!"

不一会儿,芦夫尼来找他们,"主人,一切都准备好了,"他说,"吃过晚饭就开始行动,做好准备!到时候以枪声为号,向阿拉伯人开火!"

"好,"克拉斯基说,"我们刚才还在讨论这事,决定守在大门附近,防止他们逃跑。"

"很好,"芦夫尼说,"但你必须待在这里,"他对弗洛拉说,"即将开战的地方不安全,待在你的帐篷里,我们会把战斗区域控制在村庄的另一侧,如果有人想逃的话,可能会扩展到大门附近。"

"好的,"弗洛拉说,"我会待在这里,这里安全。"

一切都是完美的状态，芦夫尼心满意足地离去。整个营地的人们很快就开始吃晚餐，到处都弥漫着一种克制和高度紧张的气氛，这一点连阿拉伯人也觉察到了，尽管他们不明所以。

布卢布紧张得吃不下饭，人坐在那里，眼睛却在营地滴溜溜转来转去。先是看看黑人，再看看阿拉伯人，最后看看大门。他静静地等待着标志屠杀开始的枪声，一旦枪响就可以逃入丛林，他不止一百遍地计算过自己到大门之间的距离，想到有可能会成为路过狮子的嘴边美食，他不觉脸色煞白，瑟瑟发抖。

皮伯斯和思罗克机械地吃着饭，让布卢布非常厌恶。克拉斯基神情紧张，吃得很少，但并没有表现出害怕的迹象，弗洛拉也没有，尽管她心里明白他们的处境多么无助。

黑夜已经降临，一些黑人和阿拉伯人还在吃东西。突然间，一阵断断续续的步枪枪声打破了沉默，一个阿拉伯人无声地倒在地上。克拉斯基跳起来抓住弗洛拉的胳膊就跑。"快走！"他叫道，皮伯斯和思罗克紧跟在后，布卢布跑在最前面，他吓得好像脚下长出了翅膀，跑得飞快。他们急忙朝围栏的大门跑去。

空气中弥漫着勇士们的厮杀声和步枪声，阿拉伯人的数量只有十几个，但他们打得非常勇敢，枪法比黑人好得多。克拉斯基打开大门后，五个白人逃入丛林的黑暗之中，这场战斗的胜负仍然没有定论。

黑人的数量远远超过阿拉伯人，尽管枪法差，但他们最终还是成功地击倒最后一个阿拉伯人。营地内战斗的结果总是如此，必然是以多胜少。等到芦夫尼把注意力转向白人时，才发现他们已经逃离了村庄。黑人立刻意识到了两件事：一件是有人背叛了他；另一件是白人刚离开营地不久，不可能走得太远。

他把勇士们叫到身边，向他们解释了发生的事情，提醒他们如果白人成功逃脱，后面一定会带着援军回来惩罚他们。他现在有二百多名勇士，必须立即开始追捕逃犯，并要求勇士们能在白人把消息带到邻近的村庄之前赶上他们，好在即使最近的一个村庄也有一天的路程。

Chapter 16

钻石宝库

简易粗制的烟幕弹充满帝王塔的王宫大殿,放出令人窒息的浓烟。黑人紧紧围绕在泰山周围乞求救命。他们看到每一个出口都挤满猩猩人,花园里和平台上也都是猩猩人庞大的身体。

"稍微等一等,"泰山说,"等烟雾聚集到一定程度时,猩猩人就看不到我们的行动,那时我们就可以从俯瞰平台的窗户冲出去。它们比任何其他出口都更靠近东门,我们将会有更好的逃生机会。"

"我有一个更好的计划,"老人说,"等烟雾能遮住我们时,大家都跟我走。我知道一个没人把守的出口,他们做梦也想不到我们会从那里逃跑。先前经过王位后面的讲坛时,我偶然发现那里没有猩猩人守卫。"

"这个出口通向哪里?"泰山问道。

"通往钻石宫的地下室,也就是我第一次见到你的地方。宫里这个地方离东门最近,如果能赶在他们发现我们的真实目的之前到达那里，至少应该可以有时间进入树林。"

"太棒了！"人猿不禁大声叫道，"烟雾很快就可以让我们隐身了。"

事实上，烟雾这时已经非常浓重，待在王宫大殿的许多人开始咳嗽，感到呼吸困难，辛辣的烟雾使他们泪流不止。但是依然不能挡住四面八方的视线，无法完全隐蔽他们。

"我感觉快要窒息了，不知道能不能忍受更浓的烟雾。"泰山说。

"烟又浓了一点，"老人说，"再忍受一小会儿，他们就看不见我们了。"

"我实在受不了了，"拉说，"都快窒息了，眼睛也半瞎了。"

"非常好，"老人说，"估计他们已看不见我们。来，跟我走吧。"他带领大家向着讲坛拾阶而上，然后通过王位后面的一个小洞，这个洞通常会被悬挂的帘子挡起来。老人走在前面,接着是拉，然后是泰山和杰达·保·贾。杰达·保·贾的体力和耐心几乎达到了极限，它开始不满地低声咆哮起来，泰山也很难阻止它，这可能会使猩猩人察觉到他们的逃跑路径。泰山和狮子的后面拥挤着不停咳嗽的黑人。不过由于杰达·保·贾的存在，他们不敢任性地与前面的人挤作一团。

穿过小洞的外面是黑黢黢的走廊，连接着向下的粗陋台阶，然后便是一段长长的黑暗的通道，最后到达钻石宫。逃离皇宫大厅的浓烟后，他们每个人都如释重负，也没有人在意走廊里的黑暗。他们耐心地紧紧跟着老人，他解释说他们通过的第一段台阶是隧道里遇到的唯一障碍。

老人在通道尽头的一扇沉重的大门前停下，费了九牛二虎之力才将其打开。

"你们先在这等会儿，让我进去找个灯点上。"老人说。

老人穿过大门后一小会儿,昏暗的灯光开始闪烁,小火苗接着便开始在油灯中明亮起来。泰山在摇曳的灯光中看到一个巨大的长方形房子,大得小火苗都照不到头。

"让他们全部进来,然后把门关上,"老人说完后,又向泰山喊道,"过来!我想在离开之前带你看看,还从来没有其他人类的目光在此停留过。"

老人把他领到房子的另一边,泰山借着灯光看到一排排的架子,上面堆放着尺寸不算太大的皮口袋。老人把油灯放在架子上,拿起一个皮口袋打开,把里面装的东西倒在自己的手心里。"钻石!"他说,"这些口袋每个重五磅,里面全是钻石。它们是在很多很多年前留下来的,当年开采的数量远远超过需要。在当地的传说中,相信亚特兰蒂斯人总有一天会重新回来,那时他们就可以把多余的钻石卖给亚特兰蒂斯人。因此他们不断地开采钻石,储藏钻石,以便一旦有人需要时可以源源不断地供货。来,你们每人自己拿一袋吧!"他给泰山递了一袋,又给拉递去一袋。

"相信我们很难活着离开山谷,但也不一定。"他说着自己也拿了第三袋。

老人领着他们在钻石库里登上一个原始的梯子来到地面,接着便是塔的主入口。两扇沉重的大门把他们挡在平台之外,不远的地方东门已开。老人正要开门时,泰山挡住了他。

"稍等片刻,"他说,"等着剩下的黑人到来,他们从楼梯上来需要一点时间。全部到了时,我们就打开大门。你和拉,还有即将到来的十多个黑人冲向大门,其他剩余的人殿后,不能让猩猩人靠近,以防他们袭击。准备好!"他停了一下说,"他们都已到齐。"

泰山耐心地向黑人讲解了自己的计划,又掉头向老人命令:"冲!"门闩打开后,他们便一起冲向东门。

钻石宝库 | 161

猩猩人依旧全部挤在王宫大殿，没承想他们的对手已经逃跑。泰山带着剩余人和杰达·保·贾穿过东门时，他们才发现了他。猩猩人立即大声叫喊，引来几百个人同时疯狂地追赶泰山一伙。

"他们已经来了，"泰山对众人喊道，"拉，你带着他们先走，沿着山谷向下朝欧帕方向离去。"

"那你呢？"拉问道。

"我和黑人再待一会儿，争取惩罚一下这帮坏蛋。"

拉停下了脚步。"我一步也不离开你，人猿泰山！"她说，"你已为我冒了如此大的风险。不！我坚决不离开你一步！"

泰山耸耸肩，说："他们马上就到了，你看着办吧！"

黑人穿过大门后便似乎只有一个心思，那就是尽量与钻石宫保持较远的距离，泰山费了好大的劲才把一部分人重新号召起来，大约有五十个战士响应了他的命令，他们一起站在大门口，几百个猩猩人正朝这边冲过来。

老人走过来戳戳泰山的胳膊。"你还是最好逃走吧，"他说，"这些人最是不堪一击，他们立马就会四散逃走。"

"如果真的逃走，我们就会一无所获。我们失去的只可能是刚刚与黑人一起得到的自由，而得到的则可能是猩猩人像大黄蜂一样占领整个山谷。"

泰山刚一说完，一个黑人就指着森林中的队伍大声喊道："看！看！他们来了！"

"时间刚刚好！"泰山看到一大群从森林拥至东门的黑人。"跟我走！"他对赶来的黑人大声说，"猩猩人就在我们的上面，走！为你们受到的不公正待遇报仇雪恨！"他掉头又让周围的黑人一起迎战猩猩人。他们的身后是一波又一波拥向钻石宫的黑人，他们看见东西就砸。猩猩人最后被迫无奈退缩至王宫大厅的墙根，黑人继续冲击。

震耳的厮杀声、宏大的战争场面还有腥红的鲜血,让杰达·保·贾变得无比狂躁,泰山费了好大的劲才没让它冲向朋友。人猿不得不花费大量时间来勒住凶悍的助手的皮带,本可以在战斗中大显身手的狮子几乎无所作为。除了偶尔传来的负面消息,泰山更看到战争朝着自己预计的方向发展,猩猩人的失败毫无悬念。

他的推断没有错。伴随第一次胜利果实的到来,黑人的血腥报复越来越疯狂,他们变得像杰达·保·贾一样躁动。他们既不宽恕对方也没有要求对方投降,直到一个可杀的猩猩人也找不到,双方厮杀才算告一段落。

战斗结束后,泰山、拉和老人又回到王宫大厅,烟幕弹的气味已经消失殆尽。他们召集每个村庄的负责人站在讲坛前面,泰山、拉和老人站在讲坛上,泰山挨着黑鬃毛的大狮子杰达·保·贾向他们发话。

"钻石宫山谷的黑人们,"他说道,"你们今天晚上从残暴的主人那里获得了自由,自从有记忆以来,他们就压迫着你们。在过去的漫长岁月中,你们一直被残酷地镇压着,从没有一个智慧而公平的领导者,所以必须从另一个种族中选举国王。"

"你!你!"头领们一声接一声地喊着,希望泰山能做他们的国王。

"不!"人猿大声说,举手示意他们安静,"但是有一个人已经在你们中间生活很久了,他比别人更知道你们的习惯,知道你们的风俗,知道你们的希望,知道你们的需要。我相信他愿意留下来跟你们在一起,领导你们,成为一个好国王。"泰山指着老人说。

老人困惑地看着泰山,说道:"但是我想离开这里回到文明世界,我在那边已经消失好多年了。"

"你都不知道自己在说些什么,"人猿回复,"你离开太久了,即使回到原来的地方,你也会发现自己已经没有朋友。你会在那里发现谎言、虚伪、贪婪、掠夺,还有残酷。你会发现那里没有人对你感兴趣,你也不会对那里的任何人感兴趣。我,人猿泰山,虽然已离开丛林进入人类建筑的城市,但还是依然会厌倦,依然想要回到我的丛林。我挚爱丛林里高贵的动物,敢爱敢恨,诚实勇敢。我挚爱自由而真实的大自然!

"如果真回去了,你一定会失望。你会发现你已被抛弃,找不到合适的工作养活自己。但是这里可怜的人们需要你。我不能留下来指引他们脱离黑暗,但是你可以。你要把他们塑造成勤劳、善良、仁慈的民族,当然也不能不教给他们战争的本领。如果我们教会了他们什么是真善美,那么就势必会有人不满,一旦他们的力量超过我们,这些人就会用武力进攻。因此,你一定要教会你的人民如何保卫自己的国家和权力,他们必须拥有打仗的知识和能力,拥有必要的武器。"

"你说得没错,人猿泰山,"老人回答,"我在另一个世界一无所有,如果黑人愿意,我就留下来做他们的首领。"

泰山征求村子头人的意见时,他们明确表示如果泰山不能做首领,非常欢迎老人来做。他们都认识老人并知道他的声誉,他从没对黑人采取过任何暴力行为。

几个藏在宫殿里幸免于难的猩猩人被拉出来带到大厅,他们可以自由选择留下来当奴隶或者永远离开这个国家。黑人恨不得立即杀了他们,但新国王不允许。

泰山静静地坐着用疑惑的眼神看着他们。几个黑人头人和其他人在讨论如何处置猩猩人时,泰山很长时间没有发言。他最后站起来对猩猩人点点头。

"猩猩人现在还剩一百多个,"他说,"你们身高体健,应该也是勇猛的战士。坐在我身边的拉是欧帕的最高女祭司和女王,一个邪恶的祭司篡夺了她的权力,抢走了她的王位,明天我们就要带着钻石宫最勇猛的黑人向欧帕进发。我们要去惩罚他们的最高男祭司卡迪,因为他背叛了自己的女王。我们要让拉重新登上欧帕的王位。可是叛逆的种子一旦种下,其植株就会在不知不觉中疯长。因此,要让拉的人民对她忠诚还要经过一段漫长的路程,她要对此充满信心。这正是你们重新做人和拥有自己国家的机会。所以,跟我们一起去欧帕,一起去战斗,帮助拉重新夺回王位。战争结束后,你们就留在那里做拉的侍卫,不仅要保护她免受外人的侵犯,还要保护她免受国人的伤害。"

猩猩人商量了几分钟,然后其中的一个走到泰山面前,说:"我们愿意按照你说的办。"

"你们愿意对拉忠贞不二?"人猿问道。

"猩猩人中从没有叛徒。"那个猩猩人回答。

"那就好!"泰山大声说,"拉,你对这种安排满意吗?"

"我愿意接受他们的归服。"她回答。

第二天一大早,泰山和拉就带着三千黑人和一百多猩猩人向欧帕进发,他们要去惩罚逆贼卡迪。他们几乎没有讨论战略战术,直接穿过钻石谷,从岩石山下去欧帕谷,然后便向拉的宫殿后方前进。

第一个注意到他们的是一只灰色的小猴子,它坐在神庙墙上的葡萄藤和其他藤蔓植物中间。它翘起脑袋,一会儿兴奋地朝这边看看,一会儿又朝另一边看看。它兴致盎然,竟然忘记了挠肚子,这可是它最喜欢做的事情。随着他们队伍的愈发靠近,猴子愈发紧张。当它看到无数的黑人时,小猴子便开始黯然神伤。但是猩猩人的出现才是令它拔腿跑回欧帕宫殿的至关重要的原因,那可是它小小世界的食人恶魔。

卡迪正在神庙里的院子中,早上太阳升起的时候,他在这里祭奠了太阳神。与卡迪在一起的有几个职位较低的祭司、奥伊和她的女祭司。从一张张生气的脸上和奥伊的语言中可以看出,他们之间发生了争执。

"卡迪,你又一次越权了,"她气愤地大声说,"只有最高女祭司才能行使太阳神的祭祀权。你一而再再而三地用你肮脏的双手玷污神圣的祭刀。"

"女人,你给我闭嘴。"最高男祭司生气地说,"我卡迪是欧帕的国王、太阳神的最高祭司。你之所以成为现在的你全靠着我卡迪,不要再考验我的耐心,否则我会让你品尝到祭刀的滋味。"他的话语中充满着阴险的恐吓。卡迪周围的几个人虽然对他亵渎最高女祭司的态度感到非常震惊,但也是敢怒而不敢言。不管他们曾经多么瞧不起奥伊,但她被提升为最高女祭司的事实却不能改变,那些因为卡迪的眼泪和鼻涕而相信拉已去世的人们对奥伊的职位给予了充分的尊重。

"你得小心点。"其中一个年纪大的祭司警告卡迪,"你还有一个不能跨越的障碍。"

"你竟敢威胁我?"卡迪大声叫道,他的眼睛中闪耀着狂躁与暴怒,"你敢威胁我卡迪?太阳神的最高祭司?"他说着跳到那个冒犯他的人面前,将祭刀架在了他的脖子上。就在这时,一只战战兢兢的灰色小猴子从神庙外墙的炮眼向里张望着并大声叫起来:"猩猩人!猩猩人!"它扯着嗓子尖叫,"他们来了!他们来了!"

卡迪掉头转向猴子,手中的刀掉在一侧。"你看见他们了?小猴子？"他问道，"你说的是真话吗？如果你这次又哄了我，那你就不会有机会活到下次欺骗卡迪的时候。"

"我说得千真万确，"小猴子絮絮叨叨，"我是亲眼所见。"

"他们大概有多少人？"卡迪问，"离开欧帕还有多远？"

"他们多得就像树上的叶子，"猴子回答，"他们已经靠近神庙的外墙，猩猩人和黑人，他们就像寒冷而潮湿的地方生长的野草，势不可挡。"

卡迪转身向太阳抬起脸，仰头发出长长的厉声尖叫。他就这样连着恐怖地尖叫了三声，然后命令院子里的其他人随自己向宫殿跑去。卡迪走上欧帕宫对面的道路时，回廊和屋子里的所有欧帕男人都出来了，他们身材扭曲，满身是毛，手中持着棍棒与大刀，头顶上方的树上有几只颤抖着尖叫的灰色小猴子。

"不是这边，"它们大声叫着，"不是这边。"并用手指着城市的南边。

祭司和战士像一群无组织的乌合之众，跟着卡迪的脚步进入宫殿后，又重新折回奔向宫殿的对面，他们在这里爬上保卫宫殿的高墙，泰山的部队这时正好停在外面。

"石头！石头！"卡迪尖叫着。听到他的命令，院子下面的妇女开始捡起院墙和宫殿里掉下来的石头块，递给墙头上的战士。

"滚远点！"卡迪对着院墙外面的军队大声喊道，"我是卡迪，太阳神的最高祭司！这里就是他的神庙！你们别弄脏了太阳神的庙宇，否则就会遭到报应。"

泰山向前迈出一步站在众人前面，抬头静静地看着。

"拉，你们的最高女祭司、你们的女王，在这里呢！"他向着院墙上的欧帕人喊道，"卡迪是叛徒、是骗子！打开大门欢迎你们的女王吧！放弃叛变，投奔正义，你们不会受到任何惩罚！如

钻石宝库 | 167

果拒绝拉回到她的城市，我们就会采取武力，用流血的办法解决，这是拉的权力！"

泰山停止喊话后，拉上前一步站在他的旁边，以便让她的人民看到她。很快便有人呼喊拉的名字，一两个声音开始公开反对卡迪。

卡迪明白，用不了多久，形势就会反过来对自己不利，他尖叫着命令部队出手，同时向泰山砸下了一块石头。泰山令人佩服的超级敏捷这时挽救了他，石头从他的旁边落下，打在一个黑人的心脏上，他立时倒下。一时间，一场石头雨从天而降，泰山号召他的人马全力以赴迎接战斗。猩猩人和黑人咆哮着、怒吼着、跳跃着躲闪袭击。面对猛烈的棍棒，他们像猫一样轻巧地爬上了粗糙的院墙。泰山以卡迪为目标，第一个登上了高墙的顶点。一个歪扭多毛的欧帕人一棍子向泰山打下来，他用一只手将自己悬挂在院墙顶上，另一只手抓住棍子拧向其主人的另一侧。这时他发现卡迪掉头逃跑，消失在前面的院子里。泰山用力一撑跃上墙顶。两个欧帕战士一拥而上，泰山用刚才从他们同伴手中缴获的棍子左右开弓，高大的身材和良好的体力给了他巨大的优势，他很快便击倒了两个欧帕人。但他一心惦记着卡迪，他是叛乱分子的罪魁祸首，绝不能让他逃之夭夭。于是泰山跳下大道，随着最高祭司消失在院子对面的拱门里。

一些男女祭司企图阻止泰山，他抓住一个男祭司的脚踝在自己身体周围轮圈开路。奔向院子的另一侧后，他停下来掉过头，聚集起自己身上的所有力量，他又一次轮起祭司的身体，猛地向后掷去，正好打在追赶他的人脸上。

泰山一刻也没有停下来去关注自己扔出祭司的后果，而是继续搜寻卡迪。他始终走在泰山的前面，因为卡迪对宫里、神庙和院子里的迷径要比泰山熟悉。泰山明白卡迪正朝着神庙的内院走去，他很容易在那里找到通往宫殿下方的入口，找到藏身之地，里面有无数弯弯曲曲的地下坑道，泰山很难找到他。泰山拼命赶往祭祀的院子，以便阻止卡迪进入相对比较安全的地下坑道。但是当他最后通过大门进入院子时，一个安装特别隐蔽的绳索套住了他的脚踝，泰山重重地摔在了地上。几乎就在这一刻，几个扭曲的欧帕人跳到了他的面前。泰山依然半躺在地上没缓过神，还没来得及站起来就被他们牢牢地捆了起来。

他们把泰山从地上抬起来，泰山迷迷糊糊地感觉自己被放在一块冰冷的石头上。这时他才完全清醒过来，意识到自己再一次张开四肢躺在太阳神内院的祭坛上，他的面前站着卡迪，最高男祭司。他残酷的脸上充满仇恨，还有酝酿已久的复仇的快感。

"最后时刻到了！"卡迪幸灾乐祸地叫道，"人猿泰山，我这次要让你知道愤怒的不是太阳神，而是人类卡迪！这次不会有片刻的等待，也不会出任何岔子。"

他把祭刀高高地悬在泰山的头上！人猿泰山透过刀尖看到了神庙高高的院墙顶，墙上露出的是神勇无比的金毛狮子的头和肩膀！

"杰达·保·贾！杰达·保·贾！"他大声叫道，"咬死他！咬死他！"

卡迪犹豫了一下，把刀停在半空中随着人猿眼睛的方向望过去。说时迟那时快，金毛狮子一跃跳上大路，又接着两跳便扑倒了欧帕的最高男祭司。刀子"啪"的一声掉在地上，狮子的血盆大嘴便冲向了那张恐怖的脸。

抓住泰山的小祭司们，本来想看看泰山将如何死在卡迪的手下，却在金毛狮子扑向他们主人的那一刻，全都吓得四散逃跑。

此刻，神庙的祭祀院子里只剩下泰山、杰达·保·贾，还有卡迪的尸体。

"来吧，杰达·保·贾！"泰山命令道，"不要再让任何人伤害人猿泰山。"

一小时后，拉的部队很快便占领欧帕宫的神庙。幸存的祭司和战士很快投降并承认拉才是他们的女王和最高女祭司。现在，整个城池都在拉的命令下寻找泰山和卡迪。很快，拉也亲自带一队人马来到祭祀院子。

眼前看到的一切让拉惊呆了，跳上祭坛后，她看见了地上躺着的人猿泰山，还有用充满愤怒的眼睛盯着她的金毛狮子杰达·保·贾！

"泰山！"拉尖叫一声走向祭坛，"卡迪罪有应得，上帝保佑，泰山也死了。"

"没有，"人猿大叫一声，"我活得好好的！过来给我松绑！我只是被绑住了，不过今天要是没有杰达·保·贾，我肯定死在了你们的祭刀下！"

"感谢上帝！"拉说着走近祭坛，但是被狮子愤怒的吼叫吓住了。

"卧倒！"泰山叫道，"让她过来。"杰达·保·贾便在主人的旁边蹲了下来，下巴在主人的胸前蹭着。

于是拉走了过来，捡起祭刀割开绑住森林之王的绳子，这时她才看到祭坛远处卡迪的尸体。

"最坏的敌人已经死了，"泰山说，"对于他的死你应该感谢杰达·保·贾，我也要感谢它救了我的命。你现在可以统治钻石谷的人民了，让他们和平、幸福、友爱。"

泰山、猩猩人和黑人，还有欧帕的男女祭司那天晚上都成为女王拉的座上宾，参加欧帕宫的盛大晚宴，使用上古时留下来的亚特兰蒂斯的金盘子吃饭。这种大金盘只在很久以前的欧洲流行过，如今已成为传说。第二天早上，泰山和杰达·保·贾便踏上归程，返回瓦兹瑞的土地和他们的家。

Chapter 17

火灾之苦

芦夫尼和二百个士兵对弗洛拉和她的四个同伴紧追不舍,他们只能蹒跚在黑暗的丛林之夜,毫无目标。他们完全依赖于黑人向导,根本不知道自己身在何处,彻底迷失了方向。他们脑中唯一的想法就是尽可能离开象牙营地的偷袭者远一些,因为不管战争的结果如何,他们的命运都是一样的,那就是被胜利一方俘虏。他们艰难地行走一个半小时后,短暂地休息了一会儿。很快又清楚地听到了身后追兵的声音,于是他们便又像无头苍蝇一样一头扎入恐怖的逃亡之旅。

突然间,他们发现前面闪过一道亮光。这会是什么呢?难道是绕了个圈子,又回到了刚才逃离的营地?他们进一步上前侦察时,发现原来是一个带荆棘围墙的营地,当中有一堆小小的篝火正在燃烧。五十多个黑人士兵围绕着火堆,他们蹑手蹑脚地进一步靠近,火光中清晰地看见有一个白人女子。他们的身后则是追捕者越来越大的吼叫声。

火堆边上的黑人士兵不停地指着营地偷袭者的方向，加上手势可以看出，他们正在谈论最近听到的偷袭者营地发生的战争。女人伸出手示意他们安静，黑人开始注意倾听。很明显，他们也听到了追赶弗洛拉和她同伴的黑人士兵的声音。

"那里有一个白种女人，"弗洛拉对其他人说，"虽然不知道究竟是什么人，但她是我们唯一的希望，追赶我们的人很快就会到了。这个女人或许会保护我们。走吧，我去向她说明情况。"不等众人回答，她就勇敢地走进围场。

还没走多远，瓦兹瑞士兵尖锐的眼睛就发现了他们，围场院墙上立刻响起沙沙的刺枪声。

"站住！"勇士喊道，"我们是泰山的勇士，你们是什么人？"

"我是一名英国女子，"弗洛拉平静地回答，"我和我的同伴迷路了。我们被自己的旅队出卖，头人和士兵正在追击我们。我们只有五个人，请求你们的保护。"

"让她们进来吧！"简对瓦兹瑞人说。

在简和瓦兹瑞人的仔细盘问后，弗洛拉和她的四个同伴进入围场。围场对面的一棵大树的缝隙中也有一双陌生的灰色眼睛在观察着他们，他认出了姑娘和她的同伴。

他们进入后，格雷斯托克夫人不觉大吃一惊。"弗洛拉！"她兴奋地大声叫道，"弗洛拉，你怎么也会在这里？"

姑娘也不免惊诧，一时不知说什么好。"格雷斯托克夫人！"她只是叫了一声。

"我实在不知道，"格雷斯托克夫人继续说，"我没想到你也会在非洲。"

平日里伶牙俐齿的弗洛拉一时因惊愕而语塞，但她很快就恢

火灾之苦 | 173

复了睿智,"我是与布卢布先生和他的朋友一起到这里的,"她说,"他们来进行科学研究。由于我以前与您和格雷斯托克勋爵一起来过非洲,对当地的风土人情略知一二,所以他们便把我一起带来了。现在,雇佣来的黑人背叛了我们,除非您能帮助,否则我们就完蛋了。"

"他们是西海岸的黑人?"简问道。

"是的。"弗洛拉回答。

"我相信瓦兹瑞人可以对付他们,总共有多少人?"

"大概二百个左右。"克拉斯基答道。

格雷斯托克夫人摇摇头。"胜利的可能性有些悬,"她发表了自己的意见,并叫来管家厄苏拉说,"二百多个西海岸小混混在追击,我们必须保护他们。"

"我们是瓦兹瑞人!"厄苏拉简单地回复。不一会儿,芦夫尼的先遣部队便到达营地火光照亮的地方。

看到勇士们闪闪发光的刺枪准备迎接他们,西海岸的黑人们不觉开始犹豫。芦夫尼扫视了一圈营地内的勇士,跨步上前站在队伍的最前面,开始用挑衅讽刺的语言大声吼叫,要求他们交出白人。他一边喊话一边迈着古怪的脚步,摇晃着步枪,挥舞着拳头。他身后的士兵也很快跟着念念有词,最后二百个人同时尖叫着、呼喊着、恐吓着。他们蹲上跳下,一个个变得疯狂起来,仿佛他们只有这样才有足够的勇气发动一场战争。

围场里面的瓦兹瑞人是由人猿泰山一手调教和训练出来的,他们早已放弃了古怪的战前序曲,心中已经在渴望着另一个好战民族的到来。他们只是冷静地站着,冷静地等待着敌人的进攻。

"他们有不少步枪,"格雷斯托克夫人说,"这对我们不利。"

"其中能用步枪射击的人不会超过六个。"克拉斯基回答。

"你们几个白人都有武器，找好自己的位置，与瓦兹瑞人一起战斗。不过离开我们走远点，单独留下我和弗洛拉。如果他们不攻击就不要开枪，但是记住在第一次交手时一定要连续长时间射击，因为没有什么比白人的子弹更会让西海岸黑人魂飞魄散。我和弗洛拉留在营地后面靠近大树的地方。"她带着不可质疑的口吻吩咐下去，好像一个老练的领导者，知道自己应该说些什么。男人们都听从了她的命令，可怜的布卢布虽然战战兢兢，但还是勉强站在瓦兹瑞人的最前排。

在营火的照耀下，芦夫尼把他们的行动看了个一清二楚。简和弗洛拉藏身的地方旁边有一棵大树，树上躲着的一双眼睛也对他们的行动一览无余。芦夫尼不是来挑起战争的，他只是想要抓住弗洛拉。他对手下说："他们只有五十来个人，消灭他们轻而易举，但我们不是来挑衅，我们的目的是抓住那个白人姑娘。你们待在这里，吸引这帮狗娘养的家伙的注意力，一点也不能松懈。你们一会儿先向前，然后再后退。你们如此这般地吸引他们的注意力，我带领五十个人绕到围场后方抓住姑娘。我得手后会向你们发话，这样就可以撤回村子里。那里有围墙护着我们，可以抵抗他们的袭击。"

这个计划正合西海岸黑人的心思，他们本就不喜欢在如此暴露的环境下打仗。于是，他们更加起劲地跳啊，吼啊，叫啊。不流血就可以取得胜利，没有任何伤害就可以安全地退回到自己的围栏，他们认为这事漂亮极了。

芦夫尼穿过隐身的灌木丛，匍匐前行，打算绕到围场后方。与此同时，西海岸的黑人发出震耳欲聋的声音。两个白种女人藏身处头顶的树上突然跳下一个身材魁梧的白人，除了腰间的豹子皮，他几乎全身赤裸。他神一般庄严的外貌在野外的篝火中格外显眼。

"约翰！"格雷斯托克夫人高兴地叫道，"感谢上帝！原来是你！"

"嘘！"巨人把食指放在嘴唇边示意她别出声，然后便立马转向弗洛拉，"我正要找你呢。"他一边说着一边轻巧地把她扛在自己的肩膀上。格雷斯托克夫人还没弄明白是怎么回事，一句话也没插上，泰山就轻松地跨出围场后面的护栏，消失在丛林中。简呆呆地站了一会儿，意外的打击使她不知所措，她慢慢地蹲在地上，两手抱着头伤心地哭起来。

芦夫尼和他的勇士们静静地匍匐到围场后面，就这样在营地另一头发现了简。他们是为白种女人而来，现在正好发现了一个。他们粗暴地把她拉起来，用肮脏而粗糙的手拍拍哭泣的简算是安慰，然后便扛起她朝着象牙贩卖者的丛林村落而去。

十分钟后，白种男人们和瓦兹瑞人看见西海岸黑人慢慢向丛林撤退，依旧大喊大叫，依旧恐吓威胁。虽然他们好像依旧要大肆进攻的样子，但战争却就这样没费一枪一弹便彻底结束。

"天哪！"思罗克说，"他们这样吵吵闹闹究竟是为哪般？"

"他们是在激怒我们，这帮混蛋除了叫喊什么也没做，但我们依然完好如初，事情就是这么简单。"

犹太人德意洋洋地挺起胸膛，骄傲地说："要想吓唬住布卢布，这帮黑鬼还差得远呢！"

克拉斯基盯着黑人离去的背影，抓抓头皮，又掉头看看营地后面的篝火。"我还是没能弄明白，"他说，突然又加了一句，"弗洛拉和格雷斯托克夫人呢？"

这时他们才恍然大悟，发现两个女人不见了。

瓦兹瑞人都快急得发疯了。他们大声呼唤着女主人的名字，可是没有任何回应。"跟我走！"厄苏拉大声说，"我们，瓦兹瑞人要去战斗！"他跑向围栏，一跃跳了出去，身后跟着五十名勇士，出发去追赶西海岸黑人。

不一会儿，他们便追上了西海岸黑人，甚至可以说后者是不攻自破。西海岸黑人为了方便逃跑丢掉了手中的步枪，飞一般奔向他们的营地，瓦兹瑞人紧追其后。但芦夫尼和他的人马出发得更早，在追兵赶到前，早已安全抵达村子。如果让瓦兹瑞人也进入村子，他们就会一败涂地。因此他们像被围困在墙角的老鼠一样奋力拼搏，最后终于击败侵略者，村门重新紧紧关上。这座村落建造的时候就是为了抵御大批的侵略者，因此易守难攻。现在只有五十来个瓦兹瑞人，村里却有二百多人抵抗他们。

为了避免盲目无用的进攻，厄苏拉命令他的勇士在围栏外稍远的地方停下来。他们就地蹲下，勇猛但有些苦闷的脸庞紧紧盯着大门内的动静。厄苏拉意识到不能只靠武力硬取，思考着智取的方法。

"我们只是想要救出格雷斯托克夫人，"他说，"其他的仇以后再报。"

"但是我们都不知道她是不是在村子里。"另一个人提醒他。

"不在里面还能在哪里？"他问道，"也许你是正确的，也许她真不在村子里，这正是我要弄明白的问题。我有一个计划，风从村子的另一个方向吹来，明白吗？十个人随我前去，其他人继续向着大门前进，并在大门口大吵大闹，佯装你们就要进攻。大门一会儿就会打开，他们会从里面出来。我向你们保证，我尽量在这时返回来。但是万一我不能回来，你们就分成两队站在大门两旁，尽管让西海岸黑人逃跑。你们只需要关注格雷斯托克夫人，一旦看到她就抢过来带着逃跑，明白了吗？"同伴们点点头。"那

火灾之苦 | 177

就分头行动。"他挑选了十个人一同消失在丛林中。

芦夫尼带着简在离开村门不远的一间小屋子里停下来，他依然相信这就是弗洛拉。把她结结实实地绑在一条柱子上后，芦夫尼便独自一人回到村子里去指挥部队抵抗。

过去的一小时中，在简的身上发生了太多的事情。她的脑中对这一连串的打击一片茫然，她所能做的只有忍耐。她全然无视眼前的危险，她只记得她的泰山在自己最需要的时候抛弃了她，带着另一个女人逃入丛林。厄苏拉曾告诉过她泰山遭遇的意外，这有可能影响他的记忆，即使如此也没法让她原谅泰山的抛弃。她此刻只能面朝下躺在这个肮脏的阿拉伯小屋内伤心地哭泣，她已经好多年没有这样伤心了。

在她倒在地上品尝自己痛苦的时候，厄苏拉和其他十个人沿着栅栏偷偷摸摸地来到村子后面。他们在空地上发现大量的灌木干枝，这是阿拉伯人准备建造村落用的。他们捡起枯枝堆在栅栏旁边，直到四分之三的栅栏被高高堆起的枯枝围住。厄苏拉发现他们的工作很难再秘密进行，于是派遣了一个手下去村子另一边，命令他在那边不停地高声喧哗，以便掩护他们这边的行为。尽管厄苏拉和他的同伴花费了多出一倍的劳动，但整个计划进行得非常好，一小时后灌木丛堆到了令他满意的高度。

芦夫尼透过围栏上的一个小洞，借着升起的月光看到了多数勇士在场，于是得出结论，认为他们今天晚上不会进攻，他便可以放松警惕，利用这个时间做点别的什么更令人愉悦的事情。他命令大部分兵勇守在大门一刻也不能放松戒备，不管瓦兹瑞人的态度有任何变化，都必须马上向他报告。芦夫尼独自一人去了留下格雷斯托克夫人的小屋子。

他是一个身材高大、额头低窄、嘴巴突出,典型的低级非洲黑人。进屋后,他把拿在手里的点着的火把丢在地上,充满红血丝的眼睛贪婪地盯着静静躺在地上的女人。他舔舔自己的嘴唇凑上来,想吻简的唇。简抬起头看看,厌恶地掉头躲开。看到女人的脸后,黑人不觉大吃一惊。

"你是什么人?"他用西海岸黑人特有的蹩脚英语问道。

"我是格雷斯托克夫人,人猿泰山的妻子,"简回答,"如果你是个聪明人就立刻放了我。"

芦夫尼的眼中充满惊异与恐惧,同时还有另外一种说不出的感情,或许将会主宰他稀里糊涂的脑子。他坐下来盯着她看了好久,贪婪渐渐占据他的表情,先前的恐惧正慢慢消失。简从这种变化中看到了自己的命运。

芦夫尼用他粗笨的手指解开套在简手腕和脚踝上的绳索。她感觉到了他火辣的呼吸、血红的眼睛,还有厚重嘴唇里随时伸出来的红色舌头。最后一条绑着她的皮带松开的刹那,她跳起来直奔门口,但被一只巨大的手伸出来紧紧抓住。芦夫尼把她拉向自己,简立刻像只发疯的母老虎一样不停向他丑陋而阴险的脸上揍过去。但他最终还是凭借强大的体力,不屈不挠地打败了简微弱的反抗,缓慢但坚定地把她拉到了自己身边。与其他人完全不一样,他俩根本没有听见瓦兹瑞人在大门口的呐喊和村子里正在发生的暴乱,他俩依然在抗争之中。但从一开始,女人就注定会失败。

厄苏拉已经在村子后面的围栏边分六个不同的地方用火把点燃了树枝堆。火苗乘着丛林中的微风,很快燃烧成熊熊大火,面前的木头栅栏变成红色的火星四处飞溅,被风吹到不远处屋顶的茅草上,村子变成咆哮的火海,霎时变成人间地狱。正如厄苏拉先前预料的一样,村门很快被打开,西海岸的黑人蜂拥逃入丛林。

火灾之苦 | 179

瓦兹瑞人依然守在村门两边，等待着主人。他们一直静静地守候到不再有任何人逃出来。直到村子变成烈焰的地狱，他们也没能等到简。

虽然他们早已确信，村子里不可能再有任何活着的人存在，但依然凭着最后的一线希望等在那里，直到厄苏拉最后决定不再守候。

"她从来就没在里面，"厄苏拉说，"我们现在去追上黑人，抓住其中几个问个究竟。或许可以从他们口中得知格雷斯托克夫人的消息。"

天快亮时，他们才追上一拨逃亡的黑人，他们扎营在西边几英里的地方。厄苏拉他们很快就包围了这伙人，答应他们只要能如实回答自己的问题，就可以免受惩罚。他们很快就投降了。

"芦夫尼去哪里了？"厄苏拉问道，他前一天从欧洲人口中知道了这个西海岸小厮的头目。

"我们不知道，离开村子后就没有再看见他，"一个黑人回答，"我们是阿拉伯人的奴隶，昨天晚上逃离围场时故意与别人走散，我们认为单独出来要比与芦夫尼在一起更安全，他比阿拉伯人还要残酷。"

"你们看见过他昨晚带进营地的白种女人吗？"厄苏拉又问道。

"他只带来过一个白种女人。"另一个人回答。

"他对她做了什么？她现在哪里？"厄苏拉继续。

"我不知道。他带回来后就绑住她的手脚，安置在大门附近占用的一间小屋子里。此后我们再没看见她。"

厄苏拉掉头看着他的同伴，他们从厄苏拉的眼中看到了一种巨大的恐惧。

"出发！"他说道，"我们得回到村子去，你们也得跟我们回去。"他指着西海岸黑人说,"如果你们敢对我撒谎……"他用食指横放在喉咙上做了个杀头的动作。

"我们没有说谎。"另一个人回答。他们很快向着阿拉伯人村庄的废墟返回。除了一堆堆燃烧的残火,村子什么也没有留下。

"关闭白种女人的屋子在哪里?"他们走进燃烧的废墟时,厄苏拉问道。

"在这边。"其中一个黑人说着,快步走向原来是村庄大门的地方。他突然间停下来指着躺在地上的东西说,"那就是你们要寻找的白种女人。"厄苏拉和其他人赶紧过去,看到面前烧得黑乎乎的人类躯体,心中又是愤怒又是悲伤。

"的确是她。"厄苏拉难过地掉过脸去,乌黑的脸上滚下两行伤心的热泪。其他的瓦兹瑞人也一样伤心,他们都挚爱伟大主人的妻子。

"也许不是她呢,"有人提出怀疑,"或许是别的什么人。"

"我们很快就可以证明,"第三个人说,"如果她的戒指在灰中,那么就肯定是她。"他跪下去仔细寻找格雷斯托克夫人平常佩戴的戒指。

厄苏拉绝望地摇摇头。"一定是她,"他说,"这条正是绑着她的柱子。"他指着尸体边上一条烧黑的木棍说,"至于说她的戒指,在不在这里没有多少意义,也许芦夫尼俘虏她时就抢走了。村子里所有的人都有充足的时间逃跑,唯独她不能,因为她被绑起来了。不,不可能是别人。"

瓦兹瑞人挖了一个浅浅的墓,虔诚地把那堆残灰放进去,又用石头做上标记。

Chapter 18

复仇之路

泰山根据杰达·保·贾的节奏放慢了脚步，慢悠悠地朝着回家的方向出发。一路上他回想起过去几周的生活，不禁五味杂陈。虽然他在袭击欧帕的宝藏中失败，可是他所带回来的那袋钻石足够补偿好几倍。他现在唯一担心的就是他的瓦兹瑞勇士，还有另一个惹他烦恼的欲望就是找出给他下毒的白人并让他们得到应有的惩罚。但他实在太想回家，所以决定暂时不去追究他们。他与狮子同猎同吃同睡，一起在原始森林中踏上回家之路。他们昨天一起分享了鹿的肉，今天又用野猪当盛宴，两个在一起，谁也不会挨饿。

到了离家还有一天的路程时，泰山发现了许多瓦兹瑞勇士的脚印。正如有的人对股票市场的最新动态充满好奇，仿佛他们的生命完全依赖于股票，人猿泰山对丛林里任何再细微的信息都不愿放过。事实上，泰山之所以成为泰山，正是依赖于他所有的丛

复仇之路 | 183

林知识,这是一个与生存无关的必要条件。他仔仔细细地观察了面前的脚印,虽然已经过了好几天而且有些还被森林中来来去去的动物蹭掉,但人猿敏锐的眼睛和鼻子还是可以分辨得很清楚。突然间他在勇士巨大的脚印中间又一次看到了一个细小的白种女人脚印,正如人们熟知自己母亲的脸庞一样,那正是泰山所热爱的脚印。他刚才还有些漠不关心,现在却突然变得兴趣盎然。

"瓦兹瑞人回去时告诉她我失踪了,"泰山自言自语,"现在她又和他们一起去找我了。"他转向狮子,"嗨,杰达·保·贾,我们再一次掉头离家吧!不,她在的地方就是家在的地方。"

他们脚步的方向实在让人猿泰山困惑,不是直接通往欧帕的路径,而是向着更加偏南的方向。第六天时,他敏锐的耳朵听到人类靠近的声音,鼻子也闻到了黑人的气息。泰山让杰达·保·贾躲在灌木丛中,自己攀上一棵树快速向着黑人前进的方向移动。随着距离越来越近,黑人的气味越来越浓。还没看见人时,泰山就知道他们是瓦兹瑞人,但是却并不见那个最能让他的灵魂幸福的人。

厄苏拉走在垂头丧气的瓦兹瑞人最前头,转弯时与他的主人撞了个面对面,着实让他大吃一惊。

"人猿泰山,真的是你吗?"厄苏拉大声喊道。

"当然不是别人,"泰山回答,"格雷斯托克夫人呢?"

"主人啊,我们怎么向您启齿呢?"厄苏拉说。

"你的意思不会是……"泰山急切地说,"不可能的。有我的瓦兹瑞勇士保护着她,什么事都不会发生。"

勇士们羞愧地低下了悲伤的脑袋。"我们愿意用自己的生命偿还她。"厄苏拉只答了一句话,便丢下自己的刺枪和防护牌,伸开两臂向泰山露出赤裸的胸膛,说道,"您惩罚我吧,主人!"

泰山低下头转过身去，不一会儿他又盯着厄苏拉问道："告诉我究竟是怎么回事，忘掉刚才的那些傻话，我不会罚你们。"

厄苏拉简单地叙述了简被害死的经过，泰山在整个过程中只问了一句话，这正是他一向的风格。

"芦夫尼去哪里了？"他问。

"这个我们也不知道。"厄苏拉回答。

"我会弄明白的。"人猿泰山说，"我的孩子们，你们只管自己回去自己的家，回到你们的老婆和孩子身边。等你们下次再见到人猿泰山的时候就知道芦夫尼已经死了。"

他们请求陪伴泰山一同去复仇，但是泰山拒绝了。

"这个季节家里需要你们，"他说，"你们已离开牲畜和土地很长时间了，回去后帮我给杰克带句话，我希望他现在能待在家里。但是如果我失败，他愿意的话可以完成我未尽的事情。"他停下来凝视着自己来时的方向，打了一个低沉的长口哨。不一会儿，金毛狮子杰达·保·贾跳上丛林小路出现在他的面前。

"金毛狮子！"厄苏拉大声叫道，"它从基瓦兹手中逃出来寻找它深爱的主人。"

泰山点点头："它在陌生的国家里走了很多路,最后才找到我。"他说完后向瓦兹瑞勇士们道了别，再次踏上远离家乡的路程，他要去寻找芦夫尼，他要去复仇。

皮伯斯把自己蜷缩在一个树杈上，用疲惫的双眼向即将到来的黎明问候。他的旁边是思罗克，也是紧紧地靠在另一个树杈上。只有克拉斯基更加聪明，更善于创新，他在两条平行的树枝间加上其他树枝造了个小平台，躺得相对比较舒服一些。在他上方十英尺的地方，是内心充满恐惧累得半死的布卢布，他把自己吊在一个小树杈上，全靠脚下一棵相对安全的树杈支撑。

"只要你们三个的智慧能抵得上一个海象，"克拉斯基说，"我们昨天晚上就可以在地上住得既安全又舒服一些。"

"上帝呀，"皮伯斯咕哝道，"要是再有一个这样的夜晚，嗜血的狮子一定会吃了他。哎，只能如此，既来之则安之。"

"妈的，"思罗克说，"他竟然不管有没有狮子，想睡在地上。"

"嗨，布卢布，"皮伯斯嘲讽他，"克拉斯基先生在说你呢！"他故意提高了先生二字。

"嗯，嗯，无关紧要的人说什么我都不会在乎。"布卢布咕哝道。

"他希望我们每天晚上都能为他盖个房子，"皮伯斯继续说，"他想花费一泰铢钱，告诉我们好好干活。他是一个风度翩翩的绅士，才不会做赔本的买卖。"

"为什么我总是要亲自动手,而你们两个畜牲却什么也不做？"克拉斯基问，"要不是我找来食物，你们这会儿还都在饿肚子呢。如果你们不听我的话，最后只能成为狮子口中的美食，或者在饥饿中耗尽体力，不过，这当然与我没多少关系。"

别人都没太在意他的嘲弄。诸如此类的争吵在他们中太多了，所以大家对彼此的抱怨都没当一回事。除了皮伯斯和思罗克，他们都已厌倦了彼此，之所以待在一起只是因为害怕分开。皮伯斯慢慢从树上下到地上，接着是思罗克和克拉斯基，最后下来的是布卢布，他静静地站了一会儿，盯着自己破败不堪的衣服。

"我的上帝呀，"他最后叫起来，"看看我，这套衣服花了我二十基尼啊！看看现在，完了，完了，全完了！连一个便士也不能给我赚回来了。"

"让你的衣服见鬼去吧，"克拉斯基叫道，"我们现在的境况是完全迷了路，整天处于半饥饿状态，还时不时被野兽袭击，或许还要面对食人族。弗洛拉又在丛林中消失,你还有心情站着谈论二十基尼的衣服。布卢布,你让我感觉烦透了。但还是出发吧,我们还得前进。"

"向哪里走呢?"思罗克问道。

"当然是向西了,"克拉斯基回答,"除了回到西边的海岸,我们还能做什么呢?"

"向东走当然不能到达海岸,"皮伯斯怒吼,"我们一直在向东,真是如此。"

"怎么可以向东走?"克拉斯基问。

"我们昨天一直在向东走呢,"皮伯斯回答,"我昨天就觉得有什么不对劲,刚刚才想明白了。"

思罗克有些惊呆了。"你是什么意思?"他问,"你凭什么说我们在向东前进?"

"这个很容易判断,"皮伯斯回答,"我可以向你证明。我们大家都知道,自从黑人离开以后,我们一直在向内陆方向前进。"他向双手叉在腰间的俄罗斯人点点头,又嘲弄地看看众人。

"如果你认为我领着走错了方向,皮伯斯,"克拉斯基说,"你尽管可以掉头换个方向。但我还会沿着原来的方向前进,这才是正确的方向。"

"这个方向是错的,"皮伯斯回答,"注意听听,我给你解释。如果你向西行走,太阳正午之前都应该在你的左边。这个没有问题吧?当然没错。可是,自从我们离开黑人后,太阳一直在我们的右边。我也是刚刚才想明白。这就像鼻子长在你的脸上一样清楚,我们一直在向东行进。"

"妈的,"思罗克骂道,"如果真像这个讨厌鬼所说,我们一直在向东的话,该怎么办呢?"

"天哪！"布卢布叫道，"难道我们要重新折回去？"

克拉斯基笑着掉过头继续向着他之前选择的方向前进，"你们几个可以走自己想走的路，"他说，"只是请你们在旅途中想一想，你们现在是在赤道南边，因此太阳总是在北边，然而太阳从西边落下的老习惯却不会改变。"

布卢布第一个理解了克拉斯基的意思。"走吧，孩子们，克拉斯基是正确的。"他自己掉头跟着俄国人继续前进。

皮伯斯挠挠头皮，对这个有点绕的问题完全不知所措。思罗克也陷入沉思，他不一会儿便掉头跟在了布卢布和克拉斯基的后面。"过来吧，皮伯斯！"他对皮伯斯说，"虽然我并没有完全理解，但感觉他们说的是正确的。他们的确是向着昨晚太阳落下的方向前进，那一定是西方无疑。"

虽然他的理论并不可靠，皮伯斯并没被完全说服，可他还是跟在思罗克后面了。

四个男人又累又饿，沿着林中小路向西走了几个小时，什么野味也没发现。他们几乎没有受过什么丛林生活技能的训练，一路跌跌撞撞。他们随时有可能落入凶狠的食人族或者野兽的手中，但是这些文明人完全没有意识到，或许最危险的敌人正在不知不觉地靠近。

他们当天下午穿过一小片空地时，便发生了类似的事情。一支箭呼啸着从布卢布的头上飞过，差一点射中他。他们只好战战兢兢地停下来休息。犹太人吓得尖叫一声便滚在地上，克拉斯基立马把步枪架在肩膀上开火。

"那边！"他喊道，"藏在灌木后面。"这时，从另一个方向又突然射来一支箭，刚好飞过他的小臂。皮伯斯和思罗克略显肥胖而笨拙，虽不似俄罗斯人一般行动敏捷，但他们一样毫不恐惧。

"趴下！"克拉斯基一边说一边自己先趴下，"趴下，让箭自个儿飞过去。"

他们三个刚卧倒在茂密的草丛中，十多个矮小的猎人就出现在空地上，十多支齐发的箭呼啸着从他们身上飞过。不远处还有一双灰色的眼睛盯着灌木丛。

布卢布俯卧在地上，脸埋在双臂中间，他那没用的步枪只能躺在主人的边上。然而，克拉斯基、皮伯斯和思罗克却在为他们的生命而战，子弹不停地射向叫嚣的侏儒。

克拉斯基和皮伯斯各打倒一个当地人后，敌人便躲入附近的灌木丛中。战争暂时停止，一种可怕的安静笼罩在周围。森林中一个巨人的声音突然间打破了平静。

"我不发出命令你们就不要再开枪，"一个英语的声音说，"我会救你们。"

布卢布抬起头来，"快来呀，快来呀！"他喊道，"我们不会再开枪，救命！救命！我给你五英镑！"

刚才传来声音的树上发出一声低沉的长口哨，然后便是片刻安静。

侏儒们一时对树上发出的口哨有些惊疑，发现停止射箭后没有再发生什么恐怖的事情，便又跳出灌木丛开始向躲在草里的四个白人射击。一霎时，一个身材巨大的白人从一棵古树上跳了下来，一头黑鬃毛的大狮子也从下面厚厚的草丛中跳出来。

"天哪！"布卢布惊叫一声又重新把头埋在双臂中。

侏儒们胆怯地愣了一会儿，他们的头人立马叫道："啊，泰山！"一转头便消失在丛林中。

"没错！我是泰山，人猿泰山！"格雷斯托克勋爵大声说，"人猿泰山和他的金毛狮子！"但泰山用的是侏儒族的语言，白人完全听不懂。然后他便转向他们，说，"起来吧，黑人已经走了。"

四个白人慢慢站了起来。"你们是什么人？来这里做什么？"泰山问道，"其实我不需要问，你们就是给我下药的人，又留下孤独无助的我。你们活该成为狮子的美食，野人的猎物。"

布卢布差点一个趔趄摔倒，搓搓肥胖的双手，谄媚地向泰山笑笑，说："你好，你好！泰山先生！我们并不认识你。如果我们知道你是人猿泰山，就永远不会做那些事。求求你救救我们，十英镑，二十英镑，多少都行，你出个价吧。你救救我吧，要啥都行。"

泰山懒得看犹太人，转向其他几个人说："我来找你们中的一个叫做芦夫尼的黑人，他杀死了我的妻子。"

"我们对此毫不知情，"克拉斯基回答，"芦夫尼背叛了我们抛弃了我们。你的妻子和另一个白人女人虽然当时在我们的帐篷里，但谁也不知道后来发生了什么。她俩在我们后面，我们当时正为了保卫营地而与当地阿拉伯人的奴隶战斗，你的瓦兹瑞勇士们当时也在现场。等到敌人撤退后，我们才发现两个女人都不见了。我们真不知道究竟发生了什么事，我们也正在寻找她们。"

"我的瓦兹瑞人已告诉了我一切，但是你们之后再见过芦夫尼吗？"泰山问。

"没有。"克拉斯基回答。

"你们来这里做什么？"泰山问。

"我们跟随布卢布先生来进行科学考察，"俄罗斯人回答，"我们遇到了麻烦，土著兵头领和脚夫背叛了我们，现在完全孤独无助。"

"正是，正是，"布卢布叫道，"救救我们，救救我们！但是让狮子离远点，我害怕。"

"除非我让它去咬你，狮子是不会伤害你的。"泰山回答。

"那么千万不要让它伤害我们。"布卢布大声说。

"你们现在要去哪里？"泰山问。

"我们现在要去海岸边，然后再从那里回到伦敦。"克拉斯基回答。

"那就跟我走吧，"泰山说，"或许我可以帮助你们。虽然你们不值得帮助，但我不忍心看见白人死在丛林中。"

他们跟着泰山一路向西。那天晚上在一条小河边扎营，四个白人还是不习惯与狮子离得太近，布卢布尤其不能掩饰自己的恐惧。

他们吃过泰山提供的晚餐后蹲在篝火边，克拉斯基建议搭个窝棚抵御野兽。

"不需要，"泰山回答，"杰达·保·贾可以保护你们，它睡在人猿泰山的旁边。如果有什么动静，即使一个人听不见，我们中的其他人也会听见。"

布卢布叹口气，说道："我的上帝呀，我一晚上付十英镑。"

"你今天晚上可以少付点。有我和杰达·保·贾在这里，什么事也不会发生。"

"好，那就晚安吧！"犹太人说完后把自己挪到离火堆有几步远的地方，蜷缩起来不一会儿就睡着了。思罗克和皮伯斯接着睡下，最后是克拉斯基。

俄罗斯人躺在地上半睁着眼睛假寐，他看见人猿从火堆边站起来，向旁边的一棵树走去。这时有什么东西从他的腰布里掉了出来，原来是一个兽皮缝的小袋子，里面的东西鼓鼓囊囊。

克拉斯基这时彻底清醒过来，看见人猿在杰达·保·贾的陪伴下走了几步，然后便躺下睡去。

狮子蜷缩在人猿的身边，不一会儿，克拉斯基便确信他俩都睡着了。他慢慢地爬向火堆边掉下的小袋子，他每次动一下便停

复仇之路 | 191

一下，观察一下睡在他面前两个凶猛的兽类，他们都睡得很熟。最后终于能够得着袋子时，他悄悄地把袋子拉向自己，快速装进衬衣里面，然后他便小心仔细地爬回自己在火堆另一边的位置。回去后，他把一只胳膊枕在头下，仿佛完全熟睡的样子，小心地用左手手指摸着袋子里面的东西。

"摸起来有些像鹅卵石，"他自言自语道，"应该就是。这些鹅卵石是英国贵族野人的野蛮装饰物，让他坐在上议院的位置似乎不大可能。"

克拉斯基无声无息地打开口袋上的结，然后又非常缓慢地把里面的一部分东西倒在自己手掌中。

"我的上帝呀！"他差点大叫起来，"钻石！"

他贪婪地倒出所有的钻石，沾沾自喜地注视着它们。这些都是属头一流光泽最亮的石头啊！净重足有五镑的白钻石！这是多么巨大的一笔财富！俄罗斯人盯着它们看得都有些眩晕。

"我的上帝呀！"他重复着，"我手中攥着的竟然是堪比克罗伊斯的财富！"（克罗伊斯，里底亚最后一代国王，以财富甚多闻名。约公元前560年继承其父王位，完成征服爱奥尼亚大陆的大业。译者著）

他很快便把钻石收起来重新装进袋子，同时一直留神观察着泰山和杰达·保·贾的动向，还好他们都没什么反应。他快速地绑好袋口后轻轻装入自己的衬衣里面。

"明天——"他自言自语，"明天，我要对上帝说，不过今天晚上我就真想试试啊。"

第二天上午时，泰山和四个白人到达一个规模较大的村庄，整个村子用围栏围起来。泰山受到了热情的接待，而且是帝王般的礼遇。

既然是泰山带来的客人，四个白人也受到黑人头领和勇士们的尊敬。

泰山行过礼后便向四名白人挥手告别，又对黑人头领说："他们是我的朋友，希望能够安全到达西海岸。请派几个勇士陪伴他们的旅程，保证他们的安全和食物供应。人猿泰山请求给予帮助！"

"人猿泰山，伟大的首领，丛林的主人，有事尽管吩咐！"黑人回答。

"非常好！"泰山高兴地回答，"给他们足够的食物，好好对待他们。我还有别的事情，不能久待了。"

"他们的肚子一定不会受饿，他们会平安到达海岸。"首领回答。

泰山连一个告别的词都没有说，甚至完全没有意识到他们的存在。他很快就从四个欧洲人的视野中消失，身后跟着金毛狮子杰达·保·贾。

Chapter 19

刺枪下的死亡

克拉斯基一夜未眠，他和布卢布共同住在一间首领分配的屋子里。他完全没法控制自己，意识到泰山迟早有一天会发现丢了钻石，他一定会回来找到自己友善对待的四个白人并要求给个说法。清晨的第一缕曙光从东方的地平线上升起时，克拉斯基从他的干草铺上站起来，蹑手蹑脚地进入村子里的街道。

"上帝呀！"他轻声咕哝一句，"我能够单独到达海岸的机会恐怕不及千分之一，但是这个——"他用手压压藏在衬衣里的钻石袋子，"这个，为此付出任何代价都值得！哪怕是搭上老命都不算为过，这可是抵得上一千个国王的财富啊！上帝呀，有了这个，无论是在纽约，在巴黎，还是在伦敦，还有什么做不成的事呢？"

他静静地溜出村庄，青葱翠绿的森林很快在他身后消失。俄罗斯人克拉斯基将永远从他的伙伴面前失踪。

布卢布是第一个发现克拉斯基不见的人，虽然他们俩互不喜欢,但还是因为皮伯斯和思罗克的友谊被拴在了一起。

"你今天早晨看见克拉斯基了吗?"他们仨人一起吃那盆味道不怎么样的早餐时,布卢布问皮伯斯。

"没有,他肯定还在睡觉。"皮伯斯回答。

"他不在屋子里。"布卢布回答,"我早上一醒来时就发现他不见了。"

"他能照顾好自己,"思罗克低声回答一句继续吃早餐,"你们或许会发现他与某个女人在一起了。"他为自己的俏皮话得意地笑笑,这是克拉斯基众所周知的缺点。

他们打算吃完饭向勇士们打听一下,看看能否得知首领打算让他们什么时间动身前往海岸,但是依然没见克拉斯基的影子出现。布卢布对这件事开始重视起来,不仅是担心克拉斯基的安全,更为他自己的命运担忧。在这个友好的村庄里,既然克拉斯基可能在安静的夜晚发生什么事情,那么他自己的身上发生类似的事情也极有可能。于是他便提出建议让另外两人思考,他们仨人一致希望能亲自听听首领对此事的解释。

一会儿是手势,一会儿是蹩脚的英语,一会儿是当地土语,一会儿是一两个三人都能理解的什么词语,他们通过各种方式向首领传达了克拉斯基消失的信息,而且表达了他们希望讨个说法的愿望。

当然,首领也像他们一样困惑,立即对整个村庄进行了彻底搜查,结果是克拉斯基根本就不在他们的围栏里面,不久之后发现的脚印证明他已从村门出去进入丛林了。

"上帝哟,"布卢布叫道,"他竟然出去了,而且是独自一人,深更半夜哪!他一定是疯了。"

"上帝!"思罗克大声说,"他究竟想做什么?"

刺枪下的死亡 | 195

"你们俩有没有丢什么东西？"皮伯斯问他们，"他也许偷了什么。"

"哎，我们能有什么东西可偷呢？"布卢布说，"我们的枪，我们的子弹，都在这里呢！他并没有带走。除了我那二十基尼的衣服，我们还能有什么值钱的东西？"

"但他究竟是为了什么？"皮伯斯还是不明白。

"他一定是在熟睡中梦游出去的。"思罗克说。对于克拉斯基的神秘失踪，他们三个似乎只能作出这样的解释。一小时后，在首领派出的勇士保护下，他们向着海岸方向出发。

克拉斯基肩上背着步枪，右手紧紧握着一支重型自动手枪，一刻不停地沿着丛林道路向前赶。他的两个耳朵一直紧张地捕捉着任何一丝最细微的动静，担心后面有追兵，同时也害怕道路两边潜伏的其他危险。一个人穿梭在原始森林中，他经历着梦魇一般的恐惧。相比到达海边所经历的无数痛苦折磨，他每行走一英里，便感觉到钻石的价值变得越来越小。

一次，悬在小路上方的树枝中有条蛇荡来荡去，挡住了他的去路，但克拉斯基却不敢开枪，生怕后面可能有追兵发现了他的位置。最后，他只好从小路两旁的矮树丛绕道穿过。等他越过蛇再次回到小路时，衣服已被挂得破烂不堪，身上也多处被刮伤。在他强行通过荆棘丛时，他还被割破多道口子，流血不止，累得气喘吁吁，满身是汗。最让他受不了的是衣服中爬满蚂蚁，不停地到处叮着，这种痛苦简直让他发疯。

等他再次回到空地上时，他扯掉身上所有的衣服，打算彻底清除可恶的蚂蚁。

衣服上的蚂蚁铺天盖地，他都没有勇气除掉。这种具有掠夺性的虫子数量迅速增加,好像要再次将他包围,要把他生吞活剥一般。面对如此强大的敌人,他只能紧紧抓住钻石袋和他的武器弹药。

克拉斯基一边挥舞着捡来的树枝驱赶成群结队的蚂蚁,一边像刚出生时一样完全赤裸着在小路上狂奔。一小时后,他累得摔倒在地上,躺在森林里潮湿的泥土中大口喘着粗气,才意识到自己打算一人到达海边的想法是多么疯狂和无望。对于一个文明人来说,没有什么比剥去衣服更能摧毁他的自信和勇气,这比他曾经在任何环境下遇到的困难都更加艰巨。

尽管丢失的衣服能给他的保护微乎其微,但还是要比失去武器弹药更让他感觉无助,因为我们在一定程度上还是要服从于环境和习惯。所以内心充满恐惧的克拉斯基注定要失败,他只能一个人胆怯地在丛林小路上跌跌撞撞地慢慢前行。

夜晚,又冷又饿的克拉斯基蜷缩在一个树杈上,出来寻找猎物的食人族在他周围黑暗的森林里不断地发出呼叫声、咳嗽声和咆哮声。吓得战战兢兢的他一会儿清醒地忧虑着,一会儿累得半迷糊,但绝不是休息,充其量只能算是梦魇,一声声恐怖的呼叫瞬间又将他带回现实。这个充满恐惧的夜晚变得如此漫长,仿佛黎明永远也不会到来。好不容易熬到天亮后,他继续蹒跚向西。自从三十个小时前离开他的伙伴后,克拉斯基没有用过任何水和食物,再加上恐惧和痛苦,使他基本处于一种半清醒半昏迷的状态,只能摇摇晃晃地继续向前,身体状况显然越来越弱。

中午就要来临。克拉斯基虽然坚持缓慢前行,但休息的次数越来越频繁。一次休息时他明显感觉到了不远处有人类的声音。他摇摇身子,试图集中自己分散的注意力。他又仔细地听了听,顷刻变得充满活力,站起来便出发。

的确没有错，他听到了不远处传来的声音，而且不像是当地人的声音，有些像欧洲人的声音。但他依然非常小心，充满警惕地慢慢向前。他在小路的拐弯处看到了一块空地，旁边混浊的小溪边还有树木。河边有个茅草顶的房子，边上有粗糙的栅栏，再远处还有荆棘围栏保护。

声音正是从房子的方向传来。现在他清楚地听到了一个女人抗议的声音，答复的是一个低沉的生气的男人声音。

克拉斯基疑惑而恐惧地瞪大了眼睛，他听到的男人的声音是死去的埃斯特班的，而女人的声音则是失踪的弗洛拉的，因为失踪时间太长，他以为弗洛拉也死了。但是克拉斯基并不相信超自然的东西，失去身体的灵魂不需要房子，也不需要栅栏和围篱。这两个声音的主人应该是活人，像他一样实实在在的大活人。

他开始向着房子挪动，不觉沉浸在很快又可以与同类为伍的喜悦中，几乎忘记了对埃斯特班的憎恨和嫉妒。他在丛林的边缘还没走几步，耳边又传来了女人的声音，他突然间意识到了自己的赤身裸体。他看看自己，停下来想了想，不一会儿便找了些宽叶子的森林长草，为自己编了一个粗糙但可以穿的裙子，又用一根同样的材料编了带子系在腰上。这下他又重新有了勇气继续向小房子走去。由于担心他们不能立刻认出自己，把他当作敌人来攻击，他在栅栏边上叫了一声埃斯特班的名字。西班牙人很快就从房子里走出来，后面跟着姑娘。如果克拉斯基不是听到他的声音并凭此认出对方的话，他一定会以为站在面前的是人猿泰山，两人实在太相似了。

他们俩人盯着面前的陌生鬼魂看了一小会儿。

"你们不认识我吗？"克拉斯基问，"我是克拉斯基，卡尔·克拉斯基。弗洛拉，你认识我的。"

"克拉斯基！"弗洛拉大声喊着向他跳过去，但是埃斯特班拉住了她的手腕。

"你在这里做什么？克拉斯基？"埃斯特班阴阳怪气地问。

"我正打算到海岸去。"俄罗斯人回答，"我都快要死了，又饿又没有衣服。"

"去海岸的路在那边呢。"西班牙人说着指了指向西的路，"继续上路吧！克拉斯基，待在这里对你不合适。"

"你的意思是不给一点水和食物就要把我赶走？"俄罗斯人问道。

"那里有水呀！"埃斯特班指着河流说，"对于有勇气和智慧的人类来说，丛林中到处都是食物。"

"你不能把他打发走，"姑娘喊道，"我从没想过你会如此冷血。"说完，她便转向俄罗斯人。

"克拉斯基，"她说道，"你不能走。救救我，从这个畜牲手里救出我！"

"你让开点。"克拉斯基大声说，姑娘在请求能从埃斯特班的手中获得自由时，俄罗斯人便端起他的自动手枪，径直射向西班牙人。子弹没有打中目标，却卡在枪后膛。克拉斯基再次去扣扳机，却发现武器完全没有用。他骂了一声便把手枪放下。说时迟那时快，就在他抬起步枪打算射击的瞬间，埃斯特班右手一挥扔出了他短而重的刺枪，他现在使用刺枪已非常熟练。克拉斯基还没来得及扳动步枪扳机，带刺的长杆便插入他的胸膛并直抵心脏。克拉斯基没来得及发出一点声音，便倒在了他的敌人和对手面前。姑娘爱他们，但俩人都自私而野蛮，她倒在地上失声痛哭，心中充满绝望。

看见俄罗斯人已死，埃斯特班上前从克拉斯基的尸体上拔出他的刺枪，同时解下了他的武器和弹药。这时他发现了系在克拉斯基腰间草绳上的小皮袋子，草绳是他刚刚用来固定粗制的裙子的。

西班牙人摸摸袋子，想弄明白里面装的究竟是什么东西，得出的结论那是他的子弹。他把死者的武器拿入房子，同时把蹲在角落里哭泣的姑娘也带进了房中，并没有仔细检查那包东西。

"可怜的克拉斯基，可怜的克拉斯基，"她伤心地低声说，同时对她面前的人说，"你这个畜牲！"

"没错！"他狂笑着大声说，"我是畜牲！我是人猿泰山！但这个肮脏的俄罗斯人竟敢叫我埃斯特班！我是泰山！我是人猿泰山！"他尖叫着重复自己的话，"谁敢叫我别的什么就只有死路一条，我会给他点颜色瞧，我会给他点颜色瞧！"他喃喃自语。姑娘睁大愤怒的眼睛看着他，不觉寒从心生。

"疯了！"她低声说，"疯子！上帝呀，让他独自一人在丛林中发疯吧！"正如许多活在自己扮演的角色的艺术家一样，埃斯特班的确发疯了。他扮演泰山的时间太长了，他已的确能够把这个高贵的灵魂演绎得惟妙惟肖，他甚至把自己当成了真正的泰山，他的外表甚至骗过了人猿最好的朋友。但是另一方面，在这个上帝般完美的面孔下却有一颗肮脏的心灵，藏着一个懦弱的灵魂。

"他会偷走泰山的妻子，"埃斯特班小声嘟囔，"泰山，丛林之王，你看见我如何只用一条棍子杀死他了吗？当你爱着伟大的泰山的同时，你也可以爱着其他软弱的人。"

"我讨厌你！"姑娘说，"你就是个畜牲，你甚至连个畜牲也不如！"

"不管怎么说，你总归是我的，"西班牙人说，"你永远也不可能属于别人，因为我有可能杀了你。不过，我们还是先看看俄罗斯人的小袋子里到底装的是什么,有些像子弹,可以杀死一个团。"他解开绑着口袋的绳子,把里面的东西倒出一些来,亮晶晶的石头在地板上闪闪滚动,他们张大了惊奇的眼睛,姑娘简直不能相信这是真的。

"圣母玛利亚,是钻石啊!"西班牙人大声说。

"好几百颗呢,"姑娘自语,"他从哪里弄到的这些东西呀。"

"我不知道,也不想知道。"埃斯特班说,"它们现在是我的,它们现在全都是我的!我有钱了,弗洛拉!我有钱了,如果你是一个好姑娘,你就可以与我一起共享财富!"

弗洛拉闭上眼睛,醒来时怀中依然是那个一直控制着她的贪婪的畜牲,而且现在依然完全控制着她,她痛恨这个西班牙人。可惜他并不知道这些,但正是拥有了这些光芒四射的石头,让女人下决心除掉他。女人的心中已经酝酿了好久,打算趁着西班牙人熟睡时杀了他。但她一直害怕独自一人留在森林中,不过拥有巨额财富的欲望还是让她彻底克服了恐惧。

泰山沿着西海岸小厮的足迹和死去的阿拉伯人的奴隶的逃亡路线在丛林中前进,仔细询问遇到的每一个人以便找到芦夫尼的下落。每一个黑人都对他忠心耿耿,但等他离开后又充满恐惧。每一个人都告诉他相同的故事,自从发生战争和火灾的那个晚上以后,谁也没有看见过芦夫尼。每个人都认为他或许是混在别的队伍中逃跑了。

在过去的几天中,人猿的心中满是悲伤,一心想着找到敌人,对丢失钻石的事情全然不知。事实上,他大部分时间几乎忘记了钻石的存在,偶尔有些稀奇古怪的思想会让他想起钻石,于是他才突然意识到钻石已经没有了,但实在回忆不起来究竟是什么时间什么地点丢掉的。

"这些流氓欧洲人,"他对杰达·保·贾说,"一定是他们偷走了。"一想起那几个他所救过的忘恩负义的狼心狗肺的欧洲人,他头上的红色伤疤就会变得鲜红。

"走吧!"他对杰达·保·贾说,"我们一边寻找芦夫尼,一边寻找那几个坏蛋。"

有一天皮伯斯、思罗克和布卢布向着海边走了一小段路程后午休时,远远看见人猿迈着高贵的步子向他们走来,旁边跟着他的黑鬃毛狮子。

泰山对他们热情洋溢的问候完全置之不理,径直抱着双臂一言不发地站在他们面前。他冷酷而挑衅的表情吓得懦弱的布卢布心里直打哆嗦,另外两个貌似坚定的英国拳击手也吓得脸色煞白。

"怎么回事?"他们齐声问,"哪儿出了问题?发生了什么事儿?"

"我来讨回你们偷走的我的石头袋子。"泰山简单地说。

三人不解地互相看看。

"我不明白你说的是什么,泰山先生,"布卢布搓着双手低声说,"我想一定是误会,除非……"他偷偷看了一眼皮伯斯和思罗克,眼神中带着一点神秘也有一丝怀疑。

"我不知道关于石头袋子的任何事情,"皮伯斯回答,"但是我想说永远不能不相信犹太人。"

"我对你们谁也不相信,"泰山回答,"我给你们五秒钟交出那袋石头。如果不能在规定的时间拿来,我就要搜身。"

"好呀!"布卢布说,"搜我,搜我,怎么搜都可以。为什么呢?泰山先生,因为我不会无缘无故从你身边拿走任何东西。"

"一定是有什么误会,"思罗克说,"我没有从你那里拿走任何东西，我相信他们俩也不会。"

"还有一个呢？"泰山问。

"哦，克拉斯基？他在你带我们去村子的当天晚上就消失了，我从此再也没见他。对了，我明白了，我们当初弄不明白他为什么离开，现在事实已像长在我脸上的鼻子，非常明白。是他偷走了那袋石头，一定是他干的。自从他离开后我们一直弄不明白他偷走了什么，现在终于真相大白。"

"没错！"皮伯斯说，"一定是这样，我们清楚了！"

"我们确实弄明白事实真相了，明白了。"布卢布附和道。

"不管怎么样，我还是要搜身的。"泰山说。当地土著头人来了后，泰山说明了他的想法，三个白人很快被剥去衣服搜身。就连最细小的物件也被全部进行了搜索，但是依然没有发现钻石袋子的影子。

泰山一言不发掉头进入丛林。不一会儿三个欧洲人和黑人便看见茂密的森林吞没了人猿和他的金毛狮子。

"上帝保佑克拉斯基！"皮伯斯说。

"你们觉得他要一袋子石头能干吗？"思罗克问，"我说啊，他一定是发疯了。"

"彻底发疯了，"布卢布分析，"克拉斯基只会偷非洲的一种石头，而且还会让他独自一人进入丛林，那就是钻石。"

皮伯斯和思罗克吃惊得瞪大了眼睛，"这个该死的俄罗斯人，"皮伯斯大叫，"他竟然欺骗了我们，这就是他干的好事！"

"他说过不会饶了我们的命，"皮伯斯说，"如果人猿从我们身边找到克拉斯基和钻石，我们都得受牵连。你不可能让他相信，我们在这事上没帮忙。克拉斯基也绝不会做任何事让我们脱身。"

"我希望他能抓住这个骗子。"皮伯斯急切地说。

他们的谈论停止了几分钟,因为泰山又重新回到营地,但他完全无视白人的存在,而是径直走向头人,对他说了几分钟话后又掉头进入丛林。

得益于头人告诉的信息,泰山这次没有进入丛林而是向着他把四个白人托付给首领的地方,也就是克拉斯基最后消失的地方离去。他移动得非常快,把杰达·保·贾远远甩在后面。他基本上是沿着树梢的直线前进,下面也没有小灌木妨碍他前进,所以他很快就越过了这段距离。

他在村子大门口找到了克拉斯基的足迹,虽然已经几乎完全被蹭掉,但凭着人猿敏锐的洞察力,依然清晰可见。克拉斯基一直走在一条向西的小路上,人猿跟踪而去。

太阳快要落在西边的树梢上时,泰山来到了小河边的一块空地上,河边有一座粗糙的房子,周围有木篱笆还有荆棘围栏。

人猿停下来仔细听听,然后又用他敏感的鼻子闻闻,最后他轻手轻脚地走向了房子。木篱外的草地上躺着一具白人的尸体,人猿看了一眼立马就知道这正是自己要追逐的家伙。他意识到搜索尸体纯属无用,经验告诉他钻石袋子应该在杀死俄罗斯人的凶手身上。他草草搜了一遍,果真没发现钻石,说明他的判断正确。

房子内和木栏外的脚印说明这里不久前还有一个男人和一个女人。男人的脚印与杀死大猩猩和鹿的脚印一致,人猿记得非常清楚。但那个女人会是谁呢?她的脚印显示她又伤又累,没有穿鞋,而是绑着绷带。

泰山继续跟踪这对男女的脚印,他们已离开房子进入森林。

一段路程后,女人明显开始远远落在后面,因为她的脚越来越跛,她的速度越来越慢。泰山可以看出,男人并没有等着她,但应该在她前面不是很远的地方。

的确如此，埃斯特班远远走在弗洛拉的前面，她的脚因磨伤而流血，几乎举步维艰。

"快点跟上我，"西班牙人生气地叫着，"难道你想让我在丛林中守着这么一大笔财富等别人来追回去吗？不！我要尽快去海边。如果你能跟上我，那么很好；如果不能，那你就自己慢慢走着。"

"但你不能抛弃我。埃斯特班，你不能没有一点人性，毕竟是你强迫我为你做的。"

西班牙人冷笑一声，"你对我来说已经不过是一只破手套，有了它，"他举着钻石袋子，"我可以在世界的各个首都买到最好的手套，全新的手套。"他为自己的幽默得意地笑起来。

"埃斯特班，埃斯特班，"她喊道，"你回来，我实在走不动了。不要丢下我不管，求求你回来救救我。"他只是对她笑笑，在小路的一个转弯处彻底从她的视野中消失，她精疲力竭地坐在地上。

刺枪下的死亡 | 205

Chapter 20

死神归来

那天晚上,埃斯特班一个人在丛林小路边扎营。小路蜿蜒穿过一条干枯的河床,旁边有一条小河在汨汨流淌,西班牙人喜欢水。

他痴迷地以为自己就是人猿泰山,这种固执的信念使他充满勇气,敢于单独一人在没有任何人类保护措施的野外单独扎营。不过命运在这方面也算青睐于他,并没有让猛兽发现他的大胆妄为。与弗洛拉在一起时,他会为她搭个棚子。但现在,他已将她抛弃,重新变成单独一个人,他所扮演的角色认为夜晚建个荆棘围栏保护自己实在太女人气。

不过,他还是给自己生了一堆篝火,打了个猎物。他不允许自己处在吃生肉的野蛮状态。

埃斯特班享受完美味的肉类后,又在小溪中喝饱水,回来蹲在火堆边。他从腰布下面拿出钻石解开,在他的掌心中倒出一把珍贵的钻石。西班牙人把闪闪发光的石头从一只手倒入另一只手,那光似一道晶莹的光溪在黑暗的丛林中摇曳。在这魔幻般的光影中，埃斯特班看到了美妙的未来：权力、奢侈、享受、美女，以及所有可以用金钱为男人买来的一切。他半闭着眼睛梦见了曾经寻遍世界孜孜追求的美丽女人——他至今尚未找到的梦中美女，埃斯特班幻想着自己就是她最合适的伴侣。虽然黑色的睫毛遮住了他眯着的眼睛，但西班牙人突然在忽明忽暗的篝火中看到了现实版的梦中偶像——一个女人的模糊形象。刚刚萦绕在他梦中的女人正穿着半透明的白色长袍出现在篝火映照的古河道边上。

奇怪的是这种形象挥之不去。埃斯特班紧紧闭上眼睛，然后再一点点睁开，美丽的形象依旧在那里，与之前一模一样。他又用力睁大眼睛，穿着白色长袍的女人还是站在那里。

埃斯特班的脸瞬间变得惨白。"圣母！"他叫道，"是弗洛拉，死了的她！回来找我索命了。"

他盯着幻影慢慢站起来，突然间她用柔美的声音开口说话。

"我的心上人，"她说，"真的是你啊！"

埃斯特班马上意识到这不是一个虚幻的灵魂，也不是弗洛拉。但究竟是谁呢？这个美丽的女人是谁？怎么会独自一人在非洲的荒野？她正放下戒备，缓缓向他走来。埃斯特班把钻石放进口袋并藏在他的皮衣里。

女人向他伸出双臂。"我的爱人，我的爱人，"她喊道，"不要说你不认识我。"她已走得非常近，西班牙人可以清晰看到她波澜起伏的胸脯，还有她那因为爱和激情而颤抖的双唇。一股热浪瞬间流遍他的全身，他冲向前伸出双手迎接她。

泰山沿着那对男女的脚印在丛林中轻松前进，他意识到没必要急匆匆去抓住这两个人。因此当他看到路中央缩成一团的女人时并没觉得有多奇怪，他在她的旁边跪下，把一只手放在她肩膀上，故意尖叫一声引起她的注意。

"上帝！"她大声说，"这下完蛋了！"

"你没有危险，我不会伤害你。"人猿泰山说。

她抬起眼睛望着他，以为是埃斯特班。"你回来救我了，埃斯特班？"她问道。

"埃斯特班？"他大声说，"我不是埃斯特班，这不是我的名字。"这时她才认出了他。

"格雷斯托克勋爵，真的是你吗？"她大声问。

"是的，"他回答，"你又是什么人？"

"我是弗洛拉，我是格雷斯托克夫人的女仆。"

"我记得你，"他说，"你来这里做什么？"

"我不敢告诉你，"她回答，"我怕你生气。"

"告诉我！"他命令道，"弗洛拉，你应该知道，我不会伤害女人。"

"我们来欧帕的山洞盗取金子，"她回答，"这个你知道的。"

"我一点也不知道，"他回答，"你是同那几个给我下药又把我丢在营地的欧洲人一起来的？"

"是的，"她回答，"本来我们已拿到了金子，但你又与你的瓦兹瑞人一起从我们手中抢走了金子。"

"我没有与瓦兹瑞人一起去，也没从你们手中拿走任何东西。"泰山回答，"我不明白你在说些什么。"

她惊诧地扬扬眉毛，因为她知道人猿泰山从不说谎。

"我们现在四分五裂，"她说，"我们的人互不相让。埃斯特班从别人手中偷走了我，克拉斯基后来找到了我们。他是俄罗斯人，来时带着一袋钻石。埃斯特班杀了他后拿走了钻石。"

这下轮到泰山大吃一惊。

"这么说与你在一起的人叫埃斯特班?"他问。

"是的,"她说,"但他现在抛弃了我。我受伤的脚已经走不动,他把我留在这里等死,自己带着钻石跑了。"

"我们会找到他,"人猿回答,"出发!"

"但我走不动。"姑娘回答。

"小问题。"他说着蹲下来把她扛在自己的肩膀上。

人猿扛着姑娘在丛林小路上轻松地前进。"离水源不远了,"泰山说,"你现在需要水,可以帮你恢复力气,或许我一会儿还能给你找到食物。"

"你为什么对我这么好呢?"姑娘问。

"你是女人啊!不管你过去做了什么,我也不能把你一个人留在丛林中等死。"人猿回答。弗洛拉一路上哭哭啼啼请求人猿原谅自己所犯的错误。

天快黑时,他们依然在安静的丛林小路上前进。这时,泰山看到了远处的火光。

"我们很快就会找到你的朋友,"他小声说,"不过不要出声。"

一会儿,他敏锐的耳朵便听到了他们的声音。他停下来把姑娘放在地上。

"如果你跟不上我,"他说,"那你就在这里等着。我不能让他逃跑,我会回来找你的。如果你能跟上就慢慢走吧。"他说完就轻轻地离开弗洛拉,独自一人朝着发出光亮和声音的地方出发。他听见弗洛拉在后面跟着,她不堪忍受一个人再次被丢弃在黑暗的丛林中。与此同时,泰山在他右边几步远的地方听到了狮子低吼,"杰达·保·贾!"他低声打了个口哨,"过来!"金毛狮子便一跃跳到了他的旁边。弗洛拉吓得尖叫一声,跳到旁边紧紧抓住泰山

死神归来 | **209**

的胳膊。

"安静！"他小声说，"杰达·保·贾不会伤害你。"

不一会儿，他们三个便来到了古河床边，可以透过高高的草丛看到下面的营地。令泰山惊诧的是，他竟然看到火堆边站着一个与自己极为相似的人！还有一个穿着飘逸的白色长裙的女人伸出了双手，他听到了她说的温软情话。微风给他鼻子带来的气味，再加上女人的语调，一种复杂的感情突然涌上他的心头，有幸福，有绝望，有愤怒，有爱情，有憎恨。

他看到男人也张开双臂向前跑去，想把女人抱在怀里。他突然间拨开草丛，走到路堤的边缘，震撼丛林的声音只有一个词。

"简！"他大叫一声。男人和女人立马停下来转身看着来人，篝火模糊地勾勒出他的身形。男人一看见他就像远离河道的森林方向跑去，泰山跳下去奔向女人。

"简！"他大声喊着，"真的是你，真的是你啊！"

女人看起来有些迷惑，她先望着自己将要拥抱但已逃跑的男人，然后转头望着泰山。她抬起手揉揉眼睛，再次望着埃斯特班，但是已没有埃斯特班的影子。她慢慢地向人猿走过去。

"我的上帝呀，"她叫道，"这是怎么回事呢？你是什么人？如果你是泰山，那么他是谁？"

"简，我是泰山！"人猿回答。

她掉头看看，发现弗洛拉正向她走来。"是的，"她说，"你是泰山，你和弗洛拉一起逃入森林的时候，我看见了你。约翰，我实在弄不明白。就算你的头部受了伤，我也不能相信你会做出那样的事情来。"

"我？与弗洛拉一起逃入森林？"泰山大吃一惊。

"我看见了你。"简回答。

人猿向弗洛拉求助："我不明白这是怎么回事。"

"格雷斯托克夫人，跟我一起逃入森林的是埃斯特班，"姑娘回答，"刚才的人就是埃斯特班，他又想来欺骗你。现在这位才是格雷斯托克勋爵。另一个人是骗子，他刚刚把我一个人抛弃在丛林中，欲置我于死地。如果不是格雷斯托克勋爵赶来救命，估计我现在已经死了。"

格雷斯托克夫人慢慢地走向她的丈夫。"哦，约翰，"她说，"我就知道不会是你。我的心这样对我说，眼睛却欺骗了我。快点！"她大喊道，"一定要把骗子抓住！加油，约翰，不能让他跑了。"

"随他去吧，"人猿回答，"虽然我想抓住他，虽然我想找回他偷走的我的东西，但我不能再次把你一个人孤独地留在丛林中。即使为了抓住他也不行，简。"

"杰达·保·贾！"她大声说，"它可以吧？"

"嗯，"人猿大声回答，"我怎么忘了呢。"他转向狮子指着西班牙人逃走的方向，大声说，"拿下他！杰达·保·贾！"金毛狮子一跃便朝着猎物方向冲过去。

"狮子会杀了他？"弗洛拉颤抖着问，但内心深处却为西班牙人即将遭受的命运感到快慰。

"不，狮子不会杀了他，"人猿泰山说，"狮子或许会咬伤他一些，但是只要有可能，还是会尽可能带回来一个活物。"他这时已对逃犯的命运不再关心，而是转向自己的妻子。

"简，"他说，"厄苏拉告诉我你去世了，他说他们在阿拉伯人的村子里看见了你烧焦的尸体并把你埋在了那里。究竟是怎么回事呢？你现在不仅活得好好的，而且毫发未伤。我正搜遍丛林寻找芦夫尼为你报仇，也许我没找到他更好。"

"你永远也不会找到他了，"简回答，"但我不明白厄苏拉为什

死神归来 | 211

么会说找到了我的尸体还埋了我。"

"他俘虏的一些囚犯告诉他,"泰山回答,"你被芦夫尼绑着手脚带去村子大门口附近的一间阿拉伯屋子,他在那里把你绑在了一根钉在地上的柱子上。大火烧毁村庄后,厄苏拉和瓦兹瑞勇士去找你,他们从一名囚犯身上得知了小屋的地址。他们在柱子边上发现了一具烧焦的人类遗骸,而且明显是原来被绑在柱子上的。"

"阿哈,"简大叫,"这下我明白了。芦夫尼的确是捆住了我的手脚而且把我绑在柱子上,但后来他回到小屋后给我松了绑。他企图袭击我,我不知道我们打斗了多少时间。我俩都打得太投入,谁也没有注意到村子里已经起火。我和他打斗的时候发现他的腰里有把刀子,于是我故意让他抓住我,就在他伸手抱我的时候,我抓住刀子,从刀套里拔出后直接刺入他后背的左肩下方,于是一切结束。芦夫尼倒在地上没再动弹。几乎与此同时,屋子后部和顶上燃起熊熊大火。

"我几乎全身赤裸,我俩打斗的时候他扯掉了我的所有衣服。屋子的墙上挂着这件白色斗篷,应该是某个死了的阿拉伯人的衣服。我一把抓来套在身上就向着阿拉伯人的街道跑出去。村子里那时一片火海,活着的当地人都从大门逃生。我右边的木篱笆当时还没有被大火侵蚀,从大门逃走意味着我有可能再次被敌人抓住,因此我便设法越过木篱笆,逃入没人看见的丛林。

"躲开一批又一批从村子里逃出的黑人非常困难。我每天大多数时间都把自己藏起来,只花一点时间寻找瓦兹瑞人。我躲在一个距离这里大概一英里的树杈上休息,当我看到属于人类的火光时,便出来寻找。我感到无比高兴的是竟然找到了我的泰山,当然只是自己的错觉。"

"这么说他们埋葬的应该是芦夫尼的尸体,不是你。"泰山回答。

"没错,"简回答,"刚才逃走的人应该就是我看见的与弗洛拉一起进入森林的人,而不是你,正如我的判断一样。"

弗洛拉抬起头:"与瓦兹瑞人一起从我们手中偷走金子的人应该也是埃斯特班,他愚弄了我们,也欺骗了瓦兹瑞人。"

"既然他可以骗得了我,当然可以骗得了任何人,"简说,"本来我应该很快就可以发现他是个骗子,但我却一点也没想到。这主要是因为篝火忽明忽暗,我的心中又充满着再次见到格雷斯托克勋爵的喜悦,我很快就相信了他,我的心里想要相信他。"

人猿用手指梳理着自己浓密的黑发,这正是他典型的思考状态:"我想不明白的是他怎么能在大白天骗得了厄苏拉。"

"我知道的,"简回答,"他说自己脑部遭遇创伤,因此丢失了部分记忆,许多不符合你的个性的地方便可得到合理的解释。"

"聪明的魔鬼。"泰山道。

"他的确是个魔鬼。"弗洛拉说。

大约一小时后,河畔的草丛中出现动静,杰达·保·贾静静地出现在他们面前。它的嘴巴中叼着一小块血迹斑斑的豹子皮,放在主人的脚边。

人猿捡起来看看,说道:"我相信杰达·保·贾已经咬死了他。"

"或许是他反抗了,"简说,"杰达·保·贾为了自卫只能杀了他。"

"你说杰达·保·贾吃了他?"弗洛拉问道,吓得躲开狮子。

"不会的,"泰山回答,"它没有那么多时间,我们明天一早去找找他的尸体,我想要找到我的钻石。"接着他便告诉了简获得巨额财富钻石的经过。

第二天一早他们便出发去寻找埃斯特班的尸体。小路穿过稠密的灌木和荆棘,一直通到河岸并延伸到溪水中,然后便消失。

死神归来 | 213

人猿搜遍了小河两岸方圆几英里的地盘，又查看了脚印消失的地方，但始终没有发现西班牙人的痕迹。小路上和河边的草丛中都有埃斯特班留下的血迹。

人猿最后回到两个女人的面前，说："这就是想要扮演泰山的人的下场。"

"你认为他已经死了？"简问道。

"对，没错，"人猿回答，"从血迹上可以看出来，杰达·保·贾想要抓住他，他在企图逃跑的过程中掉入河里，在有可能获救的范围内，我没有发现他爬上河岸的任何迹象，所以我估计他一定是被鳄鱼吃掉了。"

弗洛拉又打了个寒噤。"他的确是个邪恶的人，"她说，"但我希望即使是最恶毒的人也不要遭遇这样的命运。"

人猿耸耸肩，说道："他这是咎由自取。毫无疑问，这世界没有他会更加美好。"

"这都是我的错，"弗洛拉说，"是我的贪婪把他和别人领到了这里。我告诉了他们曾经听过的关于欧帕宝藏里的金子的故事，来到这里并偷走金子是我的主意，找一个可以冒充格雷斯托克勋爵的人也是我的主意。由于我的贪婪已经害死了好几个人，您——格雷斯托克勋爵和您的夫人也差点送了命，我不敢祈求得到大家的谅解。"

简抱了抱姑娘的肩膀。"自从创世以来，贪婪便是许多犯罪的缘起，"她说，"犯罪事件发生的时候才会表现出人性最丑陋的一面，受到的惩罚也是罪有应得。弗洛拉，你也是很好的例子。我可以原谅你，但我想你自己也应该获得教训。"

"你已为自己的愚蠢付出了沉重的代价，"人猿说，"你受到的惩罚也够了，我们带你去找你的朋友，他们正在一个友好部族的护送下前往海岸。他们不会走得太远，从我见到他们时的体力情况来看，他们的体力撑不住长途旅行。"

姑娘跪在人猿的面前，"让我如何感谢你们对我的好？"她说，"但我更愿意与您和格雷斯托克夫人一起留在非洲为你们工作，就让我的忠实来赎回我的罪过吧。"

泰山望着他的妻子征求意见，简表示同意姑娘的请求。

"那好吧，"人猿说，"你可以留下来与我们在一起，弗洛拉。"

"您不会后悔的，"姑娘说，"我会为你们工作到断了手指。"

他们仨人，再加上杰达·保·贾一起走上回家的路。三天后，领头的泰山停了下来，抬起头闻闻丛林中的空气。他笑着对他们说："我的瓦兹瑞人没有听话。我让他们回家去，他们却正朝着我们走来，离开家的方向。"

几分钟后，他们就看到了走在最前面的瓦兹瑞人，当他们发现男女主人一起回来，而且毫发未伤，黑人的心中充满巨大的喜悦。

"我们现在终于见到你们了。"泰山说。互相问候过后，无数的问题需要弄明白。"告诉我，你们从欧洲人的营地偷来的金子现在怎么样了？"

"我们藏起来了，主人，我们按照您吩咐的地点埋了。"厄苏拉回答。

"我没有与你们一起去，"泰山回答，"那是另一个人，一个坏蛋。他假装人猿泰山欺骗了格雷斯托克夫人，也欺骗了你们。他很聪明，怪不得你们都上当受骗。"

"这么说那位告诉我们因头部受伤而忘记瓦兹瑞语的人不是您？"厄苏拉问道。

"当然不是我，"泰山回答，"我的头部并没有受伤，我不会忘记我的孩子们的语言。"

"啊,"厄苏拉回答,"也就是说不是我们伟大的主人因胆小而逃离犀牛?"

泰山笑了:"那个假冒货害怕犀牛了?"

"是啊,"厄苏拉说,"他都怕死了。"

"我不会因此而责备他,"泰山回答,"但犀牛真的不好玩。"

"但我们伟大的主人不会害怕它。"厄苏拉自豪地说。

"虽然是另一个人藏的金子,但是你们挖的洞,带我去那里,厄苏拉。"

瓦兹瑞人为两个女人造了简单舒适的轿子。简认为他们觉得自己需要被抬着的想法有些可笑,她自己更多的时候走在轿子的旁边。弗洛拉因体力透支而身体太虚弱,无法自己走动,非常愿意让强壮的瓦兹瑞人抬着她在丛林中快速前进。

他们轻松愉快地朝着瓦兹瑞人为埃斯特班埋藏金子的地点前进。黑人因为找到了主人,一路表现得特别高兴,泰山和简则比较内敛,欢乐和轻松更多地藏在心里。

瓦兹瑞人一路上欢声笑语,又唱又笑,最后终于到了河边埋金子的地方。但当他们刚开始挖金子的时候,歌声便消失了,脸上的笑容也被困惑取而代之。

泰山看见他们沉默时,脸上浮出一丝笑容。

"厄苏拉,你们一定是埋得太深了。"他说。

黑人抓抓头皮。"不是的,主人,实际上没有这么深。"他说,"我也弄不明白,我们应该已经找到金子了。"

"你们确信地点没错?"泰山问。

"正是这里呀,"黑人肯定,"但金锭已不在这里。我们埋下后又有人挪走了。"

"又是西班牙人,"泰山说,"那个狡猾的家伙。"

"但他一个人不可能搬走全部金锭,"厄苏拉说,"有许多金块呢。"

"是啊,"泰山回答,"的确不可能是他一个人,但金子确实不在这里了。"

泰山和瓦兹瑞人一起仔细检查了埋藏金子的地点。但是欧瓦扎的丛林技术实在太老练,他已彻底清除了他和埃斯特班把金子从老地点运到新地点的所有蛛丝马迹,人猿如此灵敏的嗅觉也无法获取任何信息。

"已经不在这里,"人猿说,"但是我认为金子还不会离开非洲。"他向自己领地周围各个方向的友好部族派出信使,请各位首领密切监视通过他们地盘上的所有旅队,不许任何人携带金子出去。

"应该可以阻挡他们。"泰山派出信使后说。

那天晚上他们在回家方向的小路上搭建了营地,三个白人坐在篝火边,杰达·保·贾卧在人猿的后面。泰山仔细检查了杰达·保·贾在追逐西班牙人的时候带回来的小块豹子皮,他掉头望着妻子。

"简,你说得没错,"他说道,"欧帕的宝藏不属于我,我这次不仅失去了金子,还失去了代表巨大财富的钻石,而且还让我自己最大的宝贝去冒险,那就是你。"

"就让金子和钻石去它的吧,约翰,"简说,"我们拥有彼此,还有杰克。"

"这是一小块沾满鲜血的豹子皮,"他又说,"上面有一张血迹斑斑的神秘地图。"

杰达·保·贾吸吸鼻子,闻到了什么隐藏的东西,又伸出舌头舔舔自己的身子,是回忆起了过去还是预感到新的东西?究竟是怎么回事?

Chapter 21

逃亡与俘获

看到真正的泰山,埃斯特班立马掉头消失在茫茫的丛林中。

他的心口冰凉,掉头的瞬间一片恐惧。他的心中没有任何目标,完全不知道自己朝着哪个方向前进。他唯一的想法也是主宰他的想法便是尽可能远离人猿。他跌跌撞撞地向前走着,强行通过浓密的荆棘林时,身上划开了一道道口子,身后留下一条带血的小路。

正如前几次一样,河边伸出的荆棘枝再一次挂住了他珍贵的豹皮裙子,他总是走过去顽强地救下豹子皮,仿佛他的生命本身粘在了裙子上一样。但是这一次的荆棘似乎不允许囊中之物逃脱,就在他奋力撕开裙子掉头回眸的瞬间,他感觉到有一个魁梧的身体正穿越浓密的荆棘朝他冲过来。不一会儿,他便看到两道恐惧的光芒闪烁着黄绿色的小火苗。西班牙人发出一声绝望的吼叫,放弃被挂住的豹子裙,立马掉头扎入河中。

黑色的河水遮住他的身体时,杰达·保·贾来到了河边,水中

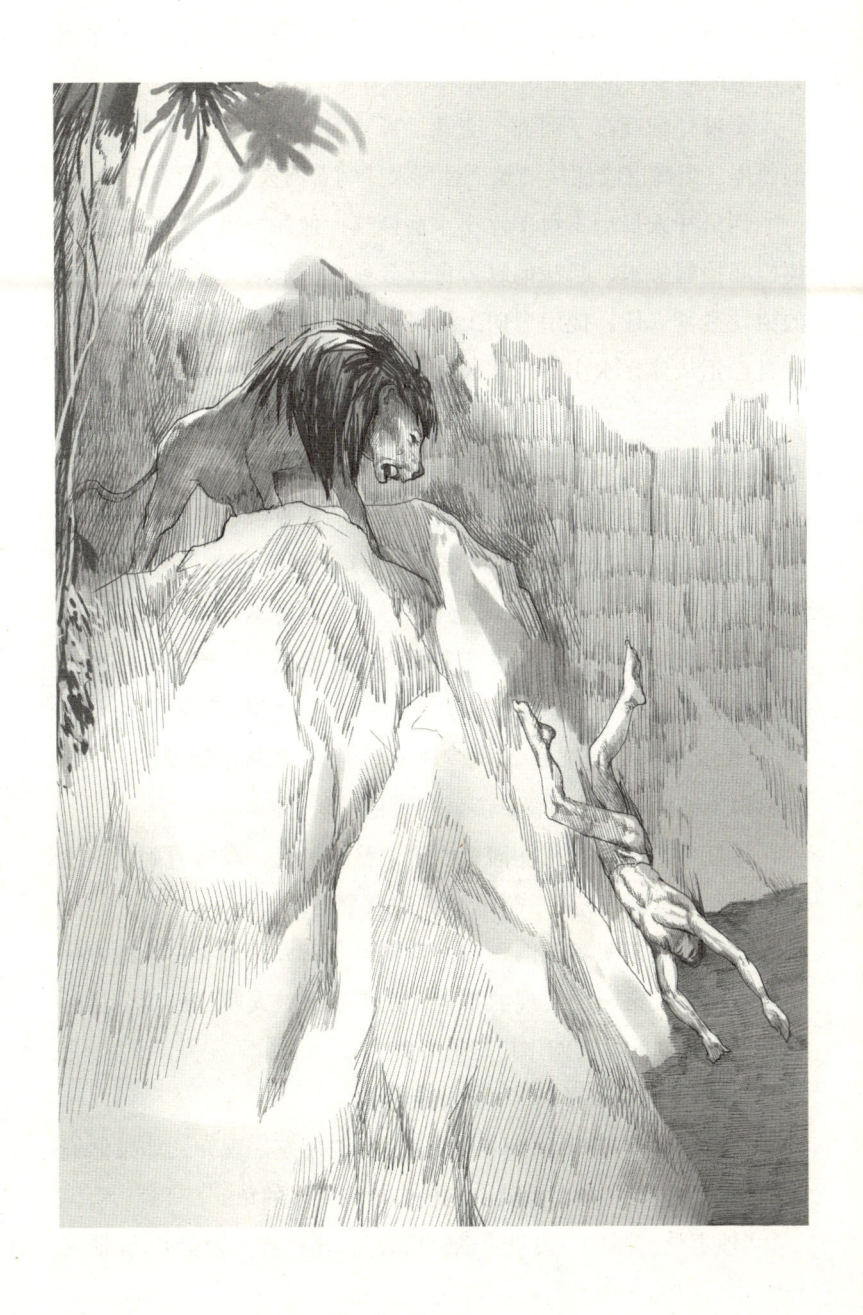

逃亡与俘获 | 219

扩大的涟漪表示着的它的猎物消失了。好在埃斯特班是个非常健壮的游泳能手,他潜在水下奋力游向对岸。

金狮仔细观察了河面一会儿,掉头闻闻西班牙人被迫留下来的兽皮,用嘴巴咬住从荆棘上扯下来,叼着回去放在主人的脚边。

西班牙人最后不得不浮出水面换气,他在一大堆纵横交错的树枝间抬起头来。起初他以为自己会死去,他的头被缠绕在一起的树枝紧紧卡住。他用力向上顶了一下,脑袋终于浮出水面,发现自己正从掉在水中的一棵大树下浮起来。经过一番努力,他想办法爬上树枝,并在大树干上找到一个树杈,这样他就可以相对安全地沿河飘流而下。

他意识到自己算是轻易逃脱了人猿的报复,如释重负地长出一口气。虽然失去兽皮有些可惜,因为里面藏着金库位置的地图,但是他保留了更大的财富。想到这一点,他喜不自胜地伸手摸摸绑在腰布上的钻石袋。虽然拥有这么值钱的钻石,他还是总会贪婪地想起瀑布边上的金块。

"欧瓦扎将得到那些金子,"他自语道,"我从来就没相信过这只黑狗。被他抛弃的时候,我就知道他满脑子的坏水。"

埃斯特班抱着树杈在河里漂流了整整一夜,没有看到任何生命的迹象,直到天亮后,才看到岸边有个当地的村庄。

这是食人族奥贝贝的村庄,看到一个高大的陌生白人抱着树干顺流而来,第一个发现的年轻女人不禁大喊大叫,最后全村的男女老少都列队在河两岸目送他经过。

"这是一尊奇怪的神。"有人喊道。

"他是河神!"巫医回答,"他是我的朋友。现在,如果你们每捕十条鱼送我一条,那就会有机会捕到更多的鱼。"

"他不是河神!"奥贝贝低声说,"你正在一天天变老,"他对巫医说,"你现在的药都没什么效果,还说什么奥贝贝最大的敌人是河神。我告诉你,那是人猿泰山,奥贝贝对他很了解。"事实上附近食人族的首领都认识泰山,害怕他,憎恨他,因为他已向食人族发动过多次战争。

"他是人猿泰山!"奥贝贝又重复了一遍,"他遇到了麻烦,或许这正是我们抓住他的好机会。"

他立马发出命令召集勇士,很快便有五十多个年轻健壮的黑人沿河小跑。他们跟着埃斯特班乘坐的大树跑了好几英里,直到树木在一个拐弯处被移动缓慢的漩涡搁浅,站在岸边长着的大树上就可以够到。

埃斯特班又冷又饿,全身酸痛,正巴不得弃树登岸。他奋力抓住岸边的树枝,努力爬上树干并滑落在地面。没承想,五十多个食人族勇士正潜伏在旁边的草丛中对他虎视眈眈。

西班牙人靠在树干上休息片刻,摸摸怀中的钻石,发现安然无恙。

"不管怎么说,我是一个幸运的魔鬼。"他大声说道。但就在这一刻,五十个黑人同时从他的周围站起来,向他冲过去。他们的袭击如此突然,势不可挡!西班牙人没有任何反抗的机会,还没弄明白怎么回事,他就被打倒并被结结实实地绑了起来。

"哈哈,人猿泰山,我终于制服你了!"奥贝贝得意洋洋地说,但是埃斯特班一个词也听不懂,因此也无法回答。他用英语和奥贝贝说话,但后者没有任何反应。埃斯特班只弄明白了一件事情,他现在是俘虏,正被带回村子。他们进入村子时,勇士们跟在后面,女人和孩子都高兴极了,只有巫医摇摇头,歪着头发出可怕的预言。

"你抓住了河神,"他说,"我们再也不能捕鱼了,流行病将会降落在奥贝贝人民的头上,他们都会像苍蝇一样很快死去。"但是

逃亡与俘获 | 221

奥贝贝对巫医的话只是笑笑。无论是作为一位老人，还是作为一位伟大的首领，奥贝贝已积累了丰富的智慧，而有智慧的人往往会对宗教产生质疑。

"奥贝贝，你现在可以嘲笑我，"巫医说，"但恐怕不久后就笑不出来了，你等着瞧吧！"

"等到我亲手杀了人猿泰山，那时就可以真正地开怀大笑了。"首领回答，"等到我和我的勇士吃了他的心肝，喝了他的鲜血，我们就不会害怕你的任何谣言。"

"你就等着吧！"巫医生气地说，"你会明白的！"

五花大绑的西班牙人被扔进一间肮脏的屋子，他透过门缝看到外面的女人和孩子正在为晚上即将到来的宴会准备柴火和做饭的锅。埃斯特班看着这些讨厌的准备工作，额头上不觉沁出一层汗珠。村民对关押埃斯特班的屋子不停地指指点点，他不可能不明白这一切意味着什么。

那天下午的时间眼看就要过去，西班牙人几乎可以掰着手指头数出他的生命中最后剩余的时间。突然间，河流方向传来一阵阵尖锐的惊叫，划破丛林安静的黄昏，引起了村民的注意。他们疯一般跑向发出尖叫声的地方，但是已来得太晚，只看到一个女人被一只巨大的鳄鱼拉入水中。

"嗨，奥贝贝，我对你说过什么来着？"巫医骄傲地问他，"河神已经开始报复你的人民。"

无知的村民沉浸在迷信之中，充满恐惧地看看巫医又看看他们的首领。奥贝贝满脸不高兴，生气地说："他是人猿泰山！"

"他是河神，只是赋予了人猿泰山的外貌！"巫医坚持己见。

奥贝贝回答："那就让我们用事实来说话。如果是河神，他就有办法解开我们的绳索；如果是人猿泰山，他就解不开。如果是河神,他就会永生,不可能像人类一样自然死亡;如果是泰山,他就会在某天死去。我们留下观察,便可以证明他是人猿泰山还是河神。"

"怎么证明?"巫医问。

"这个非常简单,"奥贝贝回答,"如果某天早晨突然发现他逃走了,我们就知道他是河神。由于他在村里期间,我们不仅没有伤害他,还给他好吃好喝。所以他会对我们友好,不会有什么灾难降临到我们头上。假如没有逃走而自然死亡,那就是人猿泰山。也就是说他一直没有逃走,我们就留他到死亡,那时我们就知道他确实是人猿泰山。"

"但是如果他不会死去呢?"巫医抓抓他长满毛的头问道。

"那么,"奥贝贝宣布,"我们就知道你是对的,他的确是河神。"

奥贝贝打发女人去给西班牙人送吃的,巫医却依然原地不动,站在街道中央想他的问题。

埃斯特班拥有世界上最令人羡慕的钻石财富,现在却要被终身监禁在食人族奥贝贝的村庄。

西班牙人躺在屋子里的时候,背叛他的同盟欧瓦扎,正从对岸望着泰山和瓦兹瑞人在他和埃斯特班一起埋藏金锭的地点搜寻但结果却无功而返。第二天一大早,欧瓦扎便从邻近的村里雇佣了五十个人前来挖掘并带着金子向海岸出发。

欧瓦扎那天晚上在一个小村子的外面扎营,他们没有多少勇士。村子的首领邀请欧瓦扎进入村子,并招待好吃好喝,还给了土啤酒。首领的部下则围着欧瓦扎的挑夫东问西问,最后终于真相大白,知道他们带着数量巨大的黄金。

首领知道真相后便有些心神不宁,但还是满面笑容地与喝得半醉的欧瓦扎热情交谈。

逃亡与俘获 | 223

"你们带着这么多金子,"首领说,"东西太重了,要让这些小伙子们运去海岸非常困难。"

欧瓦扎说:"的确如此,不过我会多给他们工钱。"

"如果不用他们去离家很远的地方,你就不需要付那么多工钱,对吗?"

"对的,"欧瓦扎回答,"但是我在海岸这边没法处理呀。"

"我知道一个地方,你只要再走两天就可以处理掉。"首领说。

"在哪里呢?"欧瓦扎问道,"内地会有谁买这些东西?"

"有一个白人会买下这些东西并给你一张收据,你只要带着收据去海岸就可以兑换金子的全部价值。"

"这个白人是谁呢?"欧瓦扎继续问,"他在哪里?"

"他是我的一个朋友,"首领说,"如果你想去的话,我明天可以带路,你带上所有的金子就可以换来收据。"

"上帝呀!"欧瓦扎说,"这样我就只需付很少的搬运费了。"

搬运工第二天听到消息后也非常高兴。虽说高昂的工资诱惑着他们踏上讨厌的长途旅程,但内心里还是不愿去海岸,他们害怕离家太远。听到只需向着东北方向走上两天,他们个个欢天喜地。欧瓦扎和首领也非常高兴,但首领为什么高兴,欧瓦扎就不得而知了。

他们走了两天后,首领先派了一个自己的人前去送信。

"他是我的朋友,"首领说,"告诉他出来接我们去他的村庄。"

几个小时后,当这队人马走出丛林,进入草原上的大道时,他们看见了大队的勇士。欧瓦扎停了下来,霎时如坠云里。

"他们是谁?"他问道。

"我朋友的勇士,"首领回答,"他也在里面,看见了吗?"他用手指了一下站在黑人最前排的人,他们正一路小跑而来,刺枪和白色的羽饰在太阳下闪闪发光。

"他们来者不善,目的是打仗不是和平。"欧瓦扎担忧地说。

"一切全看你自己了。"首领说。

"我不明白你是什么意思。"欧瓦扎回答。

"一会儿我的朋友到了你就明白了。"

勇士们渐渐靠近时,欧瓦扎看清了前排的高大白人,他误以为是自己背叛的同盟埃斯特班。他掉头对首领大叫:"你背叛了我。"

"你就等着吧,"首领说,"不属于你的东西迟早要被收回去。"

"黄金也不属于他,"欧瓦扎大声说,"他也是偷来的。"他指着已经站在自己面前的泰山说,但泰山完全没把欧瓦扎放在眼里,只管与首领说话。

"你的信使来后,"他对首领说,"带来了你的消息,泰山就与他的瓦兹瑞人赶来,看看能为老朋友做点什么。"

首领笑了:"尊敬的泰山,你的信使四天前告诉我消息,这个人两天后就与他的搬运工一起到来,他们要把金锭搬去海岸。我告诉他有个朋友愿意买下这些东西,然后给他一张收据,但前提条件是金锭确实属于欧瓦扎。"

人猿笑了笑。"你做得对,我的朋友,"他说,"金锭不属于欧瓦扎。"

"但也不属于你,"欧瓦扎大声叫道,"我认识你,你不是人猿泰山。你与四个白人男人和一个女人一道来泰山的国家偷金子,然后你又从你的朋友手中偷走了金子。"

首领和瓦兹瑞人都笑了,泰山的嘴角也慢慢露出了笑容。

"你说的另一个人的确是冒牌货,"他说,"但我是真正的人猿泰山,谢谢你把我的金子带给我。"他继续说道,"走吧,这里离开我家只有几英里。"泰山迫使欧瓦扎指挥他的搬运工把金子搬去格雷斯托克庄园。泰山在家里招待他们吃了饭，又给他们付了工资，第二天一早，他们便出发回去自己的国家。泰山也打发走了欧瓦扎，但给了他值钱的礼物，同时警告不许再有黑人出现在他的国度。

他们全都离开后，泰山、简和杰克一起站在庄园的长廊里，杰达·保·贾躺在他们的脚下，泰山的一只胳膊抱着妻子的肩头。

"虽然我并没发挥任何作用，但你们面前的这笔新财富通过自己的方式从欧帕宝洞来到我们的面前，我收回之前说过的欧帕的金子不属于我的话。"

"如果有人能把钻石也带来就更好了。"简笑着说。

"没有这种可能，"泰山说，"它们一定已经沉入乌戈戈河底。"

在遥远的乌戈戈河畔，在食人族奥贝贝的村庄里，埃斯特班躺在分配给他的肮脏小屋里，还在为自己的财富沾沾自喜。顽固而迷信的奥贝贝注定会将埃斯特班终身囚禁，让他永远不可能使用这笔财富。